*A Pammi che vive
sotto il cielo del Bangladesh*

Illustrazioni: Simone Massoni
Progetto grafico: Simonetta Zuddas
Editing: Maria Chiara Bettazzi

www.giunti.it

Via Bolognese, 165 - 50139 Firenze - Italia
Via Dante, 4 - 20121 Milano - Italia

Ristampa	Anno
6 5 4 3 2	2010 2009 2008 2007

Stampato presso Giunti Industrie Grafiche S.p.A. – Stabilimento di Prato

Moony Witcher

GENO

e il Sigillo Nero di Madame Crikken

GIUNTI Junior

Capitolo Primo

La notte dei rumori

C'era un'ombra nel suo cuore. Un'ombra che pesava più del mondo strano che lo avvolgeva. Era un vuoto che non si riempiva mai, perché solo l'amore che gli avevano strappato avrebbe potuto restituirgli la gioia di una famiglia. Ciò che gli mancava erano le carezze dei suoi genitori di cui non ricordava neppure l'odore.

Ma lui sentiva che erano ancora vivi.

Il suo istinto non poteva sbagliare.

Geno Hastor Venti, 11 anni mostrati con timido orgoglio, aveva pensieri ricci come i suoi capelli neri e un destino che lo aspettava nascosto in quel dolore lontano. Misteri e sospetti sull'improvvisa scomparsa dei suoi genitori gli divoravano la mente. Incomprensioni e solitudini finivano sempre per portarlo dentro quel vuoto che giorno dopo giorno diventava una voragine.

Ma, come talvolta accade, la vita improvvisamente prende un altro colore e basta un colpo di vento perché le nubi scompaiano mostrando il cielo azzurro senza più tristezza. A una condizione: per guardare la nuda realtà, c'è bisogno di coraggio. Il coraggio di entrare in quel vuoto e conoscerlo cambiando la propria esistenza.

E Geno la cambiò davvero, ingoiando il coraggio con tutte le sue spine.

La verità sui suoi genitori era rimasta sospesa come la nebbia, fino a quella notte del 17 ottobre.

Alle tre in punto, mentre Geno sognava il volo di un magnifico falco dalle ali dorate, un fragoroso rumore lo svegliò di colpo. Accese la piccola lampada di vetro azzurro sul comodino e, con i capelli arruffati, si alzò dal letto brontolando. D'istinto aprì la bocca per chiamare lo zio, il pacioso e robusto dottor Flebo Molecola, che dormiva nella stanza accanto. Ma non riuscì a dire nulla. Assonnato rimase in silenzio fissando il soffitto ammuffito.

La vecchia casa di campagna dove abitava era assai malandata, le travi in bellavista erano in parte marce e i muri mostravano i segni del tempo che passa: se fosse crollato il soffitto non c'era da meravigliarsi! Per non parlare dei bagni: quello vicino alle camere da letto, al piano di sopra, aveva le piastrelle mezze rotte e nell'altro, al piano di sotto, accanto all'ambulatorio medico dello zio, le tubature dell'acqua gocciolavano ripetutamente.

Geno, dopo aver guardato per qualche secondo il soffitto, si rese conto che il rumore non proveniva dall'interno della casa, bensì dall'esterno. Dalla strada.

Si avvicinò alla finestra, scostò le tendine merlettate e guardò di sotto. La scena gli sembrò assai curiosa. In via del Dolce Rosmarino stavano passando un grosso tir, un furgoncino e una scoppiettante auto d'epoca decappottabile. Era proprio strano che a quell'ora e in quella via ci fosse così tanto traffico.

A Campana di Sotto, infatti, da tempo non succedeva nulla di interessante. Il paesino, cullato tra le verdi Colline Mielose, era abitato da duemila anime in tutto. Gli unici schiamazzi che portavano un po' di allegria erano solitamente quelli dei ragazzini. E di norma questo accadeva solo nei pomeriggi assolati. Mai nessuno era sceso in strada a far confusione in pieno buio.

Geno si stropicciò gli occhi, osservò bene quel grosso camion e lo vide fermarsi proprio al numero 67, davanti all'ultima villetta dai muri rosa albicocca. Anche il furgoncino e l'auto decappottabile parcheggiarono lì di fronte. Dalla macchina uscì una figura femminile, con in testa uno stravagante cappellino dal quale spuntavano piume e fiori. La donna teneva un cesto in vimini e camminava a piccoli passi.

I pochi lampioni illuminavano male la strada e Geno non riuscì a vedere nient'altro.

"Chi è quella signora?" pensò silenzioso.

In effetti la villetta rosa era da tempo disabitata ma stranamente ben conservata, il giardino era curato, i muri sembravano dipinti di fresco e gli infissi non avevano fessure. È come se il tempo non avesse lasciato traccia, e ciò generava superstizioni e inquietudini tra gli abitanti di Campana di Sotto. A Geno, nonostante si sforzasse di ricordare, non venne in mente neppure chi ci avesse vissuto. Ma una cosa sapeva di quell'abitazione: era stregata! In paese si diceva che fosse infestata dai fantasmi.

Frottole? Leggende? Forse, sta di fatto che anche lo zio Flebo non voleva mai parlare di quella villetta. E la maggior parte dei bambini di Campana di Sotto se ne stavano comunque alla larga da quel luogo misterioso che faceva molta paura.

Il ragazzino rimase con gli occhi puntati sul grosso tir e un brivido gli percorse la schiena. Socchiuse la finestra, spense la luce e se ne tornò a letto pensando alla villetta stregata senza riuscire più a prender sonno.

Sentiva un'agitazione interna che non gli permetteva di stare fermo con le gambe, tant'è che i pantaloni del pigiama gli si erano arrotolati sino alle ginocchia. Dal nervoso riaccese la lampada e fissò nuovamente le travi del soffitto.

Per addormentarsi iniziò a contare i buchi fatti dai tarli: «Ventidue, ventitre, ventiquattro, venticinque... uffa... devo dormire! Domani ho la verifica di matematica!» bofonchiò il ragazzino.

Geno Hastor Venti frequentava la prima media e proprio

non desiderava deludere lo zio. Gli voleva bene. Flebo Molecola, fratello di sua madre, era tutto per lui. Era la sua famiglia da quando Corinna Molecola e Pier Hastor Venti erano misteriosamente scomparsi. Geno aveva pochi mesi e non si era reso conto della tragedia.

In paese si diceva che fossero stati rapiti da oscuri personaggi. Portati chissà dove. E chissà perché.

Di loro, bravi farmacisti, non si era saputo più niente. Né se erano morti, né se erano vivi. Non era mai giunta una lettera, una telefonata. La gente del paese, dopo un comprensibile sgomento, non ne aveva voluto più parlare. La vicenda era rimasta sospesa nei ricordi da dimenticare e la Farmacia Hastor Venti di Campana di Sotto fu chiusa, la porta sbarrata. Nessuno osò entrare in quel luogo, al 4/A bis del vicolo del Giglio Nero. Neppure Flebo Molecola, che continuò a fare il medico condotto cercando di farsi benvolere dai suoi pazienti, volle mai affrontare l'argomento con chicchessia. Tanto meno con il nipote.

Le poche case accanto alla farmacia erano state abbandonate dagli abitanti, nel tentativo di evitare la sfortuna che si era abbattuta sugli Hastor Venti. Così, il vicolo del Giglio Nero si era riempito di sterpaglie ed erba alta.

L'unica cosa che Geno aveva capito con il passare degli anni era che la sua famiglia era considerata strana. Un po' folle. Diversa dalle altre. Una famiglia sfortunata. E il marchio della pazzia l'avevano dato anche a lui: Geno era per tutti uno strambo.

Magro come un grissino e con gli occhi che divoravano il mondo, era cresciuto con lo zio Flebo nella povera casa di via del Dolce Rosmarino. Aveva un carattere assai spigoloso e non c'era da meravigliarsi vista la situazione. Il suo cuore era sempre alla ricerca di un battito materno e di uno sguardo attento che solo un padre può avere.

Ma quella notte del 17 ottobre il giovane Hastor Venti non trovò pace, anzi, da quel momento la sua vita prese una via difficile e sconosciuta.

La confusione proveniente dalla strada lo innervosì tantissimo: non voleva certo arrivare a scuola rintronato. Sapeva bene che i suoi compagni di classe non l'avrebbero aiutato nella verifica di matematica. Tanto meno Mirta Bini, l'appiccicosa bisbetica che era seduta accanto al suo banco.

Ad un certo punto un fortissimo rumore di ferraglia lo fece nuovamente sobbalzare.

«Eh no! Questo è troppo! Ora si esagera!» esclamò seccato.

Scese ancora dal letto. Per la fretta di raggiungere la finestra inciampò nella sedia e cadde per terra picchiando la fronte. Con la testa dolorante si riaffacciò sulla strada e vide che i portelloni posteriori del tir erano aperti. Il rumore di ferraglia era davvero assordante ma non c'era anima viva davanti alla villetta. Neppure l'ombra di una persona. Era sparita anche la donna misteriosa.

Improvvisamente dal retro del tir vide uscire fuori un enorme e grosso cerchio nero bordato d'argento. Era alto circa tre metri. Lucidissimo. Sembrava un gigantesco sigillo fatto di vernice o ceralacca. Sì, proprio un sigillo, di quelli che un tempo si usavano per chiudere plichi particolarmente importanti. Al centro dell'incredibile oggetto s'intravedevano due lettere dell'alfabeto, di colore rosso, che Geno però non riuscì a leggere. Mai vista una cosa del genere! Chi aveva mai potuto creare un sigillo di quelle dimensioni? A che serviva?

Quella cosa strana rimase sospesa in aria, a circa mezzo metro da terra. Sembrava un sole nero sorretto da una fitta nuvola di vapore.

«Impossibile!» esclamò Geno strabuzzando gli occhi.

Sentì girare un po' la testa, la botta che aveva preso cadendo poco prima gli faceva davvero male, ma era troppo curioso di guardare cosa stava succedendo in via del Dolce Rosmarino.

Mentre il cerchio nero se ne stava sospeso come per magia, dai finestrini del furgone uscirono volando dei piccoli pacchi. Uno si schiantò per terra, aprendosi: cocci di piatti e pezzi di bicchieri si sparsero ovunque.

Mentre guardava attonito la scena, udì una sottile vocina di donna commentare l'incidente in lingua francese:

«*Mon dieu de la France!*».

Spaventato si sedette sul letto. Chiuse gli occhi e pensò. "No! Non è possibile! Sto impazzendo!".

Per la verità, a Geno Hastor Venti, di cose strane ne capitavano spesso. Più che altro faceva sogni assai strambi che, nella maggior parte dei casi, si realizzavano. Come quella volta che aveva sognato l'antipatica Mirta appesa a un ramo del grande albero della scuola: urlava spaventata perché non riusciva più a scendere e le erano caduti anche gli occhiali. Il giorno dopo, la vicenda si era svolta veramente. Mirta Bini era salita sull'albero per spiare i professori riuniti al secondo piano dell'edificio scolastico ed era stata salvata dai bidelli. Geno si era divertito davvero, vedendola piagnucolare e chiedere perdono.

Ma quella notte del 17 ottobre non stava affatto sognando. Il Cerchio Nero sospeso nell'aria lo aveva visto sul serio! Camminando piano uscì dalla sua cameretta e andò davanti alla porta della stanza dello zio, appoggiò l'orecchio e sentì chiaramente che Flebo russava come un treno. Non l'avrebbero svegliato neppure le bombe!

Con il cuore che batteva forte, ritornò alla finestra e sporse lentamente fuori la testa per guardare con la coda dell'occhio la villetta rosa. Con grande sorpresa vide che il grande cerchio non c'era più. E anche il tir e il furgone erano scomparsi. Solo l'auto d'epoca era ancora parcheggiata nello stesso posto.

Osservò le finestre delle altre case vicine. Nessuna luce. Nessuno si era svegliato. Come era possibile che solo lui avesse sentito quel gran fracasso?

Con gli occhi spalancati e la testa dolorante si stese sul letto e ricominciò a contare i buchi dei tarli cercando di non pensare più a ciò che aveva visto. Ma quella vocina di donna che parlava francese lo portò a immaginare di tutto.

"Perché mai una straniera è arrivata nel cuore della notte a Campana di Sotto? Sicuramente si tratta di un personaggio misterioso. E come ha fatto quel sigillo enorme a galleggiare stando sollevato a mezzo metro da terra? Quella donna è forse una strega? E per questo è venuta ad abitare nella villetta dei fantasmi?" le domande rimbombavano nella sua testa, tenendolo sveglio fino al mattino.

Con lo sguardo fisso sulla foto dei suoi genitori, posizionata vicino alla lampada azzurra, pensò alla loro scomparsa. Avrebbe tanto voluto conoscerli e averli accanto in quel momento. Ma non ricordava proprio nulla né del padre né della madre, nemmeno il suono delle loro voci. Mentre guardava il volto sorridente della mamma suonò la sveglia. Erano scoccate le 7.

Si alzò stiracchiandosi, infilò le ciabatte e scese in cucina. Lo zio Flebo lo raggiunse poco dopo brontolando, come al solito.

«Non trovo gli occhiali! Li hai visti?» gli chiese il dottor Molecola, annodando la cintura della vestaglia.

«Sono sulla credenza, accanto al vaso del caffè» gli indicò Geno senza girarsi.

«Ah, grazie. Se non ci fossi tu... » rispose Flebo che inforcò gli occhiali, poi aiutò il nipote a versare il latte nelle scodelle.

Dopo due sorsi il ragazzino gli chiese: «Non hai sentito nulla stanotte?».

«Stanotte? No, perché?»

Flebo alzò lo sguardo e lo osservò curioso.

«Nulla zio. Nulla...» disse Geno, pensando di non raccontare quello che aveva visto, perché temeva di essere preso in giro.

«Avanti, parla. Dimmi!» incalzò lo zio.

«Scricchiolii. Ho sentito degli scricchiolii. Forse bisognerà cambiare le travi della casa. Sono piene di tarli. E anche i muri hanno bisogno di una tinteggiatura»

Geno finì di bere il latte e andò a lavarsi, lasciando che Flebo riflettesse sul da farsi.

«Hai ragione, questa casa sta cadendo a pezzi. I miei risparmi non bastano per pagare il restauro» rispose lo zio alzando le spalle.

«Sei troppo bravo. Guarisci tutti in fretta e ti fai pagare poco» lo spiazzò il giovane nipote.

«La medicina è una cosa seria» protestò lo zio. «Dovresti essere fiero di me. La gente sai come è fatta. In paese dicono che io e te siamo un po' strani. Ma io so curare e guarire da molte malattie!»

Il ragazzino infilò i pantaloni e una t-shirt verde bottiglia, annodò il giubbotto attorno alla schiena, prese lo zaino con i libri e lo mise in spalla. Uscì dalla porta dicendo: «Ci vediamo a pranzo. Sempre che il tetto della casa non crolli».

Quando fu in strada alzò lo sguardo verso la villetta misteriosa. Vide che davanti al cancello non c'era più l'auto d'epoca della signora francese. Assorto nei suoi pensieri fu colpito alle spalle da un sasso. Si girò:

«Ehi, Mirta... sempre la solita rompi!».

«Sei un rammollito!» fu la secca risposta della bambina che, toccandosi gli occhiali, fece uno sberleffo.

Geno la lasciò passare avanti e, scuotendo la testa, la seguì fino alla fermata dello scuolabus dove erano già arrivati gli altri compagni di classe.

I cugini Fratti, Galimede, magro come uno stelo, e Nicosia, cicciottello e con la frangetta che gli copriva sempre gli occhi, stavano parlando sotto la pensilina, mentre Gioia Sereni e Marlonia Caffi ridevano allegramente. La prima mostrava la sua nuova pettinatura, capelli biondi raccolti da un grazioso fermaglio, e la seconda si vantava delle calze colorate regalatele da sua madre.

«Sono quasi le 8. L'autista ha preso sonno stamattina» gracchiò Mirta guardando l'orologio che le avevano regalato i genitori per il suo compleanno.

«Se non passa il bus è meglio. Così non andiamo a scuola ed evitiamo la prima verifica di matematica» disse sorridendo Nicosia.

Geno si mise seduto sulla panchina, accavallò le gambe e chinò la testa sbadigliando.

«Guardate chi sta arrivando! Questa è senza dubbio una vecchia che non ha tutte le rotelle a posto» esclamò a voce alta Mirta.

Geno rialzò la testa e di colpo il cuore gli salì in gola. La signora francese che aveva visto scendere dall'auto decappottabile stava passeggiando tranquillamente sul marciapiede di via del Dolce Rosmarino. Indossava un cappellino diverso: una specie di tubo viola dal quale spuntavano delle molle infiocchettate. Era vestita con un abito color lavanda e aveva una vezzosa mantellina rosa pallido appoggiata sulle spalle. Con grazia teneva una piccola borsetta, viola come il cappello. Dietro a lei un grosso gatto bianco dal pelo lungo la seguiva a muso alto.

Il volto della donna era segnato da evidenti rughe che le davano un aspetto serioso. Persino la montatura degli occhiali era originale: perfettamente tondi con le stanghette d'argento a ricciolo che sfioravano i capelli candidi, lisci e ben raccolti sotto il cappellino.

I ragazzi la guardarono facendo mille smorfie.

Geno non mosse un dito.

Quando la signora francese gli passò davanti, il giovane nipote di Flebo Molecola sentì come se nella sua testa fosse entrata un'onda dell'oceano. Chiuse gli occhi, si grattò le orecchie e tossì.

Il gatto, infastidito, si girò di scatto e soffiò. La donna lo guardò in modo riprovevole e allora il bianco felino miagolò e si rimise a zampettare agitando nervosamente la coda lunga e piumosa.

«E chi è quella?» chiese Marlonia masticando un chewing-gum.

«Boh, mai vista prima d'ora» rispose Gioia allargando le braccia.

Geno non resistette e alzandosi in piedi disse: «È francese ed è arrivata stanotte. Abita nella villetta rosa, al 67».

«Stanotte? E come fai a saperlo?» chiese la spocchiosa Mirta, guardandolo attraverso i suoi orribili occhiali.

«L'ho vista. È scesa da una buffa automobile decappottabile» raccontò Geno, sotto lo sguardo incuriosito di tutti.

«Nella villetta rosa? Ma è disabitata da un sacco di tempo! È la casa dei fantasmi!» aggiunse impaurito Nicosia scostando la frangia dagli occhi.

«Sì, lo so. Forse i fantasmi non ci sono e quella vecchia l'ha comprata» rispose Geno.

«Strana vecchietta. Molto strana» disse Galimede, osservandola mentre si allontanava.

«Geno, ma come fai a sapere che è francese?» chiese Mirta avvicinandosi al viso del ragazzino.

«Be'... l'ho sentita parlare» rispose imbarazzato. Ma si rese conto che aveva detto troppo e che ora tutti l'avrebbero preso in giro.

«Stanotte hai parlato con lei? Ma non dire fesserie» Mirta lo spinse e gli fece cadere lo zaino.

Marlonia si mise a ridere: «Il solito raccontaballe!».

Il nipote di Flebo non rispose e raccolse lo zaino.

L'arrivo dello scuolabus li richiamò all'ordine. Salirono uno dopo l'altro e il giovane Hastor Venti andò a sedersi in fondo. Da solo. Aveva una tale confusione in testa che non riusciva più a controllare i suoi pensieri. Dieci minuti dopo arrivarono a Caribonda Alta, il paese distante pochi chilometri da Campana di Sotto, ed entrarono a scuola di corsa. La campanella delle 8 era già suonata, Mirta aprì la porta dell'aula e il gruppo di ragazzini avanzò a testa bassa. Il professore di matematica era seduto dietro la cattedra. La verifica stava per cominciare.

Geno aprì lo zaino e mise sul banco libri e quaderni. Cercò di concentrarsi al massimo anche se nelle orecchie sentiva sempre un ronzio.

La prova di matematica andò malissimo. Il ragazzino non ricordava più nulla e consegnò il foglio bianco. Il professore fu molto severo:

«Non hai studiato a sufficienza. Come al solito hai la testa tra le nuvole. Dimmi almeno se hai aperto il libro!».

«Ho visto un grande sigillo nero volare».

La risposta senza senso di Geno fece ridere tutta la classe.

Il professore, invece, non rise affatto. Batté i pugni sulla cattedra e urlò: «Basta con queste sciocchezze! Credi di essere divertente? Questa volta non la passerai liscia mio caro Geno Hastor Venti. Parlerò con il preside".

Il ragazzino tentò di scusarsi. Non capiva proprio come mai avesse detto quella frase. Del cerchio misterioso non ne voleva affatto parlare in pubblico, ma le parole gli erano uscite senza controllo.

Una volta tornato a casa se ne stette seduto sul letto a guardare la foto dei genitori. Pensò che se suo padre fosse stato lì con lui l'avrebbe aiutato ad affrontare i problemi scolastici e gli avrebbe dato consigli utili per non finire nei guai. Certo lo zio Flebo era un brav'uomo, ma il suo lavoro di medico lo impegnava molto. Tutto sommato aveva un carattere debole e non riusciva a dire di no a nessuno. Figuriamoci se poteva discutere con i professori!

Quando, alle tre del pomeriggio, il gruppo di amici si ritrovò in via del Dolce Rosmarino per giocare, Mirta ebbe un'idea:

«Dai Geno, andiamo alla villetta rosa. Vediamo se hai detto la verità su quella vecchia pazza. Vediamo se hai paura dei fantasmi».

Lui si oppose, ma i cugini Fratti presero le biciclette e lo convinsero a pedalare fino al numero 67.

«Hai detto che è arrivata a bordo di un'automobile decappottabile. Ma nel cortile non c'è» osservò immediatamente la bambina antipatica che, pur avendo paura del luogo, faceva di tutto per mostrarsi spavalda.

«Non so. Forse...»

Geno fu interrotto da Marlonia:

«Forse ti sei sognato tutto. Come al solito».

«No. Lo giuro! Ho persino visto un grande sigillo nero galleggiare nell'aria» disse Geno, e poi si morse la lingua: aveva nuovamente raccontato quella cosa che proprio non voleva (e doveva!) dire.

«Un sigillo volante? Ma sei completamente andato di testa!» aggiunse Nicosia grattandosi la pancia, ben sporgente dalla felpa.

«Non ti è bastata la figuraccia che hai fatto stamattina a scuola?» disse la solita impertinente di Mirta.

«Sul terreno non c'è neppure traccia di pneumatici. Se fosse arrivata un'auto si vedrebbero i segni!» osservò Gioia.

Geno guardò la villetta rosa albicocca: in effetti tutte le finestre erano chiuse e il cortile era deserto.

Mentre gli altri ridevano per la sua faccia inebetita, Geno tenne lo sguardo fisso sulla villetta. Una finestra si aprì leggermente. Il ragazzino sgranò gli occhi e vide una mano che la richiudeva subito.

«Guardate!» gridò Geno.

Ma quando i compagni di scuola si girarono non videro proprio nulla.

«Ora basta! Sei proprio sciroccato! Questo gioco non ci diverte più. Sei pazzo. Pazzo come tutta la tua famiglia» concluse Mirta, poi saltò in sella alla sua bici e se ne andò, seguita dagli altri, che canticchiavano a voce alta:

«Geno scemo. Geno scemo. Geno scemo».

Solo Nicosia rimase fermo a osservare ancora la casa dei fantasmi. Con la faccia seria e la frangia che gli nascondeva gli occhi, si rivolse al giovane Hastor Venti:

«Dai, vieni via. Non badare a loro, sai come sono fatti. Certo che tu ne inventi sempre una nuova!».

Lui non rispose e Nicosia, dopo essersi spostato il ciuffo di capelli dagli occhi, perse la pazienza, salì sulla sua bici e raggiunse il gruppetto.

Geno, con il viso tirato, rimase a fissare la finestra. Pochi minuti dopo si aprì la porta e uscì il gatto bianco. Miagolò un paio di volte e poi se ne tornò dentro.

Il ragazzino si aggrappò alle sbarre del cancello e tentò di richiamarlo:

«Vieni qui micio. Vieni, non ti faccio del male».

Ma la porta si richiuse lasciando Geno in preda a una morbosa curiosità.

Se ne tornò a casa pedalando lentamente. Via del Dolce Rosmarino gli sembrò una strada ricca di segreti.

Alla sera non cenò. Lo zio gli portò su in camera un po' di minestra e una mela, ma non toccò nulla. Sentiva sempre quello strano ronzio dentro le orecchie.

«Stai male? Vuoi due cucchiai del mio miracoloso sciroppo Scacciaguai?» chiese Flebo passandogli la mano sulla fronte per sentire se aveva la febbre.

«No. Ho solo sonno. Notte, zio» e così dicendo si mise sotto le lenzuola e spense la lampada azzurra.

Dalla finestra entrava la luce dei pochi lampioni di via del Dolce Rosmarino e il giovane Hastor Venti pensava a quella signora francese e ai suoi misteri. La mente galoppava e il ronzio tornava ciclicamente a torturagli la mente. Si girò e rigirò nel letto ma non riuscì a dormire. Si alzò di scatto, indossò il giubbotto sopra il pigiama e infilò le scarpe da ginnastica. Scese le scale lentamente per non svegliare lo zio e uscì dalla villetta lasciando la porta socchiusa.

Il cielo era luminoso. La luna e le stelle brillavano come piccoli fuochi e i profili delle Colline Mielose si stagliavano all'orizzonte. L'aria era fresca, profumava d'autunno. Nulla sembrava turbare la notte a Campana di Sotto anche se Geno sentiva che qualche cosa non andava. Salì sulla bicicletta cigolante e pedalò fino al numero 67.

Il silenzio regnava sovrano. Erano le 22 e in giro non c'era nessuno. Aveva paura. Anche se alla storia dei fantasmi non ci credeva molto la tremarella gli venne comunque. Appoggiò il manubrio sul cancello della villetta rosa e fissò le finestre chiuse. Da quella in basso, probabilmente della cucina, filtrava una pallida luce.

«Allora c'è. È in casa!» sussurrò spalancando gli occhi. Tese le orecchie per udire qualche rumore. Ma nulla.

Dopo un po' la luce si spense. Geno abbassò la testa sconsolato. Sbadigliò vistosamente e, sebbene non ne avesse nessuna voglia, decise che era ora di andare a dormire.

Tornando a casa, con la brezza notturna che gli accarezzava i capelli, pensò che doveva assolutamente conoscere quella vecchia signora. Lo desiderava più di ogni altra cosa. E non era solo per il fatto che aveva visto un cerchio volare. Voleva capire come mai una francese fosse venuta ad abitare proprio in quella maledetta villetta di Campana di Sotto. Prima di arrivare a casa si fermò davanti all'inizio del vicolo del Giglio Nero: l'erba era altissima e i muri della farmacia erano coperti d'edera rossiccia. Anche l'insegna in ferro battuto era stata divorata dalla vegetazione e si leggeva a malapena la scritta: "Farmacia Hastor Venti". Stette un paio di secondi in bilico sulla sella della bici pensando che anche quel vicolo era diventato nefasto per gli abitanti di Campana di Sotto. Se da un lato la cosa gli dispiaceva moltissimo, dall'altro iniziò a provare un sottile piacere. C'era qualcosa che univa il misterioso rapimento dei suoi genitori avvenuto nella farmacia e l'arrivo della strana vecchietta nella villetta dei fantasmi. Il legame era certo: quei due luoghi erano evitati da tutti.

E solo Geno era, in qualche modo, collegato a entrambi. Con un lieve sorriso sulle labbra se ne tornò a letto ma il suo sonno fu ancora una volta agitato.

Al mattino, sotto la pensilina, in attesa del solito scuolabus, i cugini Fratti lo presero in giro di nuovo, anche se Nicosia, di tanto in tanto, gli faceva l'occhiolino. Nicosia provava simpatia per Geno ma non voleva rompere l'equilibrio del gruppo dimostrando un pizzico di amicizia per quel ragazzino un po' strano e sbeffeggiato da tutti. Hastor Venti sapeva che la loro non sarebbe mai stata un'amicizia alla luce del sole. Insomma, non una vera amicizia. Per questo non tentava alcun avvicinamento, anche se l'istinto gli diceva di fare il contrario.

Geno fece un sorriso, che Nicosia ricambiò. Appena furono raggiunti da Mirta, Gioia e Marlonia, videro arrivare nuovamente la stravagante vecchietta.

Questa volta indossava un capellino rosso a tese larghe, con piume arancio, una mantellina anch'essa arancione e un abito lungo fino ai piedi di colore cangiante, tra il giallo e l'ocra. Il gatto bianco zampettava elegante tenendo il ritmo dei passi dell'anziana donna.

Geno mollò lo zaino a terra e attese.

La vecchietta alzò lo sguardo e con un marcato accento francese disse:

«*Bonjour* Geno Hastor Venti» e con calma passò dritta come se gli altri non esistessero.

Geno deglutì e, con un filo di voce, rispose quasi balbettando: «Buo... buongiorno sssignora».

Mirta diede due gomitate a Gioia e Marlonia che se ne stavano a bocca aperta e, quando fu accanto a Geno, sibilò:

«Allora la conosci davvero! Chi è?».

«Già, chi è? Dai dillo, non ti prenderemo più in giro» cercarono di essere persuasivi Galimede e Nicosia.

«Non lo so! Giuro che non lo so!» esclamò indietreggiando il ragazzino, che proprio non capiva come mai quella donna sapesse il suo nome.

«Vuoi fare il misterioso? E va bene. Tanto che ci importa! È solo una vecchia strampalata» concluse Mirta con le dita nel naso e facendo spallucce.

Marlonia bisbigliò qualcosa all'orecchio di Gioia e insieme scoppiarono in una risata.

Nicosia, forte della sua mole massiccia, lo prese per un braccio trascinandolo più in là e disse:

«A me lo puoi dire. Fidati!».

Geno scosse la testa, raccolse lo zaino e, fissando la signora francese che oramai era lontana, si chiuse in un mutismo assoluto.

Anche quella mattina le cose a scuola non andarono per il verso giusto. Sentiva sempre quel fastidioso ronzio dentro la testa e non riusciva a concentrarsi. Era come se dentro il cervello gli fosse entrato uno di quei tarli delle travi marce e la cosa lo preoccupava seriamente.

Eppoi la storia del sigillo volante aveva fatto il giro della scuola. Nei corridoi, nei bagni e nel cortile non si parlava d'altro. Gli studenti lo osservavano come se fosse un extraterrestre. Per non parlare della faccia dei professori e del preside: lo guardavano storto!

E lui non trovava il modo di spiegare. Era ovvio che le sue parole risultassero incomprensibili, questo Geno lo sapeva, ma nessuno aveva un minimo di sensibilità. Nessuno andava al di là della mera realtà dei fatti. Eppure il giovane Hastor Venti era convinto che c'era una spiegazione. Un motivo che lui stesso non sapeva.

Tornato a casa, allo zio Flebo non disse ancora nulla. Non ne aveva il coraggio. Seduto sul letto, prese la foto incorniciata dei suoi genitori e chiese cosa doveva fare. A voce bassa raccontò tutto come se davvero quelle due immagini potessero ascoltarlo. La malinconia e la tristezza riempirono il suo cuore. Aprì il cassetto del comodino e accarezzò un'altra foto che ritraeva sua madre mentre teneva in braccio un bimbo.

«Com'ero piccolo. E lei...com'era bella» sussurrò baciando il volto della mamma. Girò la foto, come aveva fatto tante altre volte, e lesse ciò che sua madre aveva scritto con una penna stilografica blu parecchi anni prima: "Al mio piccolo tesoro. Corinna".

Dagli occhi di Geno scese una lacrima sulla frase, scolorandola. Ricordò che lo zio gli aveva raccontato che quella fotografia era stata scattata pochi giorni prima del rapimento. Solo lui, il "piccolo tesoro", si era salvato dalle grinfie dei misteriosi personaggi che avevano prelevato i suoi genitori dalla farmacia.

"Come è strana la vita" pensò il giovane Hastor Venti. "Le

persone se ne vanno e di loro restano le immagini. Erano felici. Sorridenti. Eppure in braccio a mia madre c'ero io e lei mi stringeva. E ora io sono qui. Senza di lei. Senza il suo abbraccio".

Poi prese la terza foto. L'ultima.

Ritraeva il volto paffuto e simpatico di suo padre, Pier Hastor Venti. Indossava un camice bianco.

Geno sapeva bene che lui e sua madre erano farmacisti e che si erano conosciuti proprio tra scatole di antibiotici, infusi d'erbe e confezioni di pomate. Ma quella foto era rovinata. Strappata quasi a metà. La parte in basso non c'era più. Qualcuno l'aveva rotta. O forse si era semplicemente spezzata. Anche su questo lo zio Flebo non aveva mai dato una spiegazione. Ma poco importava a Geno, per lui era fondamentale guardare il volto di suo padre.

Rimise le foto nel cassetto e stette qualche secondo a fissare la lampada azzurra. La testa ricominciò a fargli male.

Aprì la finestra per respirare a pieni polmoni. L'aria gli rinfrescò il viso, l'odore di resina proveniente dagli abeti lo fece sentire un po' meglio. Guardò verso la villetta rosa. Fuori, davanti al cancello, c'era il gatto bianco. Era seduto e immobile. Sembrava una statua.

«Ehi, micio...micio» disse a voce non troppo alta. Il gatto non si mosse. Geno rimase alla finestra fino a quando il bianco felino decise di tornarsene nella villetta rosa.

Anche quella notte il ragazzino non dormì affatto bene. E non per i tarli delle travi del soffitto. Ma per il tarlo che aveva in testa: conoscere a tutti i costi l'eccentrica vecchietta francese.

Alle 7 in punto era già giù in cucina. Lo zio, come al solito, brontolava per gli occhiali:

«Credo di averli dimenticati in ambulatorio. Senza non

vedo proprio nulla. Mi sembra di stare dentro un acquario» disse tendendo gli occhi a fessura.

«Vado a prenderteli io» e così dicendo il nipote uscì dalla cucina, attraversò il piccolo atrio della villetta e s'infilò nell'ambulatorio a pianoterra. Gli occhiali erano sulla scrivania sopra una montagna di cartelle cliniche e ricette. Li prese e uscì. Sbirciò fuori. La giornata era uggiosa: il cielo, grigio come il piombo, minacciava pioggia. L'aria era fredda e Geno, che indossava ancora il pigiama, ebbe dei brividi.

In quel momento vide passare la vecchietta. Aveva un ombrellino rosa e il gatto bianco la seguiva, come sempre.

Sentì il cuore in gola. «Ma come? A quest'ora? Ma non sono ancora le 7,30!» esclamò sorpreso di vederla passeggiare così presto. Di corsa raggiunse la strada.

Le prime gocce di pioggia scesero come rugiada.

La donna si fermò. Si girò lentamente, e sorridendo disse:

«Oggi è una pessima giornata. Mio caro Geno Hastor Venti, ti consiglio di indossare un maglione di lana. Non credo che a scuola abbiano già acceso il riscaldamento».

Il ragazzino, stringendo tra le mani gli occhiali dello zio, si fece forza e con voce tremante rispose:

«Sì, grazie. Lo farò!».

L'anziana signora sorrise ancora e mentre stava per incamminarsi Geno disse qualcosa per fermarla:

«Scusi, signora... signora...».

Lei alzò l'ombrello, drizzò la schiena e con aria seriosa pronunciò:

«Crikken! Madame Margot Crikken!».

Lui ripeté come un pappagallo:

«Madame Margot Crikken».

«*Oui*. Così mi chiamo. E cos'altro vuoi sapere, giovane Hastor Venti?» chiese rimanendo immobile mentre la pioggia scendeva più fitta.

«Abita nella villetta rosa, al numero 67?» finalmente Geno era riuscito a fare quella domanda.

«*Oui, mon petit garçon*. Sì, mio giovane ragazzo. A quanto pare vivo proprio lì con il mio gatto Napoleon» rispose puntando il dito verso il gatto, completamente bagnato.

«Allora benvenuta a Campana di Sotto, signora. Napoleon è proprio un bellissimo gatto» disse il ragazzo accennando un inchino.

«*Merci*. Grazie, Geno. Però ritengo che tu debba rientrare in casa. Ti stai bagnando tutto. E sei ancora in pigiama. Abbigliamento assolutamente non adatto per starsene sulla strada. Non credi?» la giusta osservazione dell'anziana lo fece arrossire.

Il ragazzo tossì un paio di volte e indietreggiando, senza mai dare le spalle alla vecchia signora, arrivò alla porta. Quando entrò socchiuse con delicatezza e rimase impietrito mentre suo zio lo fissava grattandosi in testa:

«Sei fradicio! Ma dove sei andato?».

Geno non disse nulla, consegnò gli occhiali, salì in camera e si vestì velocemente. Non gli importava di avere i capelli e i piedi bagnati. Era felice. Felice di aver parlato con madame Crikken.

Prima di uscire infilò il giubbotto, diede un bacio allo zio, che dall'emozione rovesciò la tazza di latte, e se andò fischiettando sotto la pioggia battente.

I compagni di classe erano già lì, ad aspettare lo scuolabus delle 7,45. Tutti avevano l'ombrello. Ma Geno no! Lui camminava tenendo la bocca aperta per bere le gocce che scendevano copiose.

«Il solito sbruffone!» esordì Mirta sistemandosi l'impermeabile giallo canarino.

«Ehi, Geno, vuoi berti tutta la pioggia?» chiesero in coro Galimede e Nicosia.

«Sì. È buona l'acqua del cielo» rispose spavaldo il ragazzino che salì per primo sullo scuolabus.

Mirta si accorse che era un po' troppo allegro quel mattino, e a scuola, durante l'intervallo, si avvicinò con una scusa banale:

«Hai 10 centesimi da prestarmi?».

Il ragazzo frugò nelle tasche e fece di no con la testa:

«Mi spiace. Sono al verde».

«Sei senza un soldo ma felice. O mi sbaglio?» domandò maliziosamente Mirta.

«Già, felice» disse Geno appoggiando i gomiti sul bordo della finestra.

«È per via di quella vecchia? Stamattina non l'abbiamo vista!» ribatté la bambina sgranocchiando pop-corn.

«Io sì!»

«Quando? All'alba? Di notte? Volava?» Mirta si mise a ridere in modo esagerato richiamando l'attenzione degli altri studenti. «Sentite un po', Geno ha visto la vecchia volare».

Gioia e Marlonia si piegarono dalle risate e Nicosia, facendosi avanti, disse:

«A Campana di Sotto volano sigilli e vecchie signore».

Galimede, dal fondo del corridoio, urlò:

«Vola tutto oramai. È tutto merito di quel genio di Geno».

Il nipote di Flebo passò le mani tra i capelli ricci e poi incrociò le braccia fissando tutti con astio:

«Siete solo dei bambocci viziati. Non sapete nulla della vita. Nulla!».

«Hastor Venti! Smettila di dar spettacolo!» la voce, tonante e minacciosa, era quella del professore di matematica. L'insegnante lo prese per un orecchio e lo trascinò fino al banco. «Tu saprai tutto della vita. Ma nulla, proprio nulla, di matematica! Invece di fare il ridicolo, impara a studiare!» concluse sempre più arrabbiato.

Geno abbassò lo sguardo mentre l'aula si riempiva del borbottio degli studenti.

Mirta era visibilmente soddisfatta della figuraccia di Geno e si gongolava con le amiche. Per Hastor Venti quello era solo l'ennesimo episodio che lo rendeva diverso dagli altri. Una diversità che veniva da lontano. Dal passato. Dalla scomparsa dei suoi genitori.

"Perché li avevano rapiti? Cosa avevano fatto di male?"

Domande su domande, alle quali Geno non aveva mai saputo trovare una risposta. Solo da quando aveva visto arrivare la signora Crikken con il suo sigillo nero e il gatto bianco, la sua irrefrenabile curiosità per la vita era sembrata sfociare in qualche cosa di più grande. Di misterioso. E forse di pauroso.

Pensieri confusi, immagini che si sovrapponevano e gli occhi che si chiudevano da soli per il sonno arretrato.

Stava anche dimagrendo. E Flebo se n'era accorto:

«Devi mangiare. Devi crescere e mettere su i muscoli. Vorrai mica sembrare uno scheletro!» gli disse lo zio mettendogli una grossa bistecca al sangue sul piatto.

Il giovane ne mangiò solo due bocconi. Poi si alzò da tavola e mentre stava per salire in camera sua, lo zio gli fece una domanda:

«È simpatica vero?».

Il ragazzo si girò e corrugando la fronte chiese:

«Chi?».

«La signora del 67!» precisò Flebo.

«La conosci?» chiese sorpreso.

«Forse...» rispose lo zio mangiando uno spicchio di mela.

«Come forse? La conosci o no?» insisté Geno.

«Calma... calma. Non alterarti per così poco. Mi sembri tua madre, anche lei non tollerava le incertezze» Flebo si alzò da tavola e guardando il nipote fece di sì con la testa.

«La conosci davvero? Da dove viene? Chi è esattamente? Cosa è venuta a fare qui?» Geno fece una raffica di domande.

Lo zio alzò le mani e serissimo disse:

«Non c'è fretta. Saprai quando è il momento. L'unica cosa che ti posso dire ora è che Margot Crikken è una donna straordinaria. Di lei ti puoi fidare».

Geno gli andò vicino e con aria spaesata afferrò le mani dello zio:

«Perché tutto questo mistero? Cosa c'entra questa signora con noi? Perché lei sa il mio nome? E come mai tu sai il suo?».

Lo zio non disse una parola ma il ragazzo insisté:

«Vive nella villetta dei fantasmi! Capisci? È come se noi andassimo nuovamente nella farmacia di vicolo del Giglio Nero. Tutti considerano questi luoghi come stregati. Maledetti! Perché sta succedendo tutto questo?».

Il dottor Flebo Molecola gli accarezzò la testa e lo strinse con affetto:

«La farmacia...già...già. Non pensarci. Ti ho cresciuto come ho potuto. Forse non sono stato proprio un padre per te. Ma mi perdonerai...».

Geno l'abbracciò e con gli occhi lucidi riuscì solo a dire:

«Dimmi che i miei genitori non sono morti. Dimmelo! Per favore, dimmi dove li hanno portati! Io ti voglio bene zio. Ti voglio tanto bene».

CAPITOLO SECONDO

Il segreto di Flebo Molecola

Il sabato pomeriggio l'ambulatorio era sempre zeppo di pazienti. Geno aveva fretta di parlare con lo zio: era accaduta una cosa grave. Ma c'era una fila di persone che attendevano il turno per la visita.

Donne, uomini e anziani erano accalcati nella piccola sala d'aspetto. Flebo, nonostante la temperatura fosse scesa rapidamente, grondava di sudore per l'affanno. Con lo stetoscopio al collo stava auscultando il cuore di un anziano contadino. Il nipote, dopo un paio di minuti, si spazientì e bussò facendo tremare la porta a vetri.

«Zio, devo parlarti con urgenza» disse impacciato.

Flebo Molecola aprì di scatto la porta e con gli occhiali sul naso esclamò:

«Sai bene che non devi disturbare!».

«È successa una cosa...» Geno non ebbe il coraggio di finire la frase perché si sentì osservato da troppa gente.

«Su avanti, parla!» insisté lo zio, che non voleva far attendere il suo paziente.

Il ragazzino fece segno allo zio di chinarsi e gli sussurrò all'orecchio: «È sparita la foto di mio padre. Quella rotta a metà».

Flebo appoggiò le mani sulla maniglia e scosse la testa: «Ne parliamo stasera».

In fretta chiuse la porta a vetri e lasciò di stucco il ragazzo, che se ne andò trascinandosi tristemente fino al ciglio della strada. Si mise seduto sopra un masso a giocherellare con un ramoscello pensando alla foto mancante. Non era possibile che si fosse volatilizzata. Era chiusa nel cassetto della sua camera. Nessuno, al di là dello zio, poteva aprire quel cassetto! E perché mai Flebo avrebbe preso la foto di suo padre? E se non era stato lui, chi poteva avere l'interesse di rubare una foto rotta e vecchia?

Mentre sferzava l'aria con il ramoscello, vide arrivare di corsa il gatto dal pelo bianco e lungo.

«Napoleon!» esclamò sorpreso.

Il felino frenò il passo e standosene a una certa distanza miagolò sbarrando i suoi grandi occhi azzurri.

Geno vide infilato nel collarino del gatto un foglietto arrotolato. Tese la mano per prenderlo ma Napoleon, con velocità rapidissima, lo graffiò.

«Ahia! Ma che fai? Sei un gatto cattivo!»

Il ragazzino guardò il dorso della mano: la ferita, piccola ma profonda, sanguinava.

Napoleon miagolò ancora una volta, socchiuse gli occhi soddisfatto, si girò, alzò la coda piumosa e corse verso la villetta rosa.

Sulla strada rimase il fogliettino. Geno lo raccolse e vide subito che era firmato Margot. Lesse con avidità la frase:

Caro Flebo, ti aspetto alle 22.

La curiosità aumentò a dismisura. Ma ora non sapeva cosa fare con quel biglietto in mano. Sarebbe stato alquanto imbarazzante consegnarlo direttamente allo zio. Certamente quell'appuntamento era... segreto.

Un lieve sorriso illuminò il volto del giovane Hastor Venti. L'idea che tra madame Crikken e lo zio ci fosse del tenero lo fece arrossire.

«No, no. Non è possibile» si disse sottovoce.

In effetti non aveva mai visto Flebo corteggiare una donna. E pensare, anche solo per un attimo, che il tanto stimato dottor Molecola, medico condotto di Campana di Sotto, fosse innamorato della stravagante signora francese era una cosa fuori dalla realtà. E poi madame Crikken era più vecchia di Flebo di almeno vent'anni!

Però non poteva certo tenerlo lui, quel messaggio.

Così decise di infilarlo sotto la porta a vetri dell'ambulatorio, senza dare nell'occhio. Alla sera, durante la cena, Flebo apparve piuttosto nervoso, tant'è che Geno non chiese più nulla della foto scomparsa. Lavò i piatti, pulì il tavolo, spolverò le sedie e, con grande sorpresa dello zio, se ne andò a letto presto.

Poco prima che scoccassero le 22 lo sentì uscire di casa. Segno evidente che aveva trovato il messaggio! Flebo salì sulla bicicletta e pedalò rimanendo sul bordo di via del Dolce Rosmarino fino a raggiungere il numero 67. Geno, che non poteva usare la sua bici perché la catena arrugginita avrebbe fatto troppo rumore, lo seguì a piedi cercando di non passare sotto i lampioni e farsi scoprire.

Giunto davanti al cancello della villetta rosa vide chiaramente che dalla finestra della cucina filtrava la luce. In un paio di balzi scavalcò il cancello. Accucciato come un cane, raggiunse la casa. Faceva freddino e per non prendersi un malanno si sistemò la sciarpa al collo. Rannicchiato sotto la finestra origliò. Le voci di madame Crikken e dello zio si udivano perfettamente.

I due erano seduti uno di fronte all'altra e sorseggiavano una bevanda fumante.

«Quando glielo dirai?» domandò Margot.

«Non lo so ancora. Ma non ti sembra troppo presto? È ancora un ragazzo» rispose Flebo.

«Non c'è tempo. Te l'ho spiegato. La situazione è gravissima. Dobbiamo avere fiducia, Geno imparerà in fretta. Ha 11 anni e deve affrontare il suo destino» disse l'anziana signora.

Hastor Venti sentì il cuore battere forte. Parlavano di lui! Sapevano cose che Geno ignorava. Flebo e madame Crikken avevano dunque un segreto!

Il ragazzo si sentì confuso. Trovarsi lì, al buio, sotto la finestra della villetta rosa, con una sciarpa al collo ad ascoltare lo zio che parlava di lui con quella misteriosa donna francese, gli sembrò davvero troppo strano.

Appoggiò le mani per terra e pensieroso stette così qualche secondo. Alle sue spalle sentì un rumore. "I fantasmi!", pensò tremando come una foglia. Si girò e nel buio vide brillare due grandi occhi azzurri che lo fissavano.

«Napoleon!» gridò spaventato.

Il gatto rizzò il pelo, aprì la bocca e soffiò come una tigre. Geno si alzò di colpo e picchiò la testa sull'infisso della finestra. La seconda botta in pochi giorni!

Napoleon miagolò fortissimo e il ragazzo si mise a correre verso il cancello per timore che lo zio e madame Crikken lo scoprissero.

In effetti l'anziana signora, insospettita dagli strani rumori e dal miagolio del gatto, aprì la finestra guardando attorno. Per fortuna le tenebre furono alleate di Geno. La poca luce della cucina non permise di vedere che stava scavalcando il cancello come una gazzella.

Con il fiatone e le guance rosse raggiunse casa. Salì le scale e si gettò sul letto come un sacco di patate. La testa gli faceva male e il ronzio continuava a torturargli le orecchie. Ancora una volta dormì malissimo. Pensò alle parole pronunciate da madame Crikken: "La situazione è gravissima... Geno imparerà in fretta".

Il ragazzo non aveva la più pallida idea di che cosa dovesse imparare!

Alle 9 in punto le campane del paese suonarono festosamente: era domenica.

Flebo si era già alzato da un pezzo e la colazione era pronta. Geno aprì gli occhi e, con il volto stanco, si mise in piedi: indossava ancora i vestiti della sera precedente.

Quando scese in cucina lo zio era seduto e aveva le braccia incrociate. Sembrava impaziente.

«Che brutta faccia! Non stai ancora bene?» chiese al nipote.

«Ho dormito male» rispose senza mai guardare negli occhi Flebo.

«Per i tarli?» domandò lo zio con tono ironico.

«Sì, per i tarli» Geno rimase impassibile, afferrò la tazza con il latte e bevette tutto d'un fiato.

«Ti devo parlare molto seriamente».

Geno sentì il sangue gelare. Era giunto il momento. Flebo avrebbe raccontato la verità sul rapimento? E anche del segreto che lo legava a madame Crikken? Il ragazzino, per non far vedere la sua reazione, cercò di controllarsi e, con tono dimesso, chiese:

«Zio, vuoi parlarmi della foto scomparsa?».

«La foto di tuo padre? Be', non proprio. Ti devo parlare di un progetto» il dottor Molecola si alzò dalla sedia e gli andò accanto.

«Progetto?» ripeté Geno osservando i movimenti di Flebo.

«Se ti dicessi che devi affrontare un viaggio da solo, cosa penseresti?»

«Da solo? Dove devo andare? E perché?»

Le domande imbarazzarono ancor più Flebo, che iniziò a sudare.

Geno sentiva le mani dello zio che premevano sulle sue spalle come per tenerlo fermo. Per tenerlo lì, in quel luogo. In quella casa dove l'aveva visto crescere.

Mentre il dottor Molecola gli chiedeva di andarsene lo bloccava! Un comportamento davvero contraddittorio.

Il giovane Hastor Venti fu preso dal panico e una fitta allo stomaco gli fece venire il vomito.

Corse in bagno e stette a guardarsi allo specchio per un bel po' di tempo mentre Flebo, fuori dalla porta, continuava a chiedergli se aveva bisogno di aiuto.

Quando aprì, lo zio era lì, fermo, con le mani sudate e gli occhi lucidi.

«Non voglio che tu te ne vada. Ma temo proprio che lo dovrai fare. Credimi!»

«Ma zio! Non capisco! Cosa ho fatto di male? È forse per via della scuola?»

«No. La scuola non c'entra. Sei un bravo ragazzo. I tuoi genitori sarebbero fieri di te. Ma io ho...»

Flebo non riuscì a finire la frase, abbracciò forte il nipote, scese le scale di corsa e uscì di casa.

Geno rimase impietrito, mentre l'acqua del rubinetto del bagno continuava a scorrere. Quando cercò di raggiungere lo zio, lo vide allontanarsi pedalando a tutta forza verso il paese.

Sconsolato e impaurito, Geno se ne tornò in camera sua. Quella domenica d'ottobre era iniziata proprio male.

Flebo Molecola non tornò neppure per pranzo e il ragazzo si arrangiò con quello che c'era nel frigorifero.

Alle tre del pomeriggio i cugini Fratti lo invitarono ad andare in bici fino al fiume.

Il ragazzo non ne aveva proprio voglia ma gli amici insistettero così tanto che alla fine accettò. Si aggregarono anche Gioia, Marlonia e la solita rompi di Mirta.

Per raggiungere il fiume era necessario passare davanti alla villetta rosa e, quando i ragazzini in sella alle bici furono a pochi metri, videro l'anziana signora al cancello. In mano aveva dei pacchetti: un paio caddero per terra.

«*Mon dieu de la France!*» esclamò la vecchietta.

Geno frenò di colpo e scese dalla bici. Raccolse i pacchetti e li porse alla donna.

«*Merci beaucoup!* Molte grazie! Sei gentile» rispose madame Crikken accennando un lieve sorriso.

Gli altri ragazzini erano andati avanti, solo Mirta, a metà via, si girò urlando:

«Lasciala perdere. È una vecchia pazza! È un fantasma di quella casa maledetta!».

Geno arrossì per la maleducazione della compagna, ma madame Crikken, sfiorando il suo cappellino verde, disse:

«Vuoi raggiungere i tuoi amici o mi aiuti a portare questi pacchetti a casa?».

Senza dire una parola, Geno si mise davanti al cancello aspettando che la donna lo aprisse. Napoleon era in cortile, spaparanzato sotto un grande cipresso, e, appena vide arrivare la sua padrona, miagolò leccandosi il muso.

«Vieni, ti preparo un buon tè» disse l'anziana signora facendolo entrare in casa.

La prima cosa che Geno sentì fu un profumo particolare. Un odore buono e dolcissimo. Poi scorse sulla panca, accanto alla porta, alcuni piccoli ninnoli e uno stranissimo triangolo di metallo.

Vedendolo molto incuriosito da quell'oggetto madame Crikken disse:

«È un Vertiglio, non toccarlo».

«Vertiglio?» ripeté il ragazzo.

«*Oui*, ma non chiedermi a cosa serve perché ora non è il momento» ripose seccamente madame.

Il ragazzo rimase in silenzio. Madame Crikken si tolse il cappellino, la mantella e lo fece accomodare in cucina. Era bellissima!

La credenza, il tavolo e le sedie in legno laccato rosa erano decorate con dei piccolissimi fiorellini bianchi e azzurri. Sullo sportello del frigorifero, verde pisello, minuscole calamite blu trattenevano dei foglietti scritti a mano sui quali erano segnate stranissime sostanze: Cocco husserliano: 2 grammi; Gelsomino taletiano: 0,5 grammi; Cannella pitagorica: 4 grammi; Erba nera: 1 chilo; Acqua di piume: mezzo litro.

Sulla parete sinistra, sopra le mensole, spiccavano decine di piccoli e grandi barattolini di vetro e metallo sui quali erano incise alcune lettere dell'alfabeto. Geno scrutava tutto con grande curiosità, fino a quando posò gli occhi sul fornello grande e lucido. C'erano tre pentole rosse dalla forma originale: una era lunga e stretta, l'altra larga e bassa e la terza aveva l'aspetto di una grande sveglia. Tutte e tre avevano impresse due lettere: "A.M.".

«Siediti. Il tè sarà pronto in pochi minuti» disse la signora francese afferrando il barattolo bianco con incise le lettere "R.S.".

Napoleon balzò sul tavolo e si mise seduto davanti alla faccia di Geno, drizzò i baffi e annusò l'ospite. Il ragazzo non mosse un dito: temeva di essere graffiato un'altra volta.

Madame Crikken, dopo aver trafficato sul fornello, posò sul tavolo due tazze bianche e versò la profumatissima bevanda dal colore lucente.

«È tè R.S., alla Rosa Severina. Una vera delizia, *doux*. Dolce» disse, guardando con i suoi occhi azzurrini l'espressione incredula di Geno, che si portò la tazza alle labbra e assaggiò. Era il più buon tè che avesse mai bevuto.

L'anziana signora aprì la credenza e tirò fuori un piattino con dei biscotti tondi e verdi:

«*Biscuits* P.N., biscotti al Pistacchio Nullo. Sono certa che ti piaceranno».

Geno allungò la mano e ne prese uno. In effetti aveva un gusto delicato che ben si univa al tè.

«Rosa Severina? Pistacchio Nullo? Ma che ingredienti sono?» chiese curioso.

«Cucina *Métaphysique*... metafisica» rispose Margot sorseggiando il tè.

«Cucina che?» domandò il ragazzo ridendo.

«Io sono un'esperta di Cucina Metafisica» rispose alzando il cucchiaino.

«Allora lei è una professoressa cuoca?»

La ridicola domanda divertì l'anziana donna:

«Conosco materie particolari. E in effetti faccio un po' la cuoca e i cibi contengono ingredienti filosofici» rispose appoggiando le mani affusolate sulla tazza.

«Filosofici? Mai sentita una cosa simile!» sbottò Geno.

«*Oui*. Sì, sì, lo so bene» sussurrò l'anziana socchiudendo gli occhi.

«Lei è una professoressa in pensione?» chiese il ragazzo alludendo all'età della donna.

«In pensione? Ma non scherziamo! Posso ancora insegnare molte materie interessanti» fu la secca risposta.

La signora francese si accarezzò i candidi capelli raccolti da un romantico chignon, si schiarì la voce e parlò ancora:

«So che vuoi chiedermi molte cose. Ma oggi non potrò darti tutte le risposte».

Hastor Venti smise di mangiare i biscotti e fissò preoccupato la sua enigmatica interlocutrice.

«In effetti vorrei sapere come mai lei conosce me e mio zio Flebo» disse Geno.

«Io e tuo zio ci siamo conosciuti tanto tempo fa. Tu eri nato da poco. Siamo diventati amici... come vedi parlo perfettamente italiano» spiegò Margot guardandosi le mani.

«Allora lei ha conosciuto anche i miei genitori?» il ragazzo fu preso da una gioia improvvisa.

«Sì. Mi spiace per ciò che è successo» disse la donna, abbassando lo sguardo sul gatto che se ne stava seduto in un angolo del tavolo.

«Sa chi ha rapito mio padre e mia madre?» chiese Geno con il cuore che gli batteva fortissimo.

Madame Crikken alzò gli occhi verso il soffitto senza parlare.

«Sono vivi?» domandò disperato.

«È probabile. Ma stai calmo. Ti spiegherò tutto al momento giusto» rispose quasi seccata madame Crikken.

«Cosa? Lei sa e non vuole dirmi nulla? Ma io... io non li ho mai visti. Capisce?»

Geno sentì la rabbia salirgli in gola. Voleva sapere la verità. Erano 11 anni che nel suo cuore c'era il vuoto della disperazione.

Con le mani rugose la vecchia signora prese il viso del ragazzino e dolcemente disse:

«Non ti hanno abbandonato. Sono stati costretti a lasciare Campana di Sotto. Questo posso dirtelo».

«Dove posso trovarli?» il ragazzo era sempre più agitato e non riusciva a controllarsi.

«Bevi il tè. Ti spiegherò nei prossimi giorni. Abbi pazienza. Non è facile quello che dovrò dirti» disse con voce sottile madame Crikken.

«Perché è venuta ad abitare qui?» la domanda arrivò come un fulmine.

«Per te!» fu la risposta altrettanto fulminea.

«Per me? E perché? Per portarmi via? Per portarmi dai miei genitori?» Geno strinse i pugni e si morse le labbra dal nervoso.

«Tuo zio non ti ha ancora detto nulla?» replicò Margot.

«Mi ha parlato di un viaggio. Di un progetto. Ma non mi ha spiegato bene. È uscito di casa stamattina e non è più rientrato» rispose, mentre un brivido percorreva la sua schiena e in bocca gli sembrava di avere una bolla d'aria.

Madame Crikken allungò una mano e prese quelle del giovane Hastor Venti: erano gelate.

«Ti senti bene? Vuoi dell'altro tè?» chiese dolcemente.

Il ragazzo aprì di colpo la bocca come per espellere la bolla d'aria ma non accadde nulla. Si sentì ridicolo. Il contatto con le mani della signora francese lo aveva messo in subbuglio.

«Vedrai che lo zio stasera ti spiegherà tutto. Non temere.

Fidati di Flebo e di me» disse ritraendo la mano e lasciando Geno in preda all'ennesima confusione mentale.

«Lei è una strega?» le chiese senza rendersene conto.

Madame Margot Crikken scoppiò in una fragorosa risata: «*Sorcière?* Strega? Di più... di più... le streghe sono meno brave di me».

Il ragazzo si alzò dalla sedia impaurito.

Anche lei si alzò e, sempre sorridendo, lo accompagnò fuori dalla cucina. Nel corridoio c'erano due porte: una spalancata, che dava sulla camera da letto, mentre l'altra era socchiusa. Napoleon sgattaiolò tra le gambe di Geno e zampettando salì sulla scala che portava in soffitta.

«Lui dorme lassù. Quella è la mia camera mentre qui... be', qui non posso farti entrare» disse Margot chiudendo la porta.

Geno, proprio in quella stanza proibita, aveva notato una parte dell'enorme sigillo nero che aveva visto volare la prima notte.

Quando fu sull'uscio si girò verso il volto, rugoso ma sereno, della misteriosa donna francese:

«Mi sento stordito. Lei è molto gentile ma non so se posso fidarmi. Forse è meglio che non ci vediamo più. Non so se lei mi dice davvero la verità sui miei genitori».

Madame Crikken tolse gli occhialini, avvicinò il viso a quello del ragazzo e con voce suadente rispose:

«Dubito fortemente che non ci vedremo più. Anzi, sono sicurissima che da oggi in poi tu verrai a trovarmi nell'ora del tè. *Bonne soirée*».

«Buona sera» ripeté Geno mentre la signora chiudeva la porta.

Il ragazzino se ne andò dondolando come se fosse sceso da una giostra. Le 7 di sera!

Le ore trascorse a casa di madame Crikken erano davvero

volate. Quando rientrò, trovò lo zio ad attenderlo, visibilmente turbato.

«Scusami per stamattina. Ora ti dirò quello che devi sapere» disse Flebo stando in piedi davanti alla finestra della cucina.

«Ti ascolto, zio. Ma prima devo dirti io una cosa».

Geno si versò un bicchiere d'acqua e lo buttò giù in un attimo. Poi si fece forza e raccontò la conversazione che aveva avuto con madame Crikken, spiegando che non voleva più vederla.

«Tu la vedrai ancora! Margot è venuta a Campana di Sotto per te. Non devi avere paura. È una donna molto saggia» affermò con una certa fermezza lo zio.

«Ma è strana! Dice cose che non comprendo e poi fa troppo la misteriosa. Dice di essere un'esperta di Cucina Metafisica! Secondo me non ha tutte le rotelle a posto! E anche tu, zio, sei diverso da quando è arrivata» disse Geno appoggiandosi al frigorifero.

«Capirai tutto. Non ci vorrà molto. Devi partire. Devi prepararti» il tono di Flebo era sempre più deciso.

«Prepararmi? A fare cosa? E andare dove?» il ragazzo iniziò ad arrabbiarsi.

«Dovrai andare in un luogo lontano e trovare... i tuoi genitori. Solo tu puoi farlo» Flebo non calmò per nulla l'ira di Geno.

«I miei genitori? Ma allora è vero quello che dice madame Crikken!» gridò forte.

«Sì! Lo sai che...» Flebo non terminò di parlare poiché Geno lo interruppe:

«Che sono vivi! Dimmelo zio, sono vivi o no? Chi li ha rapiti?».

«Margot può aiutarti a ritrovarli» rispose il dottor Molecola prendendosi la testa tra le mani.

«Siete tutti matti! Mi state prendendo in giro!»

Il ragazzo fece per salire le scale, ma lo zio lo acciuffò per la felpa.

«Fermo! Ascoltami! Da domani andrai tutti i pomeriggi da madame Crikken. Alle 17 precise. Ti spiegherà meglio. Devo lasciarti andare. Non ho alternative. È giusto così!»

«Tutte fesserie! Io non me vado e non frequenterò mai più la villetta rosa! Chiaro?» urlò Geno, furibondo.

Il fatto che dopo 11 anni dalla scomparsa dei suoi genitori emergesse una verità nuova e totalmente irreale lo faceva impazzire.

«Fallo per me» la frase di Flebo colpì al cuore il nipote. «Questo viaggio sarà importante. D'altra parte io avevo promesso che al compimento degli 11 anni ti avrei lasciato andare».

Questa affermazione dello zio alimentò nuovamente la paura del ragazzino:

«Promesso? A chi?» chiese agitatissimo.

«Ti dirà tutto Margot».

Lo zio salì le scale e si chiuse in camera, lasciando il ragazzo in preda a una crisi isterica. Quella sera nessuno dei due cenò.

Geno, nonostante l'agitazione, stavolta riuscì a dormire. Dormì così tanto che si svegliò alle 16,30 del giorno dopo. Appena aprì gli occhi guardò la sveglia. Pensò fossero le 4,30 di mattina, ma dalle fessure della finestra si capì immediatamente che era giorno!

Si vestì e di corsa andò nell'ambulatorio dello zio. Non c'era nessuno! Sulla porta era appeso un cartello: "Visite sospese".

Geno era nel panico più totale. Sulla strada notò che i suoi amici stavano giocando a pallone.

«Ehi, stamattina hai marinato la scuola! Sei malato?» chiese Nicosia.

«Adesso sto bene» rispose frastornato Geno.

«Ieri la vecchia gli ha fatto un incantesimo. Guardate che faccia!» disse con lingua velenosa Mirta.

Hastor Venti salì sulla sua bici arrugginita e pedalò sino al numero 67, lasciando tutti senza parole. Lo guardarono allontanarsi e rimasero sbalorditi. "Geno-scemo" non aveva paura di avvicinarsi alla casa dei fantasmi e incontrare la vecchia pazza francese. Alle 17 in punto era davanti al cancello della villetta rosa. Aperto. Entrò, appoggiò la bici al muro e bussò. Ma fu inutile: anche la porta era già aperta.

«Vieni avanti. Il tè e i biscotti sono già pronti» la voce sottile di madame Crikken proveniva dalla cucina.

Geno attraversò il corridoio, diede un occhiata alla porta della stanza proibita. Era chiusa!

«Siediti. Bevi il tè, è caldo al punto giusto» la signora, vestita tutta di bianco, sembrava una vecchia sposa.

Il ragazzo si sedette, mangiò un paio di biscotti verdi e sorseggiò la dolce bevanda.

«Tuo zio ti ha detto?» chiese con calma la donna.

«Sì. Dove devo andare?» domandò guardando l'anziana signora.

«Andrai all'Arx Mentis, la Rocca della Mente» disse freddamente madame Crikken.

«Che cos'è? Un collegio? Lo sapevo io che c'entrava la scuola! Non vado molto bene ma non voglio finire in un collegio!» rispose inzuppando un biscotto dentro la tazza.

«Non è una scuola ma un luogo *secret*... segreto, dove si studiano e si praticano i poteri della mente. L'Arx Mentis è frequentata soprattutto da persone adulte. I ragazzi sono pochissimi» fu la spiegazione della Crikken, che non chiarì per nulla le idee a Geno.

«I miei genitori si trovano lì?» il ragazzo sentì nuovamente un brivido alla schiena e le mani si gelarono di colpo.

Madame Crikken prese in braccio Napoleon e lo accarezzò: «Penso, forse, che si trovino ancora lì».

«Come forse?» chiese il ragazzino sempre più turbato.

«Sono stati portati all'Arx Mentis subito dopo il rapimento, ma che siano ancora lì non ne ho certezza» spiegò sconsolata l'anziana.

«Ma lei li ha mai visti?» Geno era sconvolto.

Madame Crikken non rispose.

«Sono prigionieri? Dentro una cella? Una grotta? E perché? Insomma...» urlò battendo i pugni sul tavolo.

«Calmati. So che è difficile per te capire, ma sto tentando di spiegarti. Devi ascoltarmi e avere pazienza. Tuo zio ha fatto una promessa».

«Già, me l'ha detto. Anche questo non mi è per nulla chiaro» disse il ragazzo, bevendo l'ultimo sorso di tè.

«E lo sai che le promesse vanno mantenute» e così dicendo la donna lasciò andare il gatto, uscì dalla cucina, aprì la porta della stanza proibita ed entrò chiudendola alle sue spalle.

Geno rimase in cucina con Napoleon. Dopo pochi secondi madame Crikken ritornò con qualcosa in mano.

«Tieni. Questa è tua» disse porgendo al ragazzino la foto rotta di suo padre.

«Come mai ce l'ha lei, signora? Me l'ha rubata!» Geno si alzò dalla sedia, tutto rosso di rabbia.

«No! Non l'ho rubata. Semplicemente ne avevo bisogno».

La risposta della vecchia francese non soddisfò per nulla Geno.

«Bisogno? Per farne che cosa? Questo è mio padre!» gridò a voce alta il giovane Hastor Venti.

Il gatto spalancò la bocca e soffiò, mentre madame Crikken si avviava verso l'uscio:

«Ora vai Geno. Per oggi basta così. *Bonne soiré*».

«Basta un corno! Sono stanco dei suoi giochetti, mia cara madame Margot Crikken! Rubare è una cosa che proprio non si deve fare! Mi meraviglio di lei!»

Detto questo, Geno si precipitò fuori, salì in fretta e furia sulla sua bici e pedalò con forza. Corse come il vento e le lacrime che gli scendevano giù dagli occhi volavano come gocce di pioggia. Percorse via del Dolce Rosmarino senza rendersene conto. Persino la catena arrugginita della sua bici non cigolò.

Arrivato a casa, entrò come un razzo, sbatté la porta talmente forte che lo zio fece un salto, salì le scale e si rifugiò in camera. Tirò fuori dalla tasca la foto rotta e pianse. Pianse come non aveva mai fatto in vita sua.

«Che succede?» domandò lo zio entrando inaspettatamente.

«Via! Vai via! Siete pazzi!» urlò il ragazzo stringendo la foto.

«Calmati. Non piangere» Flebo si sedette sul letto e lo abbracciò.

Per un'ora stettero così. In silenzio. Alla fine Geno si addormentò stringendo tra le mani la foto di suo padre.

Il giorno dopo, sempre alle 16,30, si svegliò. Sul comodino trovò un messaggio.

Vai da madame Crikken.
Alle 17 in punto ti aspetta.
Ti prego, fallo per me.
zio Flebo

Geno strappò il foglio. Si mise seduto sul letto con la testa tra le mani: non sapeva proprio che cosa fare. Era il secondo giorno che non andava a scuola e questo avrebbe provocato non pochi problemi con i professori. In particolare con quello di matematica.

Aprì la finestra e vide il cielo coperto di nuvole grigie e nere. Stava per piovere e faceva freddo. Sulla strada non c'erano i suoi amici. Era deserta. Girò la testa verso la villetta rosa e vide in lontananza Napoleon davanti al cancello. Aspettava. La volontà di non andare da madame Crikken era forte, ma tutto sembrava dirgli che il suo destino non era a Campana di Sotto. Il viaggio che doveva fare era già deciso e nulla avrebbe potuto cambiare le cose. Proprio nulla.

In sella alla sua bici pedalò guardando il cielo plumbeo. Respirò piano e si sentì avvolto dall'onda grigia e azzurra che le nuvole emanavano. Alberi, case e lampioni sembravano usciti da una cartolina d'altri tempi. Colori antichi, odori insoliti. Come quelli di madame Crikken.

La tazza di tè R.S. e il piatto con i biscotti P.N. erano sul tavolo. La pentola fatta a sveglia, con impresse le lettere A.M., bolliva sul fuoco e il vapore profumava la cucina.

Madame entrò. L'abito di velluto blu sfiorava il pavimento. In mano aveva una candela viola. La fiammella le illuminava il volto e si rifletteva sulle lenti degli occhialini.

«Bentornato, Geno. Il tempo oggi è pessimo. E alla mia età i dolori alle ossa si fanno sentire» disse appoggiando la candela sul tavolo.

«Sì, pessimo» ripeté il giovane ospite senza mostrare la sua rabbia.

La donna si girò di spalle per controllare la pentola sul fornello.

«Per favore, mi parli della promessa di mio zio» chiese a bruciapelo il ragazzo, gustando un biscotto.

Margot spense il fuoco e si sedette di fronte a lui. Prese delicatamente la tazza e sorseggiò il tè. Poi iniziò a parlare senza staccare mai gli occhi dal ragazzo.

«Tuo zio era presente quando rapirono i tuoi genitori» cominciò improvvisamente la francese.

«Davvero?» chiese il ragazzo, con una fitta allo stomaco.

«Certo. Ed è lui che ti ha salvato» rispose Margot.

«Ma come è successo?» Geno tremò come una foglia.

La donna allargò le braccia e guardando il soffitto disse:

«Anch'io c'ero. E c'era anche un uomo, il tedesco Yatto Von Zantar».

«Cosa?»

«Ora ti spiego. Ma devi stare calmo» sussurrò la donna. «Sono una Sapiens. Faccio parte del gruppo dei Sapientes, i Sette Saggi dell'Arx Mentis. Yatto Von Zantar è il Summus Sapiens, il Grande Saggio. I ragazzi che frequentano la Rocca della Mente sono Antei, gli adulti Psiofi. Nel mondo ce ne sono in tutto 555» spiegò, parlando con calma.

«Antei, Psiofi... che nomi! L'Arx Mentis dev'essere un posto molto strano. Non ne ho mai sentito parlare» commentò Geno.

«Già. Un luogo strano e sconosciuto alla maggioranza degli uomini. E deve rimanere segreto. Io mi sono sempre occupata di *Cuisine Métaphysique*, Cucina Metafisica, e altre materie. Tutto sembrava andare liscio. Poi accadde una cosa terrible... terribile. Tuo padre e tua madre divennero un pericolo per noi Sapientes».

«Un pericolo? Ma loro erano dei semplici farmacisti!» l'interruppe Geno.

«Tu eri piccolo. Avevi tre mesi e non puoi ricordare nulla. Ma 11 anni fa io e Von Zantar partimmo dall'Arx Mentis per venire qui, a Campana di Sotto».

«Ma perché?» chiese sempre più turbato Geno.

«Perché i tuoi genitori avevano inventato una strana medicina. Una sostanza liquida che, bevuta a piccolissime dosi, potenziava la mente» la spiegazione della donna sbalordì il ragazzino.

«Una sostanza? Una droga?» Geno era completamente confuso.

«Un liquido creato per caso nel loro laboratorio farmaceutico. Forse pensavano di aver fatto uno sciroppo di vitamine e invece... avevano inventato il ClonaFort» madame Crikken mise la mano sulla bocca come per non parlare più.

«ClonaFort? Mai sentito» disse Geno.

«*Oui!* Certo, non puoi saperle queste cose. Nè io nè Von Zantar potevamo permettere che molte persone lo bevessero. Gli effetti mentali sarebbero stati devastanti e incontrollabili. Capisci?» chiese angosciata madame Crikken.

«No! Non capisco!» ribatté Geno.

«Se la gente avesse bevuto il ClonaFort avrebbe iniziato a usare i poteri della mente magari in modo scorretto e pericoloso. A Campana di Sotto sarebbero successe cose assurde. Terribili! Chi ha poteri mentali può controllare gli altri. Questo lo capisci?» insisté la donna.

«Sì, lo capisco. Ma i miei genitori non avrebbero mai fatto nulla di male» cercò di spiegare Geno.

«I tuoi genitori hanno solo la colpa di aver creato quel farmaco. Non sapevano che le conseguenze sarebbero state gravi per tutti. Così siamo intervenuti noi. Noi Saggi, che abbiamo il dono di usare la mente in modo controllato. Mi sono spiegata?» chiese l'anziana francese con voce leggermente alterata.

«Voi? Ma chi siete, voi? E come potete decidere per gli altri?» Geno era sempre più nervoso.

«Noi facciamo parte di una comunità che da secoli e secoli si occupa dello studio dei poteri mentali. Della spiritualità. Della meditazione. Dell'utilizzo delle forze energetiche della natura. Certo, questi argomenti possono sembrarti folli ma credimi, è così» spiegò con estrema calma madame Crikken.

«Va bene. Ma perché non avete detto queste cose ai miei

genitori. Loro avrebbero capito e distrutto il ClonaFort...» Geno non riuscì a terminare la frase, perché la donna lo fermò:

«Loro sapevano la formula per creare il ClonaFort. Sarebbe stato troppo pericoloso lasciarli qui, a Campana di Sotto. E poi... l'avevano bevuto anche loro».

«Allora erano diventati super intelligenti!»

«In verità avevano cominciato a fare strane cose. Non riuscivano più a controllare i loro pensieri. Per questo la gente di Campana di Sotto iniziò a evitarli. Dicevano che erano pericolosi, – Margot respirò profondamente e continuò il racconto – così io e Von Zantar li portammo via distruggendo tutte le bottigliette della potente medicina. La porta della farmacia fu sbarrata. E lo sai bene che ora, nel vicolo *du Lis Noir*, del Giglio Nero, c'è solo sterpaglia e nessuno osa metterci piede» concluse, con gli occhi ormai lucidi.

«Sì, lo so. Una volta io e Nicosia abbiamo cercato di raggiungere la porta, ma in mezzo all'erba abbiamo visto topi e scarafaggi. Siamo scappati anche se io avevo un grande desiderio di vedere la farmacia dei miei genitori» Geno era serissimo e triste.

«Non farlo mai più. Non tentare di entrare nella farmacia. Potrebbe essere pericoloso» spiegò la donna alzando il tono della voce.

«Pericoloso? Potrei morire?» chiese terrorizzato.

«*Oui*» affermò madame Crikken fissandolo negli occhi.

«Per questo neppure lo zio Flebo ha mai voluto entrare nella farmacia!» esclamò il ragazzo scuotendo la testa.

«Tuo zio ha dedicato undici anni a te. Rammentalo sempre» disse la donna. «Ma per farti trascorre un'infanzia tranquilla dovette fare una promessa a Von Zantar».

«Si spieghi meglio». Il ragazzo, sempre più impaziente e nervoso, iniziò a tamburellare con le dita delle mani sul tavolo.

Madame Crikken si alzò in piedi e con le braccia piegate mimò la scena:

«Flebo ti stringeva tra le braccia quando Von Zantar e io prendemmo con forza i tuoi genitori. Lui ci supplicò di lasciarti lì. Eri piccolo e Flebo non conosceva la formula del ClonaFort quindi non avrebbe potuto svelare nulla a nessuno. Io feci in modo che Von Zantar accettasse di lasciarti con tuo zio, a Campana di Sotto. E così è stato».

L'anziana signora francese si sfiorò il volto e la commozione riempì di lacrime i suoi occhi severi.

«Allora... allora lei mi hai salvato» disse Geno allungando le mani verso madame Crikken.

«Ti ho lasciato in braccio a tuo zio. È lui che devi ringraziare» spiegò Margot dondolando la testa.

«Adesso cosa devo fare? Perché lei è venuta qui? Perché non ha riportato i miei genitori?» disse Geno, irrigidendosi nuovamente.

A quel punto la donna si schiarì la voce e parlò ancora:

«Il Summus Sapiens Von Zantar fece promettere a tuo zio che al compimento dell'undicesimo anno tu saresti venuto all'Arx Mentis».

«Io? E per quale motivo?» chiese il ragazzo spalancando occhi e bocca.

«Perché forse tu hai dei poteri mentali nascosti, da tenere sotto controllo e come tutti i ragazzini particolarmente dotati, adesso, alla tua età, quando lo sviluppo fisico e psicologico segna l'inizio dell'ingresso alla vita futura da adolescente, potresti avere delle strane reazioni. So bene che fai dei sogni che poi si realizzano. Vero?» disse madame Crikken puntando il dito indice della mano destra verso il ragazzo.

«Sì, in effetti faccio sogni strani e certe volte mi perdo in mille pensieri, ma non ho alcun potere particolare!» rispose seccamente il giovane Hastor Venti.

«Tu hai preso il latte dal seno di tua madre. E lei aveva bevuto forti dosi di ClonaFort. Il farmaco è entrato anche nel tuo sangue, nel tuo cervello. Bisogna controllare. Capisci? È per il tuo bene».

Geno non capiva più nulla.

Sembrava ubriaco di parole.

«Latte? ClonaFort? Ma lei è proprio pazza!» esclamò.

«Capirai, capirai. Devi seguire il tuo istinto» madame pronunciò la frase in modo molto persuasivo.

«Istinto?» ripeté Geno.

«Già, proprio l'istinto. Devi fidarti sempre del tuo istinto. Comunque, quando sarai all'Arx Mentis conoscerai gli altri ragazzi, gli Antei».

Geno l'ascoltò ancora. Lo zio non gli aveva mai detto nulla di questa storia e per questo il suo stupore e la sua curiosità furono incontrollabili:

«Insomma, devo andare in questo posto strano dove avete rinchiuso i miei genitori perché temete che anch'io abbia dei poteri mentali che si manifestano adesso? A 11 anni?» chiese, con il cuore in gola e senza respiro.

«Sì. Yatto Von Zantar è un uomo intelligente e molto potente. Ha capacità mentali davvero straordinarie» continuò l'anziana signora.

«Cosa fa di tanto pericoloso?» chiese terrorizzato.

«Può entrare nella testa delle persone e convincerle. Lo fa anche con i ragazzini» rispose madame Crikken coprendosi gli occhi.

«E da me cosa vuole?» domandò sempre più impaurito Geno.

«Vuole controllare se tu hai dei poteri mentali. Tuo zio deve lasciarti venire via. Lo ha promesso».

«Ma se è pericoloso perché volete mandarmi all'Arx? Il Summus cosa potrebbe farmi, se non vado?»

«Cose che tu nemmeno immagini» rispose madame, socchiudendo gli occhi.

«Ma se io veramente ho poteri mentali, che cosa succederà?» domandò il ragazzo sempre più spaventato.

«Li userai, dimostrando a Von Zantar ciò che sai fare» Margot congiunse le mani e chinò la testa.

«Ma poi tornerò a casa. Vero?» Geno era sconvolto.

«Ora non posso prometterti nulla. Ma devi farti forza. Io e tuo zio Flebo non vogliamo che tu vada da lui solo per via della promessa. C'è anche un'altra ragione. La più importante e urgente» disse la signora francese alzandosi dalla sedia.

«Cos'altro c'è?» chiese Geno bevendo il tè.

«Potrai cercare i tuoi genitori» rispose madame.

«E lei, perché non li hai cercati?» il ragazzo era sospettoso.

«Non posso. Non so dove Von Zantar li tenga e si vendicherebbe se io lo scoprissi. Sarei espulsa per sempre dall'Arx e non potrei mai più aiutarti» rispose l'anziana Saggia, serissima.

«Solo io posso cercarli?» chiese Geno, sempre più spaventato.

«Sì. Ma di questo parleremo domani. Credo di averti dato parecchie risposte oggi» Margot si alzò faticosamente dalla sedia e accarezzò il volto di Geno, che, combattuto tra paura e curiosità, non riusciva più a fermare le domande:

«Ma dove si trova l'Arx Mentis?».

«Te lo spiegherà tuo zio. Ora vai. La nostra conversazione proseguirà domani. *Bonne soirée*» e, detto questo, l'anziana l'accompagnò alla porta.

Il cielo era nero come la pece e l'aria sapeva di pioggia. Raffiche di vento freddo sferzavano gli alberi e le foglie rossastre cadute dai rami tappezzavano via del Dolce Rosmarino.

L'autunno era arrivato e presto l'inverno avrebbe portato ghiaccio e neve.

Quando Geno tornò a casa non trovò lo zio. Lo attese a lungo per la cena. Voleva assolutamente sapere dove si trovava questo misterioso luogo di studi mentali!

Alle 22 Flebo non era ancora rientrato. Il ragazzo alla fine decise di lasciare sul tavolo il diario scolastico perché firmasse la giustificazione per le assenze. Vicino scrisse un biglietto.

> Caro zio,
> dove si trova l'Arx Mentis?
>
> Geno

Il ragazzo voleva tutta la verità! Flebo non poteva più far finta di nulla. Assonnato, se ne andò a letto pensando che il giorno dopo sarebbe finalmente tornato a scuola. Ma non fu così.

Per la terza volta si svegliò alle 16,30 del pomeriggio. Per questa coincidenza, Geno iniziò a sospettare che dormiva così tanto a causa del tè alla Rosa Severina e dei Biscotti al Pistacchio Nullo. Forse contenevano sonnifero!

Preoccupato e arrabbiato, cercò lo zio. Lo chiamò più volte. Ma Flebo non rispose. Entrò nella sua camera: il letto era intatto, non aveva dormito a casa. Questo non era mai successo! Scese in cucina, il biglietto e il diario scolastico erano lì. Non c'era la firma di giustificazione né la risposta sull'Arx.

Il ragazzo pensò che fosse successo qualche cosa di grave allo zio. Si precipitò in ambulatorio: nella sala d'aspetto c'erano venti persone. Bussò alla porta a vetri. Flebo aprì dopo un po':

«Geno, lo sai che non...» ma fu interrotto subito dal nipote.

«Dove sei stato questa notte?» domandò agitato.

«C'erano molte urgenze. Ci vediamo stasera a cena» Flebo fece per chiudere la porta ma Geno la bloccò con un piede.

«So tutto zio. So del ricatto del Summus Sapiens. E anche del ClonaFort. Ora dimmi dove si trova l'Arx Mentis» il ragazzo attese la risposta.

Lo zio ebbe un attimo di smarrimento e sussurrò piano: «Qui non posso spiegarti. C'è gente».

«Dimmelo! Madame ha detto che me lo devi dire tu!» insisté Geno.

Flebo Molecola si girò verso il paziente che stava visitando e gli chiese di attendere un minuto, poi prese sotto braccio il nipote e uscì dall'ambulatorio. Fuori, mentre la pioggia scendeva copiosamente, i due si misero a parlare accanto alla porta.

«Allora?» chiese con tono arrogante il giovane Hastor Venti.

«Non nominare mai più la parola ClonaFort tra la gente!» disse con aria minacciosa Flebo.

«Sì, hai ragione è che io...» Geno arrossì.

«Tu cosa? Devi stare zitto. Capisco che sei confuso. Ma è una cosa molto seria» rispose asciugandosi la fronte dal sudore.

«Ma questo farmaco pericoloso lo conoscono qui a Campana di Sotto? Sanno che i miei genitori...» il giovane Hastor Venti provò una sensazione di terrore.

«No. Non credo sappiano tutta la verità, anche se quando i tuoi genitori provarono il ClonaFort convinti che fosse una supervitamina accaddero cose strane. Loro erano... erano diventati diversi e la gente cominciò a dire che erano impazziti. Certo, Corinna e Pier erano dei bravissimi farmacisti che vendevano nuove medicine e io consigliavo ai miei pazienti tutte le loro ottime pasticche contro il mal di gola, gli sciroppi alle erbe per la febbre. Ma con il ClonaFort superarono il limite e nessuno si fidò più di loro» lo zio si asciugò per l'ennesima volta il sudore sulla fronte e guardò Geno.

In quel momento il giovane Hastor Venti capì perché molti dei suoi compagni di scuola lo avevano sempre trattato come uno svitato. Ecco qual era la ragione!

«Quando i tuoi genitori sparirono – continuò Flebo – insomma, quando furono rapiti, la voce si sparse per tutto il paese e in molti cominciarono a dire che erano...»

«Pazzi!» esclamò Geno con la voce strozzata.

«Sì, pazzi. E non potevano più stare a Campana di Sotto perché erano diventati pericolosi. Scomodi. Per questo nessuno cercò di sapere com'erano spariti o se qualcuno li aveva rapiti. Nonostante lo sgomento, tutti pensarono che era meglio così. Capisci?» raccontò lo zio, sempre più affranto, le gambe leggermente piegate e la schiena china.

«Sì, ora capisco perché mi trattano da matto...»

Geno nascose il volto tra le mani e scoppiò a piangere.

«No, no, non fare così. Adesso sai la verità. E se riuscirai a trovarli e riportarli a casa tutti capiranno che è stata solo una brutta storia» cercò di confortarlo Flebo Molecola, con il cuore che batteva forte. Avrebbe tanto voluto che Corinna e Pier fossero già lì, con loro.

«Va bene zio. Andrò a cercarli. Ma ora dimmi dove si trova l'Arx» domandò il nipote.

«L'Arx si trova nella *Vallée des Pensées*. Un luogo lontano» rispose togliendosi gli occhiali.

«*Vallée des Pensées*? Valle dei Pensieri» ripeté con una certa eccitazione il ragazzo.

«È una località segreta. Solo chi frequenta l'Arx la conosce» spiegò parlando piano lo zio.

«Si arriva in treno o in autobus?»

«Questo te lo dirà Margot» e guardò l'orologio, mancavano tre minuti alle 17. «Presto, corri alla villetta rosa, lei ti aspetta».

«Ma... a scuola non ci vado più?» chiese Geno preoccupato.

«Non credo. Comunque domani ti accompagnerò e parlerò con gli insegnanti. Andrà tutto bene» rispose lo zio rientrando in ambulatorio.

Il ragazzo salì sulla bici e sotto la pioggia raggiunse la villetta rosa, mentre lo zio rientrò in ambulatorio camminando lentamente.

Quel pomeriggio Margot gli spiegò altre cose. Notizie importanti per il viaggio che doveva affrontare.

«Nella prima parte del viaggio sarai solo» disse la donna versando il tè nella solita tazza. «Poi incontrerai gli altri Antei, dei ragazzini che hanno più o meno la tua età».

«Veramente?» chiese sorpreso Geno.

«*Oui*. Sì, sono tuoi coetanei» continuò madame Crikken.

«Da dove vengono?»

«Vengono da Paesi di tutto il mondo. Luoghi dove la meditazione e la spiritualità sono studiate e vissute da sempre. Quando giungerai là ti faranno un sacco di domande ma non preoccuparti. Il tuo nome è già scritto nel registro degli arrivi e se ti troverai in difficoltà ti aiuterò. Però nessuno deve sospettare nulla» spiegò con molta calma la signora francese.

«Ma sono dei maghi?» chiese preoccupato Geno.

«Alcuni sì. Anche se essere maghi è facile» rispose Margot sfiorando i riccioli d'argento degli occhiali.

«Facile?» ribatté il ragazzo.

«Basta una bacchetta magica e studiare un po' di incantesimi. Ma serve ben altro per attraversare i confini della mente» spiegò la donna parlando con estrema calma.

«Ma di che cosa sta parlando?» chiese Geno, che non capiva nulla di quei discorsi.

«Magipsia! Sai cos'è?» madame Crikken si sfregò le mani e scrutò gli occhi del ragazzo.

«No, ma è sempre una roba che riguarda la magia» disse impacciato.

«Non è esatto! *Absolutement!* Assolutamente! La Magipsia è lo studio delle energie psicologiche. Certo, la magia c'è ma non è proprio quella che tutti conoscono. Gli Antei, gli Psiofi e noi Saggi abbiamo poteri mentali. Tutto qui» rispose l'anziana signora.

«Poteri mentali particolari?» ripeté Geno portando le mani sulla testa.

«Saprai ogni cosa. Ricordati che per trovare i tuoi genitori dovrai essere molto prudente. Ora ascoltami bene e non avere paura» la donna aprì un vasetto di porcellana bianca. Sul coperchio c'era una scritta: "Cerchi di Sophia". Infilò una mano ed estrasse tre piccoli cerchietti di cristallo nero.

«Osservali e fissa lo sguardo» disse madame Crikken con tono deciso.

Geno obbedì. Guardò i cerchietti appoggiati sul tavolo e dopo pochi secondi gli oggetti iniziarono a spostarsi verso sinistra.

Il ragazzo si alzò in piedi impaurito.

«Siediti. E ricomincia» ordinò la donna che rimase in piedi davanti al tavolo.

Geno obbedì ancora una volta. Con gli occhi puntati sui cerchietti neri vide che si spostavano velocemente tra la tazza e la teiera.

«*Bien*! Bravo. Molto bravo» disse madame Margot Crikken rimettendo i cerchietti dentro il vaso di porcellana.

«L'ho fatto?» Geno non ci poteva credere.

«Già. Si chiama Telecinesi. Ovvero la capacità di spostare gli oggetti con il pensiero» rispose con calma la donna.

«Ma è uno scherzo?» il ragazzo sorrideva.

«No! Affatto! È una cosa seria. Vedi, mio giovane Hastor Venti, la tua mente è abbastanza forte. Stai usando capacità naturali. Io ti ho aiutato un po' con il te e con i biscotti...»

«Mi ha drogato! Lo avevo intuito. D'altra parte sono giorni che mi sveglio di pomeriggio. Non mi era mai accaduta una cosa del genere. E poi, adesso... con quei cerchietti di cristallo...», il ragazzo vide madame Crikken avvicinarsi alla porta della cucina.

«Nessuna *drogue*. Te lo assicuro. È la tua mente che decide tutto. Forse ha ragione Von Zantar: il ClonaFort scorre nelle tue vene. All'Arx imparerai altre cose. Alcune belle, altre meno. Ma di questo parliamo domani. Ora vai. Tuo zio ti aspetta per cena. *Bonne soirée*» Margot lo accompagnò fuori dalla villetta.

Geno salì sulla sua bici e stralunato attraversò via del Dolce Rosmarino.

Flebo aveva già preparato la tavola. Una buona e calda minestra e spinaci al burro. Il ragazzino rimase in silenzio. Lo zio non chiese nulla. In cucina si sentì solo il rumore del mestolo che girava dentro la zuppiera.

Capitolo Terzo

Il mistero di René

«Vede dottor Molecola, non è che suo nipote sia un ragazzo maleducato. È che non studia. Non si applica. È sbadato. E soprattutto dice cose strane. Insomma, non è come gli altri studenti».

Il professore di matematica parlava gesticolando mentre Flebo e Geno se ne stavano in piedi nella sala docenti della scuola media di Caribonda Alta.

«Capisco. Però, egregio professore, deve considerare che Geno è cresciuto con me. Non è stato facile educarlo» rispose lo zio appoggiando le mani sulle spalle del nipote.

«Certo, certo. È comprensibile. Ma l'ultima volta, in classe, ha fatto ridere tutti. Si figuri che ha cominciato a parlare di oggetti che volano. Si rende conto?» disse l'insegnante allargando le braccia.

«In effetti, Geno, in questo periodo è un po' strano» ribatté Flebo dando un'occhiata d'intesa al nipote.

«Ah, allora è per questo che è rimasto assente per molti giorni. Non sta bene?» chiese curioso l'insegnante.

«Sì. Non sta bene. Infatti ho deciso di mandarlo in una clinica. Lontano da Campana di Sotto» spiegò Flebo Molecola con un certo imbarazzo.

«Ma allora è una cosa seria. Mi spiace davvero» il professore si alzò dalla sedia e avvicinandosi a Geno gli accarezzò la testa.

«Lo spiega lei al preside? Sa, noi abbiamo fretta» concluse lo zio asciugandosi la fronte con il fazzoletto. Sebbene fosse ormai novembre inoltrato, sudava come in estate.

«Certo, certo. Ci tenga informati. Sono sicuro che guarirà presto» disse l'insegnante accompagnando zio e nipote alla porta e li salutò sorridendo.

Quando Geno attraversò il cortile della scuola, vide che alle finestre erano affacciati Mirta, Nicosia e Marlonia. Alzò la mano per salutarli e Mirta gli urlò:

«Sei malato?».

Lui rispose con un cenno della testa. Mirta rise e assieme agli altri fece dei gesti eloquenti. Lo stavano prendendo in giro ancora una volta. Per loro Geno era suonato! Solo Nicosia rimase immobile guardando con il suo faccione rotondo lo strano amico.

Lo zio sbuffò e i due si rimisero in sella alle bici e tornarono a Campana di Sotto.

«Speriamo che il professore abbia creduto alla storia della clinica» commentò Geno, perplesso.

«Sì, ci ha creduto. Non preoccuparti» lo tranquillizzò lo zio.

Mentre pedalavano, il nipote gli chiese:

«Come mai questa mattina mi sono svegliato alle 8? Di solito con i biscotti e il tè di madame Crikken non aprivo gli occhi prima delle quattro del pomeriggio».

«Madame Crikken prevede ogni cosa. Non l'hai ancora capito?» rispose Flebo alzandosi il bavero del cappotto.

«Già. Me ne sto accorgendo. Ho paura!» confessò Geno, poi frenò e rimase sul ciglio della strada.

Flebo sterzò e girò il manubrio. Fermi, sulla curva che portava a Campana di Sotto, zio e nipote si guardarono dritti negli occhi.

«Anch'io ho paura per te. Ma devi andare all'Arx» disse il medico togliendosi gli occhiali impolverati.

«Mi sento in trappola. In tanti anni non mi hai mai detto nulla. E ora stanno succedendo troppe cose. Cose incomprensibili. Perché non puoi venire con me?» Geno si soffiò il naso e guardò le colline gelate dal freddo.

«Io? No, Von Zantar non lo permetterebbe mai. La promessa è che solo tu devi andare. Oggi pomeriggio Margot ti spiegherà altre cose importanti. Noi ti vogliamo bene» disse tossendo.

Il giovane Hastor Venti rimise le mani sul manubrio e riprese a pedalare guardando il cielo grigio.

Alle 17 meno cinque era già fuori casa. In strada c'erano i compagni di scuola.

«Allora sei davvero malato?» chiese acidamente Mirta.

«Sì» fu la secca risposta.

«E che cos'hai?» fece Marlonia avvicinandosi.

«Non lo so».

«Hai la febbre? Allucinazioni? Vomiti?» domandarono Galimede e Nicosia.

«No. Ora scusatemi, devo andare».

Hastor Venti iniziò a pedalare verso la villetta rosa.

Mirta prese un paio di sassi e glieli lanciò urlando:

«Sei matto e quella vecchia pazza è una strega».

Anche Marlonia, Gioia e Galimede gettarono sassi e pietre colpendolo alla schiena. Nicosia alzò le braccia per fermarli ma in quel momento Geno frenò. Mollò i pedali e girandosi lanciò uno sguardo pieno d'odio. I suoi occhi neri fissarono i ragazzini e improvvisamente una manciata di sassi si sollevò da terra, come trasportati da un colpo di vento, e finirono sulle teste dei terribili compagni di scuola.

Mirta urlò, Gioia e Marlonia si accucciarono, Galimede scappò a gambe levate e Nicosia alzò le braccia gridando:

«Io sono tuo amico. Amico, capisci?».

Geno rimase immobile davanti alla scena senza rispondere a Nicosia. Il cuore batteva forte e le mani sudavano. Aveva fatto una magia con il pensiero? Gli tornarono in mente i cerchietti neri di madame Crikken e il discorso sulla Magipsia e sulla Telecinesi. Come una furia pedalò fino alla villetta color albicocca. Gettò a terra la bici ed entrò gridando:

«Madame Crikken l'ho fatto!».

L'anziana signora uscì dalla stanza segreta, quella dove aveva il grande Cerchio Nero, chiuse la porta e prese per mano il giovane.

«Hai fatto cosa?» chiese aggiustandosi il lungo vestito rosso di flanella e seta.

«Telecinesi. Ho sollevato con il pensiero dei sassi che hanno colpito i miei amici...mi prendevano in giro» rispose in modo concitato.

«Non farlo mai più! Devi imparare a controllare i poteri della mente» disse la donna picchiettando le mani di Geno.

Il ragazzo si sedette, mentre lei versava il solito tè R.S. e serviva i biscotti P.N.

«Ascoltami bene. Oggi ti racconterò la mia storia» disse la signora sorseggiando la dolce e calda bevanda.

Napoleon se ne stava accoccolato sopra il frigorifero, con gli occhi a fessura, muovendo i baffi. Con la coda sfiorò un piccolo vaso di vetro facendolo traballare e madame Crikken alzò l'indice destro esclamando:

«Niente scherzi Napoleon! Abbiamo bisogno di silenzio».

Il gatto arrotolò la coda piumosa e non mosse più un pelo. L'anziana francese poggiò le mani sul tavolo e con aria malinconica spiegò com'era gradevole un tempo l'Arx Mentis. Un tempo oramai passato.

«Tra noi Sapientes regnava amicizia e solidarietà. Gli Psiofi, gli adulti, erano persone molto educate e perbene che sapevano controllare i poteri della mente e facevano ricerche e studi con scrupolo e curiosità, – disse Margot mentre Geno l'ascoltava con stupore – ma quindici anni fa, quando il vecchio Summus Sapiens, professor Riccardo Del Pigio Ferro morì, le cose iniziarono ad andare malissimo».

«Riccardo Del Pigio Ferro? E come è morto?» chiese il giovane Hastor Venti sgranocchiando l'ennesimo biscotto P.N.

Gli occhi della Crikken diventarono lucidi e dietro alle lenti degli occhiali s'intravide la sua tristezza:

«È morto di vecchiaia. Aveva 105 anni».

«Accidenti! 105 anni. Vecchissimo!» esclamò Geno.

«*Oui*. Ha dedicato la sua vita all'Arx Mentis. Era un uomo straordinario. Fu grazie a lui, mio caro Geno, che all'Arx Mentis l'italiano divenne la lingua ufficiale. E tuttora, sia i vecchi Psiofi sia gli Antei, provenienti da tutti i paesi del mondo, alla Rocca parlano la tua lingua».

«Pazzesco, nel luogo dove si praticano tutte le tecniche di Magipsia si parla la mia lingua!» esclamò contento il giovane Hastor Venti.

«*Oui*, è una delle poche regole rimaste. Quando Del Pigio Ferro morì, al suo posto venne nominato Summus Sapiens Yatto Von Zantar. Dal primo giorno del suo insediamento cambiò parte dei tre Regolamenti dell'Arx. Tre libri che gli Antei devono conoscere: Iniziatico, Mediano e Largo. Poi Von Zantar cominciò a fare strane sperimentazioni utilizzando pericolosamente fantasmi ed ectoplasmi».

«Fantasmi? Ectoplasmi?» ripeté spaventato il ragazzino.

«Sì. Esistono veramente» ribatté madame Crikken.

«Spaventoso!» disse Geno raggomitolandosi sulla sedia.

«Be', le materie di magia, unite in modo irresponsabile ai sacri e seri insegnamenti di Magipsia e Filosofia hanno creato qualche problema» proseguì l'anziana. «Un paio di Saggi e un folto gruppo di Psiofi seguono il nuovo corso di Von Zantar, anche se la maggior parte continua a comportarsi come un tempo senza entrare in polemica con il Summus. Anch'io non sono affatto d'accordo con Von Zantar, e lui lo sa benissimo».

Geno la interruppe:

«Lei è dunque molto antipatica al Summus».

«*Oui*. Ma Von Zantar sa che sono una brava Sapiens e per questo mi rispetta. I miei poteri mentali sono sempre stati molto alti. Von Zantar mi teme, ma ha bisogno di me» spiegò la Crikken guardando la strana espressione del giovane Hastor Venti.

«Perché esiste l'Arx? A che serve?» chiese sospettoso.

Madame Crikken si alzò dalla sedia e ritta in piedi disse:

«Spiegarti il perché non è facile. Diciamo che l'Arx è nata tanto tempo fa per necessità. Esattamente nel 1555. A fondarlo nella segreta *Vallée des Pensées* furono uomini e donne che ritenevano indispensabile affinare i poteri della mente. Filosofi, alchimisti, medium, sensitivi e sciamani che volevano capire a fondo i poteri della preveggenza e dell'estraniazione dal corpo. Materie che per lungo tempo vennero considerate pericolose e sovversive. Anche adesso molti credono che si tratti solo di teorie da strapazzo, e che i sensitivi siano in realtà dei prestigiatori e dei biechi bugiardi. In effetti molti sono dei ciarlatani. È per questo che l'Arx è importante. La può frequentare solo chi ha poteri mentali reali. Con i nostri pensieri si può fare molto. Si può capire ciò che con i sensi comuni non si può percepire. Le tecniche sono assai complesse e ci vuole pazienza e studio per usare correttamente l'energia delle nostre idee».

Geno sorseggiò ancora un po' di tè e scosse la testa:

«E i miei genitori sono stati rapiti solo perché avevano inventato il ClonaFort? Ma è pazzesco!».

Margot annuì e strofinandosi le mani disse:

«Già. Rapiti per un farmaco ritenuto potente e pericoloso. Von Zantar non voleva certo che la cosa fosse divulgata».

Geno sgranò gli occhi:

«Ha fatto del male ai miei genitori perché non parlassero?».

«Non lo so. D'altra parte loro detengono la formula del ClonaFort» la donna mise le mani al petto e sospirò.

«Magie... Non credo ai maghi! Truffano le persone! Illudono e fanno vedere un mondo che non esiste per niente» disse Geno.

«In parte hai ragione. Ma io ti sembro una maga?» chiese madame Crikken.

«Be'... no» rispose imbarazzato il ragazzo.

«E poi hai già avuto alcune prove. Quella dei Cerchi di Sophia e i sassi lanciati contro i compagni di classe non sono certo frutto di fantasia o allucinazione. E vedrai cosa sarai in grado di fare più avanti» affermò con tono lievemente duro l'anziana signora.

«Perché non può venire con me lo zio Flebo?» chiese angosciato il ragazzino.

«Tuo zio non può mettere piede all'Arx. Non ha alcun potere mentale. E poi se lo vedessero gli Psiofi o gli altri Sapientes potrebbero intuire tutto. Loro non sanno nulla del rapimento dei tuoi genitori e quando arriverai penseranno semplicemente che sei un nuovo Anteo. Insomma, un Anteo come gli altri. Solo io e il perfido Von Zantar conosciamo la storia della tua famiglia. Anche se tra noi non c'è accordo, questa vicenda ci lega inesorabilmente» spiegò la Sapiens francese.

«Quindi voi avete rapito i miei genitori, però ora lei non va più d'accordo con Von Zantar. Mi sembrate pazzi tutti e due» rispose con un'espressione tremendamente seria.

«Già, la cosa ti può sembrare complessa. Ma ti assicuro che io ora voglio aiutarti» e così dicendo Margot si rimise seduta davanti a lui.

«Lei viene con me...mi starà accanto?» chiese sorridendo leggermente Geno.

«*Oui.* Ma non pensare che potremmo farci delle confidenze in pubblico quando saremo all'Arx. Tu dovrai seguire le regole. Von Zantar mi ha spedito qui solo per venire a prenderti. Capito?» disse alzando un po' la voce.

«Certo, sono pronto. Io voglio abbracciare mio padre e mia madre» il ragazzino sentì una gioia immensa dentro il cuore.

«*Alors*... allora, come ti dicevo, io e Von Zantar non andiamo molto d'accordo. Però solo io potevo venire a prenderti a Campana di Sotto. Lui ha dovuto fidarsi di me. Capisci?» ripetè madame, nervosa.

«Ma come farò a trovare i miei genitori?» Geno voleva sapere.

«Sei figlio loro. Hai lo stesso sangue. La mente e il cuore si uniscono e l'amore tra genitori e figli è talmente grande che può fare miracoli» disse sorridendo l'anziana francese.

«Certo... miracoli. Ma perché Von Zantar fece promettere a mio zio che sarei andato all'Arx?» chiese sempre più curioso e sospettoso.

«Un ricatto! Von Zantar concesse a Flebo la libertà di crescerti fino agli 11 anni in cambio della tua vita futura» la spiegazione impietrì Geno.

«Ma io non sono nato con poteri mentali particolari. Sono un bambino normalissimo... o quasi» rispose con voce strozzata dall'emozione.

«Be', non sei stato educato a fare esercizi mentali. Come vedi è stato sufficiente darti un po' di tè alla Rosa Severina e qualche *biscuit* al Pistacchio Nullo per far affiorare le tue vere potenzialità. Ora sei pronto per l'Arx» l'anziana francese era piuttosto seria e il ragazzo l'ascoltava con estrema attenzione.

«Ma questo vuol dire che tutti possono frequentare la Rocca della Mente, se mangiano P.N. e bevono R.S.!» provocò il giovane Hastor Venti.

«No. Non è così. Tu eri predisposto...hai bevuto, seppur in piccolissime dosi, il ClonaFort attraverso il latte di tua madre. Te l'ho già spiegato» rispose la donna mentre sfilava dalla manica sinistra una mappa ingiallita.

Geno osservò il grande foglio piegato in quattro e stropicciato. Lo aprì e vide che si trattava della mappa di una grande costruzione.

«Cos'è? Un'altra delle sue follie di Magipsia?» chiese in modo impertinente il ragazzo.

Madame Crikken lisciò con le mani il foglio e sorrise:

«Questa è la copia della mappa dell'Arx Mentis. Non è completa. L'originale ce l'ha soltanto Von Zantar e la tiene ben nascosta nei suoi alloggi segreti».

Geno guardò e vide segni obliqui, linee rette, angoli, cerchi, parole e frasi, frecce e punti di domanda distribuiti in modo ordinato sul retro e anche sul lato destro del foglio ingiallito dal tempo. Al centro della mappa c'era la pianta di un'enorme costruzione a più piani con scale grandi e piccole, ampi spazi, corridoi, porte, tunnel e in alto, all'ultimo piano c'erano delle strane torri, cupole e una specie di terrazza circolare che coronava la misteriosa Rocca della Mente.

«Interessante» affermò guardandola.

«Sì, e l'ho rubata dall'Archivio Pensorio, spero che Von Zantar non si accorga di nulla. Nell'Archivio lui ci va pochissimo. Ma a te servirà» rispose senza alzare lo sguardo.

«Archivio Pensorio? Ma che razza di luogo è?» chiese divertito.

«È un luogo proibito anche a noi Sapientes. Antei e Psiofi non ci sono mai entrati. Si trova nella cupola grande dell'Arx, qui non è segnato. Nell'Archivio Pensorio ci può andare solo il Summus Sapiens. Lì ci sono molti segreti, però è pericolosissimo entrarci. Io ho sfidato la sorte per te. Sono riuscita a prendere questa mappa anche se non è completa. Ora non posso spiegarti i dettagli e come è strutturata la Rocca della Mente. Lo capirai. Però non puoi tenerla adesso, desideravo solo mostrartela perché ti rendessi conto di quanto complessa sia questa costruzione. Te la darò prima che tu parta. Ora bevi il tè e ascoltami» replicò con decisione la signora.

«E se io non ci volessi andare, all'Arx?» Geno si alzò dalla sedia e avvicinandosi alla porta della cucina fece per uscire.

Napoleon, dall'alto del frigorifero, soffiò e miagolò. Madame Crikken strinse i pugni esclamando:

«Siediti! Non essere *imbécile*... sciocco! C'è un'altra ragione per cui devi, sottolineo devi, andare all'Arx».

Geno sentì il solito ronzio dentro le orecchie e un tuono nel cervello. Tornò seduto e fissò l'anziana signora bisbigliando:

«Un'altra ragione?".

«Sì. Un segreto, segretissimo. Incontrerai un ragazzo che ha poteri elevatissimi» e mentre Margot pronunciava queste parole, il tavolo iniziò a tremare facendo tintinnare le tazze e la teiera.

«Un ragazzo? E chi è?» chiese Hastor Venti.

«Si chiama René, ha 14 anni» rispose madame.

«Tuo nipote?» Geno era curiosissimo.

«No. Io non ho nipoti. René è stato cresciuto per 11 anni da Von Zantar» spiegò agitata l'anziana signora.

«Quindi René è arrivato all'Arx quando aveva solo 3 anni? E cosa devo dirgli quando lo incontro?» replicò ingenuamente.

«Non è facile parlargli. È piuttosto riservato. Non frequenta spesso gli altri ragazzi, gli Antei. Però tu hai un carattere molto simile al suo. Secondo noi...» la Crikken non terminò la frase, Geno la interruppe bruscamente:

«Noi? Noi chi?» il giovane avrebbe voluto scappare da quella villetta rosa. Sentiva di dover fuggire da quella donna così misteriosa che incuteva paura.

«Io e tuo zio Flebo, naturalmente. Insomma, noi pensiamo che solo tu possa fare amicizia con questo ragazzo. Hai un... dono... sì... un dono che nessun altro ha» affermò madame Crikken rimanendo sul vago.

«Dono? Ma cosa dice signora?» Geno non riuscì più a stare fermo con le gambe che, sotto il tavolo, si muovevano senza controllo.

«Il dono di saperlo convincere. Quando lo incontrerai devi usare il tuo istinto. Capisci? L'istinto! Non deluderci» l'anziana francese sfiorò la mappa e le sue mani per pochi secondi diventarono improvvisamente trasparenti.

Geno era talmente nervoso che il suo stomaco sembrava rivoltarsi e, con un filo di voce, chiese:

«Convincerlo? A fare che cosa?».

«A svelare dove Von Zantar tiene i tuoi genitori» disse Margot.

«Lui sa? René sa dove sono?» il ragazzo era sbalordito.

«*Oui.* Lui lo sa. È l'unico che frequenta liberamente le stanze private del Summus ed è a conoscenza di tanti segreti. Ma devi stare attento. René è bravo ma... anche molto potente» spiegò con un certo affanno la donna.

«Io... io... non so se potrò farcela da solo» mormorò Geno, con gli occhi lucidi.

«Von Zantar non può sospettare che tu arrivi sapendo così tante cose...» il discorso di madame era sempre più difficile.

«Lei mi vuol far incontrare René perché lui sa dove posso trovare mio padre e mia madre. Ho capito bene?» chiese Geno, che era concentrato e cercava di mettere ordine nei suoi pensieri.

«Esatto. Nessuno degli altri Antei è mai riuscito a fare amicizia. E nemmeno gli Psiofi hanno avuto successo. René se ne sta quasi sempre da solo a fare prove e ricerche sulle tecniche di Magipsia» l'anziana Sapiens sperava tanto di essere stata convincente.

«Se René è così intelligente come dice lei, saprà bene che sono il figlio di Corinna e Pier. Non me lo dirà mai dove sono, avrà paura di Von Zantar. O peggio, sarà suo complice» disse il ragazzo, con voce cupa.

«Io ho fiducia in te. Ce la farai»

«Ma dove lo troverò?» chiese spaventato.

«René frequenta liberamente le varie stanze dell'Arx. Per

questo ho rubato la mappa dell'istituto. Ti servirà, anche se non sono segnati i luoghi segreti. Ma di questo ne parleremo con calma. Ora hai le idee più chiare?» madame Crikken cominciava a mostrare i segni della stanchezza sul volto.

«Se convinco René a portarmi dai miei genitori, Von Zantar mi ucciderà!» esclamò Geno.

«*Possible.* Non lo escludo, – la risposta della donna fece sobbalzare il giovane Hastor Venti – ma, quando arriverai all'Arx, il Summus Sapiens penserà soltanto che Flebo abbia rispettato i patti. Così potrai avvicinare il ragazzo con pazienza e convincerlo a portarti dai tuoi genitori. Almeno questo è quello che speriamo io e tuo zio».

«È difficile e non so se io sarò all'altezza» disse con decisione Hastor Venti. «Ma potrò chiedere aiuto agli Antei, insomma, a quei ragazzini che già frequentano l'Arx?».

«Non sanno nulla dei tuoi genitori. Certo, quelli che frequentano l'Arx da almeno due anni conosco René, ma non potranno mai infrangere le regole. Temono Von Zantar e soprattutto hanno paura di essere cacciati. Ci tengono molto a seguire le ricerche e le prove di Magipsia» madame Crikken si schiarì la voce e attese la reazione del ragazzo.

«Quanti sono gli Antei?» chiese il ragazzo.

«Quelli del Secondo e Terzo Livello sono in tutto tre. Assieme a te ne arriveranno altri due nuovi, di cui conosco solo il nome. Ovviamente non li ho mai incontrati» spiegò la vecchia francese.

«E quei tre che conosce sono simpatici?» domandò facendo un'espressione buffa.

«Be'... non tutti. Sai, si sentono importanti e speciali perché sanno usare i poteri della mente» disse Margot.

«Noiosissimi genietti, ho capito! Non voglio avere a che fare con fantasmi, ectoplasmi, maghi, streghe e sciocchezze di questo tipo. Preferisco frequentare un gruppetto di amici dispettosi come Mirta, Galimede, Nicosia, Gioia e Marlonia piuttosto che finire in un manicomio come quello!» il discorso di Geno non faceva una piega. La donna però non si arrese e continuò a dirgli che solo lui poteva trovare i genitori.

«Fallo per tuo zio. Fallo per me. La maggiore libertà d'azione l'avrai durante gli Intercanti, cioè le pause dalle lezioni e dalle ricerche» spiegò ancora la donna.

«Intercanti? Pause?» chiese Geno che cominciava a sentire un gran mal di testa.

«Passati trenta giorni, tu, come gli altri Antei, andrai in un luogo mentale...»

Appena la Crikken ebbe terminato la frase, Geno mise le mani avanti come per fermare il discorso:

«No, no. Questo non l'ho proprio capito. Cos'è un luogo mentale?».

«È un viaggio della mente. Gli Intercanti portano in altri mondi del pensiero. Passare un Intercanto significa superare la prova» disse serissima madame Crikken.

«Prova?» replicò Geno.

«Sì. Gli Intercanti sono prove della mente. Superarli è complesso ma non preoccuparti. Capirai. Capirai tutto. Il periodo dell'Intercanto è di 8 giorni. Poi ogni Anteo, se supera la prova, ritorna nel proprio Paese, a casa. Lì ci resta solo tre giorni e poi riparte per venire all'Arx Mentis e affrontare il ciclo successivo. Questo accadrà per tre volte» la donna sapeva di aver detto delle cose assai poco comprensibili.

«Ma è assurdo! Si va e si viene dall'Arx passando da un Intercanto che in realtà è un viaggio della mente. Mi sembra una follia colossale. E poi ho paura. Se non supero il primo Intercanto, cosa mi accadrà?» domandò Geno.

«Già, superare gli Intercanti non è facile. Sono prove importanti e rischiose. Solo gli Antei che ce la fanno diventano Psiofi ma di questo avremo modo di parlare. Non avere paura.

Andrà tutto bene. Alla fine dei tre Intercanti, quando sarai al Terzo Livello, scatterà il Contra Unico».

«Contra Unico? E che roba è?» chiese il ragazzo rimanendo con la bocca leggermente aperta.

«Il Contra Unico è il giorno degli esami! Prove di abilità sulle materie magipsichiche. Tutti gli Antei di Terzo Livello devono dimostrare piena consapevolezza di ciò che è la Magipsia» spiegò la donna sorridendo in modo garbato.

«Anche gli esami? Figuriamoci!» Geno rise, nervoso.

«Queste sono le regole, e per gli Antei funziona così. Ti ripeto, superato il Contra Unico si diventa finalmente Psiofi. Ma non tutti ci riescono» disse Margot, con una strana espressione sul volto.

«Non tutti gli Antei del Terzo Livello ce la fanno?» domandò curioso il ragazzo.

«Proprio così. È il GalApeiron che decide chi passa e chi no. Insomma, chi diventa Psiofo» il discorso di madame si faceva sempre più enigmatico.

«GalApeiron? Ma che razza di nomi strampalati usate all'Arx?» ripeté sempre più sconvolto il giovane Hastor Venti.

«È il Grande Raduno di tutti gli Psiofi. Dura 8 giorni. Mentre gli Antei affrontano gli Intercanti loro vivono all'Arx Mentis e ogni sera parlano e si confrontano. Insomma, sono gli Psiofi a decidere se gli Antei di Terzo Livello passano il Contra Unico. In ogni caso di tutte queste cose parleremo più avanti. Sappi comunque che gli Psiofi, ovvero maghi, sciamani, sensitivi e medium, frequentano liberamente l'Arx. La loro presenza dipende dalle ricerche che stanno facendo» concluse madame Crikken, prendendo le mani di Geno e stringendole tra le sue.

«Non ci capisco più nulla!» esclamò Hastor Venti. «È tutto così assurdo. Mio zio non mi ha mai spiegato queste cose. Lei è arrivata con i suoi strani cappellini, tè e biscotti magici e dice che i miei genitori sono vivi e per salvarli devo farmi aiutare da un certo René che non so neppure chi sia».

Geno parlava spedito e, sebbene avesse in testa tutte quelle domande senza risposte precise, sentiva che la sua mente stava già ragionando in modo diverso. Tutto era confuso ma anche terribilmente chiaro.

«Capirai molto presto perché ti sta succedendo tutto questo. René, a differenza degli altri Antei che arrivano all'Arx al compimento degli 11 anni, è stato cresciuto da Von Zantar e non è mai uscito dalla Rocca della Mente» spiegò madame togliendosi gli occhialini d'argento.

«Prigioniero di Von Zantar da quando era piccolo? Ma è terribile! E perché nessuno l'ha aiutato prima? Perché solo lei, madame Crikken, è così affezionata a René?» incalzava Geno, curioso e sospettoso.

«È un ragazzo meraviglioso ma sfortunato. All'inizio sembrò che il Summus Sapiens gli volesse davvero bene ma poi... poi capii che la sperimentazione e le tecniche usate da Von Zantar diventavano malvagie. Più passavano gli anni e più mi resi conto che René era in pericolo. Nessun Saggio mi aiutò veramente a liberarlo dalle tecniche mentali del Summus. Avevano paura o non credevano che Yatto fosse così cattivo» spiegò Margot sorseggiando il tè.

Geno provò una sensazione incredibile, il cuore batteva forte, lo stomaco era in subbuglio e la bocca era secca.

Più ripeteva il nome di René è più si sentiva mancare le forze.

«Ma chi sono i genitori di René?» chiese.

Madame Crikken stette alcuni secondi in silenzio e poi disse:

«Non si sa».

«Ma come? Nessuno di voi Sapientes ha scoperto da dove veniva quel bambino e chi erano il padre e la madre? Ma allora a cosa servono i vostri poteri mentali?» la domanda spiazzò l'anziana signora.

«No. Nessuno lo ha scoperto. In verità i poteri mentali servono ma questo caso... be'... è difficile» rispose imbarazzata.

«Non ci credo! Lei mi sta nascondendo qualche cosa» Geno alzò la voce e drizzò la schiena come se dovesse affrontare con orgoglio una sfida.

«Credo di averti fatto bere troppo tè. Sei diventato nervoso. Hai le idee un po' confuse e lo capisco. Ma ora calmati e stai tranquillo» la donna cambiò abilmente discorso e con passo deciso andò verso la porta della cucina. Girò la maniglia e dando le spalle a Geno disse: «In questa stanza c'è una cosa che devi vedere».

Il ragazzo la seguì e con aria da sapientone esordì dicendo:

«Sì. Lo so. C'è un grande cerchio... un sigillo di colore scuro».

Madame si fermò di colpo in mezzo al corridoio e girandosi lentamente puntò l'indice della mano destra contro Geno:

«*Attentif*... attento, non parlare di cose che non conosci!».

«L'ho visto! Quando lei è arrivata io ho visto tutto dalla finestra di camera mia. Il cerchio volava!» disse con la veemenza di giorni e giorni di dubbi e silenzi.

«Davvero? E pensi che io non lo sapessi che tu eri alla finestra?» rispose la donna facendo un sorriso cinico.

«Lei... lei lo sapeva? L'ha fatto apposta?» Geno sbiancò.

«Secondo te?» disse Margot mentre apriva la porta della stanza segreta.

«Be'... in effetti... dovevo immaginare che lei prevede tutto» il ragazzo deglutì e con gli occhi fissi sulla porta attese di vedere l'enorme cerchio volante.

«Preveggenza» disse la donna ridendo dolcemente.

«Già, prevede e legge i pensieri delle persone. Vero?» continuò il ragazzo, che sentiva di avere ormai una certa confidenza con quella signora così stravagante.

«*Exact!* Dunque attento a ciò che pensi. Io... lo so già» affermò seriamente mentre apriva la porta.

Madame Crikken entrò nella stanza. Era buio. Non c'erano finestre. L'anziana signora allungò la mano sinistra e con un gesto rapido schiacciò in sequenza quattro pulsanti sulla parete. Otto lampadine rosa ben posizionate a terra, lunghe e sottili, si accesero all'istante illuminando la stanza. Appoggiato alla parete di fronte alla porta apparve lui: il grande Sigillo Nero! Era proprio bello, lucido come se fosse fatto di vernice. Tutto intorno aveva una cornice d'argento ricca di stravaganti incisioni: numeri, ali di pipistrello, triangoli e oggetti magici.

«Accidenti! È proprio enorme! La cornice è stupenda. Cosa vogliono dire quelle incisioni?» chiese il ragazzo allargando le braccia.

«Sono rappresentazioni del mondo magipsichico e simboleggiano l'Arx Mentis» rispose serissima madame.

Improvvisamente da sotto il Sigillo fuoriuscì del vapore verde. La sottile coltre nebbiosa rimase sospesa coprendo solo la parte bassa della cornice. Geno annusò l'aria:

«Profumo di ciclamino?» chiese a bassa voce.

«No. È Lavanda Gorgiana. A me piace molto. È l'odore che ho scelto per te» rispose madame Crikken.

«Bell'idea. Ma perché al centro ci sono due lettere rosse: "A.M."?» chiese il ragazzo avvicinandosi timoroso.

«Non toccare! Resta vicino a me. E non essere troppo curioso. Presto saprai a cosa serve il Sigillo Nero. Le due lettere sono ovviamente le iniziali dell'Arx Mentis» disse con tono severo l'anziana francese.

Il giovane Hastor Venti a quel punto sussurrò:

«Ma è pericoloso?».

«No. Se farai quello che ti dirò non correrai nessun pericolo» spiegò la donna accarezzandogli la testa.

«A cosa serve questo Sigillo?» domandò il ragazzo irrigidendosi nuovamente.

«Dovrai entrarci. Mi sembra ovvio!» rispose serafica Margot.

«Che cosa? Io devo entrare dentro quel coso strano? Ma lei è proprio pazza!!!» Geno fece per uscire dalla stanza ma la vecchia francese lo afferrò per un braccio.

«Calmo! Devi stare calmo! Per oggi hai saputo e visto abbastanza. Ora ricomponiti, hai il volto stravolto. La mappa dell'Arx la lasciamo qui. La prenderai prima di partire» e così dicendo madame Crikken trascinò con delicatezza il ragazzo verso la porta. Con un tocco lieve spense le luci e chiuse a chiave la stanza.

«Allora vado a casa, da mio zio. È tardi, mi starà aspettando» farfugliò in fretta il giovane Hastor Venti.

«*Oui*, è tardi. Flebo sarà impaziente. Mi raccomando, mangia e fai una bella dormita. Ti attendono giornate impegnative» disse l'anziana signora accompagnandolo all'uscita.

«Vedrò ancora il Sigillo Nero?» chiese Geno mentre aveva già un piede fuori dalla porta.

«Certo. Te l'ho detto, ci devi entrare dentro. Ma ora non pensarci, monta sulla tua bici e corri a casa. È già buio e fa freddo. *Bonne soirée*» Margot lo salutò agitando un po' la mano.

Capitolo Quarto

Dentro il Sigillo Nero

Erano le 21 precise quando Geno entrò in casa. Ad attenderlo c'era lo zio, in piedi davanti al fornello. Appena vide il nipote gli andò incontro e lo abbracciò:

«Tutto bene?» chiese aiutandolo a levarsi il giubbotto.

«Insomma, non proprio. Madame Crikken mi ha raccontato una montagna di cose e non me le ricordo nemmeno tutte» esordì il giovane, versandosi un bicchiere d'acqua fresca dalla caraffa.

«Lo immagino. E che ne pensi del viaggio per raggiungere l'Arx?» chiese Flebo posando sul tavolo un piatto colmo di patate fritte.

«Ho paura e credo che questa storia sia assurda. Ma devo proprio andarci?» chiese spaventato il nipote.

«Sì, devi!» rispose Flebo.

«Perché non mi hai mai detto nulla in tutti questi anni?» domandò Geno con un tono seccato.

«Perché temevo la tua reazione. Pensavo che ti saresti spaventato. Che non avresti capito. Eri troppo piccolo. Mi sento in colpa» e mentre lo zio con fatica raccontava i suoi timori, Geno sentì la testa scoppiare, le mani gelare e le gambe tremare.

Gli effetti del Pistacchio Nullo e della Rosa Severina cominciavano proprio a provocargli delle strane reazioni. Cercò di controllare i malesseri concentrandosi sul piatto di patate fritte. Di colpo il piatto si spostò verso il bordo del tavolo e Geno lo bloccò in tempo solo con lo sguardo.

Tirando su con il naso il ragazzino continuò il discorso:

«Ti senti in colpa? In effetti non hai fatto una bella cosa a dire di sì a Von Zantar. Dovevi difendere i miei genitori!» gridò guardando lo zio, che non si era neppure accorto dello spostamento del piatto.

«Lo so. Ma non avevo alternative. Non ho saputo impormi a Von Zantar. Lui... è potente» spiegò Flebo chinando la testa.

«Madame ha detto che forse un certo René mi può dare una mano. Non so se riuscirò a convincerlo» spiegò Geno stringendo i pugni.

«René. Già, René» ripeté lo zio guardando il soffitto.

«Tu l'hai conosciuto?» il giovane Hastor Venti sperava che lo zio gli svelasse qualcosa di questo ragazzo.

«No... no... me ne ha parlato Margot. Ma vedrai che ti aiuterà» rispose Flebo a denti stretti.

«E secondo te, perché madame vuole che io entri dentro un enorme cerchio lucido? Mi sembra proprio una richiesta folle!» aggiunse Geno avvicinandosi alla rampa delle scale per salire in camera sua.

«Il Sigillo Nero! L'hai visto?» chiese Flebo aggiustandosi gli occhiali che gli erano scesi sulla punta del naso.

«Certo. È un oggetto strano. So che vola. E poi perde vapore da sotto» disse il ragazzino sbadigliando.

«Davvero uno strano sigillo. Stranissimo» affermò lo zio guardandolo con tenerezza.

«Ci sei entrato anche tu?» chiese Geno, guardando sbalordito Flebo.

«No. Io non posso, – rispose serio – vorrei aiutarti, so di aver sbagliato. Ho sbagliato tutto nella mia vita. Avrei dovuto fermare i tuoi genitori ma non mi resi conto della situazione e così...» Flebo si tolse gli occhiali e nascose la commozione coprendosi il volto con le mani. Mai e poi mai avrebbe voluto che a Geno capitasse qualcosa di brutto. «Sono un codardo. Dovevo bloccare Von Zantar, ma il coraggio non si può imparare. Fa parte del carattere. E io sono un debole» disse farfugliando.

Geno tirò fuori dalla tasca dei pantaloni un fazzoletto e glielo diede.

«Piangi? Ma... io... non volevo farti piangere» il ragazzo abbracciò lo zio e chiuse gli occhi per non vedere la sofferenza e il dolore di quell'omone buono e fragile.

«Non farci caso. Ora mi passa» disse Flebo soffiandosi il naso.

«Dimmi chi è René?» chiese a bruciapelo Geno.

«René... è un bambino... anzi, un ragazzo. Un giovane con una mente potente» rispose imbarazzato lo zio.

«Potente e pericolosa. Io non so se ce la farò a convincerlo».

«Ce la farai» affermò Flebo, stringendo il nipote.

Geno salì in camera e steso sul letto, con la luce della lampada azzurra che illuminava il soffitto, guardò le travi marce. Aprì il cassetto del comodino e riprese la foto spezzata di suo padre. La strinse al petto e si addormentò pensando al quel misterioso sigillo nero. Per più di un mese Geno continuò a frequentre la villetta rosa. Ad ascoltare i discorsi di madame Crikken, ma molti segreti e molti dubbi rimasero in sospeso.

Alle 16,30 suonò la sveglia. Fuori era quasi buio e nevicava. Ed era normalissimo, visto che mancavano solo cinque giorni a Natale. Geno aveva dormito per dieci giorni! Dieci giorni trascorsi sotto le coperte. Ignaro che il tempo era passato in modo così inconsueto infilò in fretta e furia il giubbotto, indossò scarpe pesanti e intorno al collo mise la sciarpa di lana. Quando scese in cucina sentì uno strano gorgoglio allo stomaco: aveva fame! Prese due grosse fette di pane e le mangiò avidamente. Ma quando aprì il frigorifero per prendere qualche cosa di più sostanzioso vide che il calendario segnava il 20 dicembre. Rimase con un pezzo di pane stretto tra le dita e con la bocca piena esclamò:

«Impossibile!». Guardò nuovamente il calendario. "È proprio il 20. Ma quanto ho dormito?" pensò stralunato.

Corse fuori: l'ambulatorio era chiuso! Dello zio non c'era traccia. Fece per prendere la sua vecchia bici ma la lasciò riposare perché, con la strada innevata, non avrebbe fatto nemmeno un metro. I fiocchi cadevano silenziosi e in via del Dolce Rosmarino non c'era nessuno. Era così bella, quella sera, la strada: le luminarie rosse e gialle brillavano tra un lampione e l'altro annunciando l'arrivo del Natale.

Hastor Venti camminò veloce cercando di non scivolare. Non vedeva l'ora di parlare con madame e chiedere spiegazioni sul perché aveva dormito come un ghiro. Non era possibile che il tè e i biscotti avessero fatto quell'effetto. Improvvisamente, oltre al rumore delle sue scarpe che affondavano sulla neve, il ragazzo udì una voce.

«Ehi, Geno!».

Sul bordo della strada, accanto a un grosso abete, c'era Nicosia.

«Che fai qui da solo sotto la neve?» gli chiese Hastor Venti.

«Ho litigato con Galimede. Mio cugino certe volte è proprio insopportabile» spiegò Nicosia raccogliendo con le mani nude un po' di neve.

«Lo so. Ha un carattere davvero pessimo. Però anche tu non sei da meno» rispose Geno, tirandosi su il colletto del giubbotto.

«Io cosa? Non cominciare a dire stupidaggini. Per stasera ne ho avuti abbastanza, di rimproveri» Nicosia cambiò discorso, curioso. «E invece tu dove vai a quest'ora? Dalla vecchia pazza? Ti cura lei?»

«Che t'importa! Vado dove mi pare» Geno alzò le spalle e se ne andò.

«Vuoi che andiamo alla farmacia? Nel vicolo del Giglio Nero? Ti ricordi? L'ultima volta non ce l'abbiamo fatta a entrare, magari adesso sì!» Nicosia voleva trovare il modo per stare un po' con Geno, che invece si stava allontanando. Allora lo afferrò per il giubbotto: «Siamo amici, no?».

«Amici? Mi piacerebbe, ma tu e gli altri siete sempre così dispettosi. Ora devo andare. È tardi» concluse Geno. Sentiva il solito ronzio dentro la testa e cominciò a sbattere velocemente gli occhi come se avesse un tic.

«Stai male? I tuoi occhi...» Nicosia si preoccupò e provò tenerezza e affetto per quel ragazzo solo, senza genitori e con una misteriosa malattia di cui nessuno sapeva nulla.

«Lascia stare. Mi passa subito. Vai a casa, Nicosia. Tra un po' è Natale e farai pace con tuo cugino» Hastor Venti allungò la mano destra e il suo compagno di classe fece lo stesso. Sul ciglio della strada, mentre la neve fioccava sempre di più, i due si salutarono.

Geno tossì, si coprì la bocca con la sciarpa e corse lontano lasciando Nicosia Fratti con un sorriso. In mezzo a via del Dolce Rosmarino, tra le luminarie e il silenzio dell'inverno, forse era nata una vera amicizia. La neve sferzava il volto di Geno e, con gli occhi umidi e il cuore che pulsava come un tamburo, raggiunse il numero 67. Quando entrò nella villetta rosa sentì subito il profumo di Lavanda Gorgiana.

«Ecco cos'è stato! Questo profumo! È tutta colpa del vapore!» gridò arrabbiato pensando a quanto aveva dormito.

«*Finalement!* Finalmente sei arrivato. Accomodati, sei in ritardo» la voce di madame Crikken proveniva dalla stanza segreta.

Il ragazzo si fermò sulla porta e vide che l'anziana signora aveva in una mano la tazza colma di tè e nell'altra un piattino di biscotti verdi.

«Fai la tua merenda. Io preparo il Sigillo».

Napoleon era seduto davanti al grande cerchio e si leccava il muso. Geno mise le mani ai fianchi e facendosi coraggio urlò:

«Non sono una cavia per i suoi esperimenti. Non voglio più svegliarmi e dormire quando lo decide lei. Chiaro?».

«Non alterarti. Non è il caso. Va tutto bene. Bevi, altrimenti il tè si raffredda» rispose senza batter ciglio l'anziana signora.

«Io me ne torno da mio zio! La saluto!» e fece per andarsene.

«Smettila! Lo sai bene che devi ascoltarmi» madame Crikken alzò la voce e, stringendo in pugno una strana chiave, guardò con occhi gelidi il giovane Hastor Venti.

Geno abbassò la testa e con aria mesta si avvicinò al tavolino obbedendo al comando. Sorseggiò il tè e mangiò due biscotti senza dire più nulla. La sua attenzione era ormai rivolta al Sigillo. Lo guardava con timore e curiosità.

«Non devi farmi arrabbiare. Abbiamo poco tempo. Hai salutato tuo zio?» chiese la donna.

«No. Non l'ho neppure visto» bofonchiò il ragazzino.

«*Bien*. Vuol dire che verrà lui a salutarti» affermò con zelo madame.

«Qui? Mio zio verrà nella villetta dei fantasmi?» chiese Geno accennando un sorriso.

«Già, già, lo so che voi la chiamate la villetta dei fantasmi. E tutto sommato è meglio così. La gente se ne starà sempre alla larga» disse l'anziana mentre armeggiava con la grossa chiave di ferro e rame fatta ad uncino.

Geno masticò l'ultimo biscotto e guardò con preoccupazione la chiave, capendo perfettamente che serviva per aprire il grande oggetto nero: «Per quanto tempo dovrò stare dentro il Sigillo?».

«Un bel po'» rispose Margot senza girarsi.

«Esattamente, cosa dovrò fare?» la domanda fece ridere la donna.

«Fare? Molte cose: viaggiare, pensare, sognare» disse l'anziana francese.

«Viaggiare? Ma... ma... allora parto? Devo partire adesso? Con il Sigillo?» Geno si allarmò.

«*Oui*, con il Sigillo Nero!» madame Crikken si girò verso Geno e mostrò la chiave.

«Viaggiare con il Sigillo? È impossibile! Non posso! Non ho portato neppure dei pantaloni di ricambio, una felpa... e poi non sono pronto» farfugliò il ragazzino.

In quel momento bussarono alla porta. Napoleon miagolò e corse verso l'uscio. Margot appoggiò sul tavolino la grossa chiave, si sistemò i capelli e seguì il gatto. Geno rimase impettito, con gli occhi fissi sull'oggetto magico.

«*Bonne soirée,* Flebo. Vieni avanti. Ti aspettavamo» la voce della donna si fece suadente.

«'Sera Margot. Geno è arrivato?» chiese il medico passandosi la mano sulla fronte, come al solito sudata.

Madame fece cenno che il ragazzino si trovava già nella stanza segreta. Appena il dottor Molecola fu entrato, allargò le braccia:

«Vieni ragazzo. Voglio stringerti forte prima che tu affronti il viaggio».

Geno corse dallo zio. Lo abbracciò e chiuse gli occhi. Premette il viso sul cappotto freddo e provò un grande smarrimento.

Madame Crikken si fermò sulla soglia della porta e li osservò accarezzando il gatto.

«Ho paura, zio» disse Geno con voce soffocata.

«Pensa che potrai rivedere i tuoi genitori. È una grande occasione. Vorrei tanto venire con te» riuscì a dire lo zio, commosso.

«Non fatemi venire gli occhi lucidi, – esclamò Margot – ora finisco di preparare il Sigillo».

Il vapore aumentò e da sotto il cerchio salì fino a coprire quasi la metà del Sigillo Nero. Il profumo di Lavanda Gorgiana si sparse per tutta la casa e Flebo, tenendo per mano Geno, guardò lo spettacolo.

Il ragazzino tossì un paio di volte. Era nervosissimo.

«Parto solo a una condizione» disse improvvisamente.

«Quale?» chiese sorpreso lo zio.

«Voglio portare con me le foto dei miei genitori. Vado a prenderle».

Madame Crikken fece di sì con la testa e Flebo anche. Napoleon socchiuse gli occhi azzurri, miagolò e, a coda alta, accompagnò il ragazzo all'uscio.

«Ci metterò poco» e così dicendo Geno corse fuori dalla porta.

Buio. I lampioni di via del Dolce Rosmarino e le luminarie natalizie erano lontane e accanto al cancello della villetta vide una figura tondeggiante muoversi in modo impacciato.

«NICOSIA!» esclamò mentre correva.

L'amico era ancorà lì e, con energia, afferrò le sbarre del cancello e fece cenno con le mani.

Geno alzò le braccia per farsi vedere:

«Muoviti, corriamo, altrimenti ci vedono insieme» gridò raggiungendolo.

Con il fiatone che usciva dalla bocca i due attraversarono via del Dolce Rosmarino.

«Perché scappi? Hai visto i fantasmi? Quella vecchia ti ha spaventato?» chiese Nicosia fermandosi.

«No, non sto scappando. Vieni, accompagnami a casa» rispose coprendosi la bocca con la sciarpa di lana.

Appena dentro, Geno salì le scale per andare in camera mentre Nicosia, tenendosi la pancia, alzò faticosamente le gambe per fare i gradini.

Il giovane Hastor Venti, con le mani gelate, accese la lampada azzurra e aprì il cassetto del comodino. Prese le tre foto e, mostrandole a Nicosia Fratti, disse:

«Ecco vedi, questi sono i miei genitori. Non sono pazzi. E ora vado a riprenderli. Li troverò. Giuro che li troverò!».

L'amico si mise seduto sul letto e con il fiatone e le guance rosse guardò le foto.

«Tua madre, tuo padre e questo... sei tu? Da piccolo?».

«Sì. Avevo solo tre mesi quando li rapirono. Non ho mai pensato che fossero morti. E avevo ragione» disse quasi gridando.

Nicosia era sconvolto:

«Ma dove sono?».

«Non posso dirtelo. E se sei un vero amico non raccontare nulla a Mirta né a tuo cugino. Insomma, non dire nulla agli altri. Anzi... digli che mi hai visto partire. Che sono andato in una clinica a curarmi. Loro devono pensare che sono davvero malato. Madame Crikken mi sta aiutando e anche mio zio. Ma nessuno, ripeto, nessuno, a Campana di Sotto deve sapere cosa sto facendo. Capito?» Geno aveva gli occhi enormi, lucidi, le labbra rosse e secche.

«Prometto. Non dirò nulla. Ma adesso cosa fai? Dove vai?» chiese Nicosia guardandolo esterrefatto.

«Vado alla villetta rosa. Devo partire. Non seguirmi. Non cercarmi. Vedrai che non tornerò da solo. Sarò con i miei. E finalmente avrò una famiglia... come tutti voi» disse il giovane Hastor Venti, scese le scale e uscì dalla porta come un fulmine.

Nicosia Fratti lo seguì solo per pochi metri, poi si fermò sotto le luci intermittenti delle luminarie natalizie e scostò la frangia dagli occhi. Lo vide entrare nella villetta dei fantasmi. Non immaginava certo che il suo amico stava per iniziare il suo incredibile viaggio. Un'avventura di cui nessuno, nemmeno madame Crikken, sapeva la fine.

Geno stringeva le foto e con il volto raggiante spinse il cancello e infilò la porta. Quando fu dentro si appoggiò al muro del corridoio e respirò a pieni polmoni il profumo di Lavanda Gorgiana. Sentì dentro di sé una forza grande e il suo pensiero andò a Corinna e Pier.

«*Mon petit garçon!* È tardi» la voce di Margot tuonò dalla stanza segreta.

Flebo lo raggiunse e lo portò velocemente davanti al Sigillo:

«Hai preso le foto? Tutto a posto?» chiese agitato mentre il vapore saliva verso il soffitto.

Geno sorrise, diede un bacio allo zio e poi guardò la donna francese:

«Sono pronto».

«*Bien.* Prendi le chiavi e la mappa dell'Arx. Ti serviranno. Il resto lo troverai lì dentro» disse madame accarezzando i riccioli di Geno.

«Il Sigillo Nero mi porterà all'Arx Mentis, questo l'ho capito. Ma come? Non c'è il tir, il furgoncino, non c'è auto decappottabile. E non siamo sulla strada!» Geno era molto confuso.

«Quei mezzi servivano a me per arrivare a Campana di Sotto. In verità noi Sapientes possiamo uscire dall'Arx solo se Von Zantar attiva la Bilocazione Traversa...» Margot non finì la frase che Geno la interruppe.

«Bilocazione Traversa? Ma che roba è?» chiese sgranando gli occhi.

«Noi Saggi proiettiamo il nostro corpo fuori dall'Arx e poi, con mezzi a nostra disposizione, auto, furgoni o altro, raggiungiamo i luoghi destinati. È così che sono arrivata a Campana di Sotto portando Il Sigillo Nero per te. Tu non ne possedevi uno! Ora è questo il tuo mezzo di trasporto. Ce lo hanno tutti gli Antei. Io riprenderò la mia decappottabile e ti raggiungerò. Pensa che gli Psiofi, una volta usciti dal loro Sigillo, volano con le Bi-Flap, delle biciclette che ai lati hanno due grandi ali come quelle dei pipistrelli. Ora però non perdiamo tempo» spiegò sorridendo Margot.

«Quindi lei non viene con me nel Sigillo?» chiese sbigottito il ragazzo, che già immaginava come potessero essere fatte le Bi-Flap degli Psiofi.

«No, ci vedremo tra un po'. In un altro luogo. Quando sarai uscito dal Sigillo Nero» fu la risposta dell'anziana.

«Ho paura. Non so se ho il coraggio di entrare. Questo grande cerchio è attaccato alla parete e non vedo uscite. Siete sicuri che funzionerà?» il giovane Hastor Venti era agitatissimo.

«Tranquillo. Non farti prendere dal panico» lo rassicurò lo zio.

«Devi lasciare la tua mente libera e seguire il tuo istinto. Questa è la prima regola che devi imparare: i pensieri guideranno le tue azioni» gli spiegò madame Crikken, consegnandogli la chiave a uncino di ferro e rame.

«Noi adesso usciamo dalla stanza. Questa è una cosa che devi fare da solo. Non possiamo restare qui» continuò lo zio che aveva il volto completamente sudato.

Flebo uscì a testa china e Margot prese per mano Geno dicendogli un'ultima cosa:

«Entrare nel Sigillo Nero e affrontare il viaggio significa superare l'esame e fare il tuo ingresso all'Arx Mentis. Ricordati: i pensieri guideranno le tue azioni. Una volta entrato passerai in tre diversi luoghi aprendo le porte. Ma attento, quando inserirai la chiave nel buco delle tre porticine non girarla per nessun motivo. La tua mente la farà muovere, così come hai mosso i Cerchi di Sophia. Nel terzo luogo del Sigillo troverai molti oggetti e indumenti. Dentro una cassa di legno vedrai anche un grosso libro: il "Regolamento Iniziatico". Leggilo! È importantissimo! Ora togliti calzini e scarpe. Devi entrare a piedi nudi».

Il giovane Hastor Venti non riuscì a dire nulla. Vide madame uscire e rimase da solo, in mezzo al vapore e con le luci che lentamente si offuscavano.

Guardò l'enorme Sigillo, sembrava un grosso buco lucido pronto ad aspirare qualsiasi cosa. Le due lettere erano di ceralacca rossa che, a causa del vapore di Lavanda Gorgiana, stavano diventando sempre più opache.

«L'esame... è un esame! Partire con il Sigillo è dunque la prova per entrare all'Arx» farfugliò Geno togliendosi scarpe e calzini.

Con le mani umide sfiorò la cornice d'argento e poi infilò la chiave a uncino nel buco collocato sotto la A e la M. Ma non accadde nulla. Il Sigillo non si aprì. Il ragazzino fissò la chiave e socchiuse gli occhi, nella testa sentì il solito ronzio. La chiave si mosse da sola: tre giri a sinistra, due giri a destra, mezzo giro a sinistra e quattro a destra. A ogni giro si sentì uno scrocco. Il pensiero aveva funzionato!

Nel Sigillo, vicino al bordo della cornice in basso, si aprì un varco di circa un metro. Il giovane Hastor Venti sfilò la chiave a uncino, la mise nella tasca del giubbotto e, con timore, guardò dentro. C'era il vuoto. Un vuoto grigio e silenzioso. Allungò le mani in avanti e sentì che la temperatura era diversa, un po' fredda. Avanzò con il piede destro ed entrò finalmente dentro quel luogo misterioso.

Il varco si chiuse improvvisamente alle sue spalle. Il vuoto s'illuminò di verde, sul pavimento erboso e fiorito c'era una grande scritta argentea:

PASSO DEL DISINCANTO
Lascia l'amena realtà e ascolta

Geno rimase impietrito. Era finito in un prato! Un prato di montagna! L'odore del muschio si sentiva benissimo e l'aria fresca proveniva da lontano. All'orizzonte si vedevano le cime di montagne innevate e il cinguettio dei passerotti spezzò il silenzio.

«Ma dove sono capitato?» esclamò guardandosi intorno.

Lo scorrere dell'acqua di un ruscello lo distrasse. Appena ebbe calpestato la scritta d'argento, vide che alla sua destra e alla sua sinistra lo spazio si stava restringendo.

Le pareti conche del Sigillo erano comparse improvvisamente e si muovevano verso il ragazzo. Verdi e coperte di rami e foglie, sembravano siepi altissime. Geno alzò istintivamente lo sguardo e scoprì che il soffitto era in realtà una lastra di ghiaccio opaco.

Sentì girare la testa e il ronzio dentro le orecchie si fece fortissimo: provò paura e come per proteggersi da eventuali pericoli afferrò la sciarpa e la strinse forte. Poi s'inginocchio davanti alla scritta e la lesse più volte ripetendo:

«Lascia l'amena realtà e ascolta».

Bisognava forse far finta di non vedere la realtà e pensare ad altro? Ma a cosa? E ascoltare cosa?

Fissò le cime delle montagne davanti a lui, il rumore del ruscello si fece più intenso e il profumo di muschio entrò nelle narici del ragazzo facendolo respirare profondamente.

Era inquietante trovarsi lì, in un posto reale ma non del tutto vero. Geno si stese sul prato e chiuse gli occhi. La mente era in subbuglio e ancora una volta ricordò le parole di madame Crikken: “Segui il tuo istinto. I pensieri guideranno le tue azioni”.

«Voglio uscire da qui! Subito!» disse a bassa voce mentre le mani strappavano i fili d'erba coperti di rugiada.

Le pareti ai lati si stringevano sempre di più e Geno si sentì in trappola. Si alzò di scatto e allargò le braccia per fermare quelle siepi in movimento e bloccarle in qualche modo. Ma la sua forza non bastava.

“Devo stare calmo, – pensò tremando – è la mia mente a guidare le azioni. Non posso rinunciare. Voglio proseguire. Voglio trovare i miei genitori”.

Sentì i piedi bagnati e vide che l'acqua del ruscello si era sparsa per tutto il prato sommergendo anche la scritta.

Il rumore dell'acqua diventò forte. E ancora più forte. Potente! L'acqua suonava come un canto, scorreva veloce e la sua limpida e trasparente voce rese tutto fluido e morbido. Geno si concentrò e ascoltò con la mente e il cuore il canto dell'acqua di ruscello.

Con gli occhi chiusi sentì il corpo immerso in quel liquido freddo e avvolgente. Il luminoso paesaggio verde scomparve e nel buio udì solo lo sciacquio di piccole onde. Brividi e scosse nervose gli percorsero le gambe e le braccia. Con coraggio spalancò gli occhi per vedere cosa stava accadendo. Nel nero e nel vuoto che lo circondava si sentì perso. Provò la sensazione della morte. Il respiro si fece sottile, l'acqua era scomparsa e il grigio vuoto che aveva visto all'inizio era lì, davanti.

Attorno a lui era come se l'intero spazio fosse divenuto privo di ogni immagine, di ogni colore, di ogni rumore. Il ragazzo ebbe la netta sensazione di essere tornato nella realtà disincantata e silenziosa del Sigillo Nero. Aveva avuto un'allucinazione? Prato, montagne e ruscello erano finti? Prodotti solo dal suo pensiero? Confuso strinse ancora la sciarpa come per aggrapparsi a qualcosa di familiare e rassicurante.

L'unica cosa certa era che aveva superato la prima prova.

Bagnato e impaurito riprese la chiave a uncino e si girò verso sinistra: lì avrebbe trovato la porticina per entrare nel secondo luogo misterioso. Geno ne era sicuro, anche se nello spazio grigio non riusciva a vedere nulla di concreto. I suoi pensieri però lo stavano guidando e lui non poteva certo opporsi. Sentì un brivido sulla schiena e il ronzio tornò a torturare le sue orecchie. In quel momento gli apparve davanti la porticina, con al centro la serratura. Infilò velocemente l'uncino e attese. La chiave questa volta fece due giri a sinistra, due a destra, mezzo ancora a destra, tre a sinistra. La piccola porta si aprì e una luce abbagliante illuminò il volto del giovane Hastor Venti.

Una tiepida brezza gli accarezzò i capelli ricci. Il ragazzo entrò curioso: si accorse che i piedi erano appoggiati su una piccola nuvola. Alzò gli occhi e attorno vide solo cielo. Un bellissimo cielo azzurro dove apparve un'altra scritta, questa volta dorata:

PASSO DEL CIELO RIFLESSIVO
Sogna e lasciati trasportare

Un refolo di vento caldo lo colpì al petto facendolo traballare. Piegò le gambe e si sedette sulla nuvola. Era sbalordito e, mentre leggeva attentamente la frase, si tolse la sciarpa che volò in alto, attratta dal cielo.

Di colpo, da dietro la scritta apparve il sole: enorme e rosso occupò tutto l'orizzonte. Il giovane Hastor Venti chiuse subito gli occhi, accecato dai raggi luminosissimi. Chinò la testa coprendosi il volto con le mani. Il vento tiepido arrivava a onde ma il caldo iniziò a diventare insopportabile.

Geno pensò che era un'altra allucinazione, che il sole e le nuvole, il cielo e il vento non esistevano veramente. Cercò di concentrarsi e la prima cosa che gli venne in mente fu di far sparire quel sole gigantesco: aveva bisogno di buio per sognare. Già, sognare, così come indicava la scritta.

I raggi di quella enorme palla di fuoco penetravano dentro le palpebre chiuse e con sforzo immane Geno riuscì ad aprire lentamente gli occhi fissando la massa infuocata.

Abbagliato e con la gola secca dal caldo si concentrò pensando al buio e al fresco. Allargò le braccia e aprì le mani come per fermare la luce. Il vento cambiò, diventò quasi freddo, spazzò via le nuvole e il sole si ritirò lentamente, più piccolo, sempre più piccolo, fino a trasformarsi in un puntino rosso nel cielo azzurro. Il blu della notte scese come un sipario e spruzzi di stelle tempestarono il secondo luogo del Sigillo. Geno guardò meravigliato quello spettacolo celestiale e finalmente chiuse gli occhi abbandonandosi ai sogni. Si sentiva stanco, privo di forze ma stranamente felice.

Steso tra le stelle la sua mente era libera e potè addormentarsi con un sorriso appena accennato. Cerchi di luce, suoni lontani e immagini sfuocate invasero i suoi pensieri onirici. Il volto dello zio Flebo gli apparve enorme, un'espressione triste e uno sguardo preoccupato attraversavano le lenti degli occhiali sempre appannati.

Poi c'era madame Crikken con uno dei suoi curiosi cappellini: stava in silenzio con un'aria severa. Le grida di un gruppo di ragazzini scosse il corpo di Geno che si cullava tra la luna e le stelle: erano i suoi compagni di scuola che correvano. Solo Nicosia era fermo, immobile sotto la neve che fioccava abbondante.

«Manterrò il segreto» ripeteva l'amico di Campana di Sotto.

Il sogno s'interruppe e Geno si svegliò di colpo. Si accorse che il cielo stellato era scomparso. Si ritrovò in piedi, davanti all'ultima porticina: la terza. Frastornato prese la chiave a uncino e la infilò nella serratura. Respirava con calma, sentiva la mente libera e non vedeva l'ora di entrare nell'ultimo luogo del Sigillo Nero di madame Crikken.

Fissò la porta. La chiave girò ancora una volta da sola: sei giri a destra, quattro a sinistra, mezzo a destra, mezzo a sinistra e otto giri a destra.

Si aprì e Geno entrò curioso.

Questa volta non si ritrovò in un luogo immaginario e irreale ma in un vero e proprio piccolo sgabuzzino: tre pareti erano bianche, mentre la quarta era nascosta da una tenda amaranto. Dal soffitto scendeva una misera lampadina. Per terra e appesi a strani chiodi di legno c'erano tantissimi oggetti. Il ragazzo fu attratto da tre bizzarri cappelli di seta fatti a scodella: uno nero, uno bianco e uno rosso. Ogni copricapo era abbinato a un paio di guanti in tinta. Geno prese in mano quello nero e vide chiaramente che erano ricamate in rilievo le sue iniziali: G.H.V. e più in basso la scritta "Primo Livello". E la stessa cosa era per gli altri due strani cappelli, quello bianco era per il "Secondo Livello" e il rosso per il "Terzo Livello".

A terra erano messe in fila, una dopo l'altra, anche tre paia di stivali ben foderati e alti fino al polpaccio, degli stessi colori dei cappelli. Di fianco, c'era uno zaino contenente una sfera di legno.

Improvvisamente fu attratto da un indumento che penzolava da un gancio, accanto alla tenda. Lo toccò con delicatezza. Era una tuta blu, simile a quella che indossano i sommozzatori, ma con due finissimi tubicini di plastica attaccati sul girocollo. La prese e si accorse che era fatta di un materiale gommoso morbidissimo. All'interno, sull'etichetta, c'era il disegno di un cigno con sotto la scritta: "Tuta Stagna".

Rimase sorpreso, girò lo sguardo e poi vide accanto alla

tuta blu un altro strano oggetto: un collare di cuoio. Più in là c'erano delle briglie e una sella.

«Che strane cose» sussurrò. «Chissà a che servono!»

Mentre osservava curioso vide tre casse di legno scuro appoggiate alla parete. Su ogni cassa c'era una scritta marchiata a fuoco: Primo Livello, Secondo Livello, Terzo Livello. Le ultime due erano chiuse con catena e lucchetto mentre la prima era aperta. Sbirciò dentro. C'era un librone dal titolo: *Regolamento iniziatico dell'Arx Mentis*.

«Ecco, questo è il libro che madame mi ha detto di leggere» borbottò sfogliandolo. In quel momento non aveva nessuna voglia di mettersi a studiare. Accanto al Regolamento c'era un cuscino con una parola ricamata, "Oscio", e ben piegata una tunica arancione con la scritta "Skerja". In un angolo della cassa era appoggiato uno strano oggetto triangolare agganciato ad una cintura che aveva un tagliandino: "Vertiglio".

«Vertiglio? L'ho già visto! Era nella villetta rosa! Ce l'aveva madame Crikken!» esclamò ad alta voce. E mentre sfiorava il triangolo di metallo vide anche i Cerchi di Sophia.

«Questi li so usare» affermò con una certa soddisfazione.

Girò lo sguardo e vicino alla prima cassa, per terra, scorse un paio di pattini. Già, degli stranissimi pattini a rotelle. Erano rossi e viola e dietro avevano due sottili tubi d'acciaio simili allo scappamento dei motorini.

Geno fece scorrere con la mano le rotelline e involontariamente schiacciò un minuscolo pulsante posizionato sulla punta dei pattini. Di colpo dai due tubi uscì una fiammata.

Il ragazzo si spaventò e mollò a terra i pattini che si rovesciarono. Sotto, sul retro, vide una parola: "Schizzosi".

«Schizzosi?» ripetè leggendo.

Mentre osservava i pattini un rumore distolse la sua attenzione. Sembrava un'auto con il motore acceso. D'istinto il ragazzino scostò la tenda amaranto e si trovò davanti all'uscita del Sigillo Nero. Era sbarrata da una griglia di ferro oltre la quale si vedeva un viale alberato. Una strada che non era certo quella di Campana di Sotto.

"Dove sono?" pensò impaurito.

Il rumore del motore si fece sempre più vicino e Geno vide arrivare da destra la decappottabile d'epoca. Al volante c'era madame Crikken. In testa aveva l'ennesimo cappellino stravagante, bianco con roselline gialle e al posto dei soliti occhialini con i riccioli d'argento ne indossava un paio neri con le lenti allungate.

Sul sedile accanto, dentro il cesto di vimini, c'era il flemmatico Napoleon.

«*Voilà!* Mio caro Geno sono arrivata» disse spegnendo il motore.

Il ragazzo sgranò gli occhi e afferrò le sbarre:

«Madame! Ma... come ha fatto ad arrivare qui? Esattamente dove siamo?».

«Niente domande. Mettiti gli stivali neri ed esci subito dal Sigillo. È tardi!» disse senza scomporsi.

«Uscire? Ma queste sbarre me lo impediscono» rispose Geno.

«Sicuro?» domandò l'anziana signora abbassando gli ingombranti occhiali neri.

Il giovane Hastor Venti rimase senza parole. Guardò le sbarre, si girò e osservò gli oggetti strani che aveva trovato nello sgabuzzino ma non capiva come fare per uscire.

«Usa la testa, Geno. La testa!» insisté Margot.

Il ragazzo lasciò le sbarre e le fissò intensamente. Poi chiuse gli occhi e si concentrò. Ma le sbarre rimasero lì.

Immobili.

Allora l'anziana Sapiens scese dall'auto, si avvicinò, puntò l'indice sinistro e le sbarre svanirono come per magia.

«Non c'erano. Era un'illusione. Non l'avevi capito?» disse tornando in auto.

Geno guardò lo spazio aperto e incredulo allungò le mani: le sbarre erano proprio sparite.

«*Bien*, portami tutto ciò che hai trovato nel Sigillo e caricalo sull'auto» disse parlando con calma madame Crikken.

Senza perdere tempo, il ragazzo calzò gli stivali neri, proprio della sua misura. Raccolse i vari oggetti e indumenti e li appoggiò sui sedili posteriori della decappottabile. Per ultime portò le tre casse. Ma i pattini, gli Schizzosi, li lasciò a terra.

«No, no! Quelli li devi proprio mettere» spiegò la donna.

«Quelli? Ma... prima hanno fatto una fiammata. Sono pericolosi» rispose Geno.

«Gli Schizzosi non sono pericolosi. Se non li metti non potrai certo fare tutta la strada per arrivare all'Arx» aggiunse madame.

«Ma non salgo in auto con lei?» chiese sbalordito.

«Assolutamente no! Io ora parto e vado all'Arx. Indumenti, oggetti e casse li troverai nella tua stanza. Io devo portare le tue cose e metterle in ordine per non destare sospetti. Di solito è Von Zantar che si occupa direttamente di trasferire tutte le cose appartenenti agli Antei dal Sigillo Nero alle camere. Il Regolamento parla chiaro: RI-AM.5a. Ma in questo caso lui ha concesso uno strappo alla regola e porterò tutto io visto che ti sono venuta a prendere».

«E come fa Von Zantar a trasferire tutto questo materiale? Usa anche lui un'auto?» chiese sbalordito Geno.

«No! Lui usa solo il pensiero. Ma non perdiamo altro tempo. Mettiti gli Schizzosi, arriverai all'Arx con quelli, come da Regolamento: RI-AM.5b». Margot mise in moto e si allontanò lasciando Geno con un palmo di naso.

Il ragazzo si rese conto che doveva assolutamente imparare le regole. Prese con timore i pattini e li indossò. Strinse i lacci alle caviglie e poi, barcollando, si chinò per premere il bottoncino sulle punte.

Di colpo, dai tubi d'acciaio posizionati dietro, uscì una fiammata e la spinta fu talmente forte che Geno finì per terra. I pattini non si fermavano, correvano a velocità sostenuta e il ragazzo, con il fondoschiena che picchiava sul terreno sassoso del viale, non riusciva a rialzarsi. Trascinato dagli Schizzosi iniziò a urlare:

«Aiutoooooo madaaaaame Crikkeeeeeenn!!!».

Drizzò la schiena e con le braccia allargate cercò di stare in equilibrio. I piedi non riuscivano a stare paralleli e di tanto in tanto sbandava da una parte e dall'altra sfiorando gli enormi alberi del lunghissimo viale. L'auto d'epoca era ormai lontana e Geno si trovava in grande difficoltà, temeva di sbattere contro un tronco. Il ragazzino non ce la faceva a controllare la velocità e neppure la direzione dei pattini.

Improvvisamente le rotelle deviarono verso sinistra e il cambio del percorso fu traumatico. Il sentiero del bosco era stretto e tortuoso: cunette, buche, sassi e rami secchi rendevano la corsa una vera e propria gimkana.

Il giovane Hastor Venti aveva il cuore in gola, quel viaggio era davvero troppo strano e ricco di imprevisti. Con il vento in faccia non riusciva a tenere gli occhi ben aperti e gli Schizzosi sembravano seguire un percorso già stabilito. Geno doveva stare calmo ma in quella circostanza non era certo facile. Il sentiero andò in discesa e il ragazzo, sentendo il corpo proiettarsi completamente in avanti, con fatica stette in equilibrio e quando meno se lo aspettò i pattini smisero di correre.

Geno crollò a terra finendo in mezzo a foglie e sassi. Un po' malandato si rialzò scrollandosi la terra e piccoli rametti che si erano impigliati nel giubbotto. Alzò la testa e davanti a lui apparve un paesaggio incredibile: la *Vallée des Pensées.* Le montagne, alte e innevate, abbracciavano la valle segreta. Girò le spalle al bosco e guardò il grande prato: al centro c'era un promontorio sopra il quale si ergeva maestosa una enorme costruzione. Uno strano castello, una rocca antichissima, con le mura spesse e alte. Alla base della collina, tutto intorno, scorreva un corso d'acqua turchina che fluiva verso il laghetto a forma di una grande S. Per accedere alla rocca si doveva attraversare un ponte levatoio che permetteva l'accesso a quel luogo straordinario.

La rocca era bellissima, sembrava la reggia di un mondo incantato: torri d'argento e cupole d'oro splendevano al sole e centinaia di uccelli d'ogni specie volteggiavano liberi nell'aria. A un certo punto vide volare una cosa mai vista: un uomo pedalava felice, ma la bicicletta non era come la sua. Aveva ali di pipistrello ai lati! Era uno Psiofo sulla sua Bi-Flap!

«Stramagico!» esclamò Geno rimanendo a bocca aperta.

«È l'Arx. L'Arx Mentis!» gridò guardando la rocca.

Dentro al castello dorato c'erano i segreti della Magipsia, le mura proteggevano misteri inviolati e la triste storia del rapimento di Corinna e Pier. Il giovane Hastor Venti rimase immobile davanti a tanta meraviglia, ma il pensiero dei suoi genitori turbò tutte le sue emozioni.

Mentre abbassava la testa per controllare i pattini si accorse che non era solo. Alla sua sinistra c'era un ragazzino e dall'altro lato, a destra, una ragazzina. Anche loro erano appena usciti dal bosco e indossavano gli Schizzosi.

Impaurito, non sapeva se dar loro confidenza e chiamarli oppure no. Poi si ricordò che, quando madame Crikken gli aveva parlato degli Antei, aveva detto che due sarebbero entrati per la prima volta con lui all'Arx. Quindi erano loro i suoi nuovi compagni.

Il ragazzino alla sua sinistra, magrissimo, indossava una giacca di panno viola e pantaloni larghi e grigi. I lineamenti del suo viso erano particolari, orientali: capelli neri cortissimi e occhi a mandorla. Non guardò verso Geno, si tolse i pattini e senza fare alcun gesto amichevole s'incamminò verso il ponte levatoio, mentre la ragazzina sembrava in difficoltà. Aveva un bastone bianco in mano e lo muoveva di qua e di là.

«Chi c'è? Chi siete?» urlò la ragazza, che indossava un lungo cappotto rosa mezzo stracciato.

«Mi chiamo Geno. E tu chi sei?» rispose d'istinto, mentre l'altro non si girò e continuò a camminare verso la rocca.

«Mi chiamo Suomi. Per favore vieni qui, mi sono fatta male» disse lei agitando il bastone.

Geno si levò i pattini e le corse incontro. Quando le fu vicino, si accorse che i grandi occhi verdi di Suomi avevano qualcosa di strano.

«Non spaventarti, sono cieca dalla nascita» esclamò senza dar neppure il tempo a Geno di dire una parola. «Sono caduta e mi fa male la schiena. Questi Schizzosi sono proprio pericolosi».

La pronuncia di Suomi era assai buffa e Geno comprese che non era affatto italiana, nonostante si sforzasse di parlare correttamente.

«Cieca? Mi spiace» disse il giovane Hastor Venti.

«Anche a me. Ma ti assicuro, riesco a vedere molto meglio di te» rispose togliendosi i pattini.

«In che senso?» chiese Geno.

«Con la mente! Ovvio!» ribatté la ragazzina accennando un sorriso.

Il nipote di Flebo rimase di stucco. Quella ragazzina bionda era sicuramente molto intelligente e aveva poteri mentali raffinati. E questo lo intimorì anche se, guardandola con attenzione, non sembrava affatto malvagia. Anzi, era dolce e molto carina.

«Tu sei italiano vero?» la domanda mise in imbarazzo Geno che sapeva di non poter raccontare troppo della sua famiglia. Madame Crikken era stata molto precisa su questo punto.

«Sì, vengo dall'Italia. E tu?» chiese timidamente.

«Sono finlandese ma mia cugina Dorathea, che ha 13 anni, ha superato un mese fa il Terzo Livello e il Contra Unico ed è diventata Psiofa, mi ha insegnato molto bene la tua lingua. D'altra parte, per frequentare l'Arx l'italiano è obbligatorio. Tu sei fortunato» rispose Suomi toccandosi la schiena dolorante.

«Vuoi appoggiarti a me?» Geno fece il galante e la prese sottobraccio.

«Mi chiamo Suomi Liekko e vengo da Kemi, che è un porto finlandese dove d'inverno si costruisce un bellissimo castello di neve. Se ci vai puoi vederlo. Io l'ho immaginato fin da quando ero piccola e sono certa che è come lo vedo io dentro la mia mente».

«Interessante. Invece io vengo da Campana di Sotto e il mio cognome è Hastôr Venti» rispose, sperando di non aver detto troppo.

«Hastor Venti? Bel cognome. I tuoi sono Psiofi o Sapientes? Mia cugina Dorathea forse li conosce, come ti ho detto ha finito il suo ultimo Intercanto solo un mese fa» la domanda raggelò Geno che non sapeva cosa rispondere e sviò il discorso.

«Sai che non siamo soli? C'è un altro ragazzino, è andato avanti e non si è presentato».

«Sì... ho sentito delle vibrazioni. Vedrai che lo conosceremo tra poco» rispose Suomi, calma.

«Vibrazioni?» ripeté Geno.

«Non vedendo ho affinato molto i miei sensi e riesco a percepire le presenze attorno a me» rispose Suomi.

«Posso dirti che davanti a noi c'è uno spettacolo meraviglioso. L'Arx Mentis è antica e si trova sopra un promontorio» spiegò con gentilezza Geno.

«Me la immagino e non vedo l'ora di entrarci» rispose la ragazzina sistemandosi il cappotto rovinato nella caduta.

Geno e Suomi si incamminarono lentamente e, arrivati sul ponte levatoio, che attraversava il fossato, incontrarono finalmente il terzo Anteo.

Fu Suomi a parlare per prima:

«Ciao, come è andata con gli Schizzosi?».

Il ragazzino dagli occhi a mandorla squadrò i due e con aria strafottente disse:

«Sono giapponese, mi chiamo Yudi Oda e non mi va di parlare».

Geno fece una smorfia che naturalmente Suomi non vide. Ma la ragazzina diede una gomitata al suo giovane amico che la sorreggeva e con vocina melodiosa disse:

«Bene, allora non perdiamoci in chiacchiere ed entriamo. Il Summus Sapiens Yatto Von Zantar avrà sicuramente già trasportato con il pensiero tutte le nostre cose».

«Già» confermò Geno che non voleva certo spiegare che per lui la faccenda era un bel po' diversa.

«C'è un ponte levatoio da attraversare e a fianco vedo una ventina di Bi-Flap parcheggiate in modo ordinato» spiegò il giovane nipote di Flebo Molecola dandosi un tono, mentre Yudi camminava già spedito.

«Le Bi-Flap sono quelle degli Psiofi. Le lasciano qui prima di salire all'Arx. Mia cugina Dorathea mi ha detto che è bellissimo volarci sopra» rispose Suomi parlando a fatica.

«Loro arrivano volando e noi rotolando con gli Schizzosi. Strano, molto strano questo mondo» borbottò il ragazzo.

«Strano?» ripeté incuriosita la ragazzina. «Ma è ovvio che loro arrivino così e noi no. Mi sa che lo strano sei tu» aggiunse la finlandese sorridendo.

«Ma tua cugina Dorathea è qui?» chiese curioso Geno.

«No, è impegnata in una ricerca di magia in Finlandia. Spero che venga all'Arx il prossimo ciclo. Per questa volta non parteciperà al GalApeiron. Sono molto fiera di lei» rispose Suomi, sorridendo e, per un momento, non pensò ai dolori che provava.

Le assi del ponte scricchiolavano a ogni passo ma sembravano reggere bene, in basso scorreva l'acqua turchina e si intravedevano numerosi pesciolini colorati. D'un tratto uscì dall'acqua un enorme cigno bianco. Bellissimo! In groppa c'era un omone che indossava la Tuta Stagna blu, identica a quella che Geno aveva visto nel Sigillo Nero. L'uomo rideva felice e aveva in bocca due tubicini che erano attaccati al girocollo della tuta. Teneva con le mani dei lacci legati al collare di cuoio del cigno. L'uccello e l'uomo rimasero in superficie per pochi secondi, poi il cigno immerse nuovamente la testa e il collo dentro l'acqua e scomparve assieme al suo cavaliere tra i pesci colorati.

Geno rimase immobile davanti alla scena e disse:

«Mai vista una cosa simile!».

«Cosa?» domandò la ragazzina.

«Un gigantesco cigno cavalcato da un uomo. Insieme nuotano fuori e dentro l'acqua» spiegò Hastor Venti.

Suomi rise a bocca aperta:

«Ma è un Subcando cavalcato da qualche Saggio o Psiofo. Insieme vanno nei bellissimi fondali del canale che scende dal Lagostorto».

Geno guardò stranito la ragazzina:

«Subcando? Lagostorto?».

«Non dirmi che non sai nulla dei Subcandi! E non hai

letto nulla sul Lagostorto, il lago fatto a enorme S dell'Arx!» precisò Suomi.

«Io, veramente...» Geno non sapeva proprio cosa dire.

«I Subcandi sono i grandi cigni bianchi con i quali si può nuotare. Rendono felici. Trasmettono serenità. Mi sa tanto che dovrai imparare molte cose, caro Hastor Venti» rispose la finlandese un po' seccata.

Lui alzò le spalle e se ne andò avanti. Curioso osservava le mura che circondavano la rocca e di tanto in tanto riguardava il canale per vedere se il Subcando emergeva ancora. Gli sembrava buffo trovarsi in quel posto segreto e non vedeva l'ora di incontrare madame Crikken. Voleva chiedere informazioni su Yudi, quel ragazzino gli stava davvero antipatico.

E proprio il giovane giapponese, passato il ponte levatoio, fu il primo a salire la lunga scala scavata nella roccia. Arrivare in alto, al portone d'ingresso dell'Arx, non sarebbe stato facile.

«Perché non prendiamo l'ascensore?» chiese ingenuamente Geno, che aveva notato la cabina in ferro e rame pronta per essere usata. L'originale ascensore era sostenuto da grosse corde d'acciaio che scorrevano parallele alle mura.

In coro Suomi e Yudi risposero:

«L'ascensore? Vuoi dire il BassAlto! Ma lo possono usare solo gli Psiofi!».

Hastor Venti si rese conto di aver chiesto una cosa sbagliata, infatti l'Antea finlandese puntò il bastone bianco per terra e disse:

«Non lo sapevi?».

Geno si scusò dicendo che era un po' stanco e aiutando la nuova amica salì i 500 gradini che portavano all'Arx Mentis.

Nella *Vallée des Pensées*, tre ragazzini di nazionalità diversa stavano entrando nel luogo segreto dove dominava il Summus Sapiens, il tedesco Yatto Von Zantar.

CAPITOLO QUINTO

Le spie invisibili dell'Arx

Il sole tramontava dietro la Rocca della Mente, la scala scolpita nella roccia era già in ombra e la temperatura stava scendendo rapidamente. Yudi Oda era arrivato in cima mentre Geno, con il fiatone, trascinava a fatica Suomi che era stanchissima.

«Forza, ci sono ancora pochi gradini» disse Hastor Venti mentre la ragazzina, aiutandosi anche con il bastone, sollevava lentamente i piedi.

«La schiena mi fa un male terribile» si lamentava Suomi, che stava per piangere.

L'Anteo giapponese era già davanti al massiccio portone d'ingresso e l'osservava con attenzione: era a forma d'arco e aveva in rilevo un anello rosso con incise le lettere d'oro dell'Arx Mentis: "A.M.". Identiche a quelle del Sigillo Nero.

Yudi Oda stava per tirare la lunga corda intrecciata che penzolava accanto al portone ma titubò qualche secondo.

Suomi e Geno, saliti sull'ultimo gradino, si sedettero e presero fiato. La ragazzina finlandese, intuendo cosa stava facendo Yudi, gli urlò:

«No! Non tirare la corda. Aspettaci!».

Yudi, senza girarsi, rispose acidamente:

«Sciocca cieca. Qui si entra uno alla volta. Il Pendolo Secco funziona così. Studiati bene il Regolamento Iniziatico: RI-AM.6a».

«Pendolo Secco?» ripeté Geno senza capire nulla.

Yudi alzò le spalle, tirò la corda e attivò il Pendolo Secco, il grande orologio posizionato all'interno che segnava i giorni e le ore degli ingressi e delle uscite di Antei e Psiofi. Oltre ad attivare il meccanismo di apertura del portone, era uno strumento di controllo importantissimo.

Appena fu tirata la corda, si udì la musica di un organo e un coro di bambini che ridevano. Era il segnale che all'Arx stava entrando un Anteo. Il portone ad arco si aprì e il giapponese avanzò da solo.

Geno si alzò in piedi preoccupato.

Guardò Suomi e le chiese:

«Conosci il Regolamento? E come hai fatto a leggerlo se... insomma, tu sei...».

«Cieca! Sì, ma anche noi ciechi possiamo leggere con l'alfabeto Braille. Tutti i non vedenti leggono con le mani. Non sapevi neppure questo?» la ragazzina s'irritò.

«Già, scusa. È vero» borbottò Geno, vergognandosi.

«Fa nulla. Comunque il Regolamento non l'ho letto tutto. Ci sono un sacco di RI-AM» disse un po' preoccupata.

«RI-AM?» il ragazzo non sapeva cosa fossero.

«Ma sono le regole!» sbottò l'Antea, questa volta proprio innervosita. «Sono parecchie, e per dire la verità non mi ricordavo quella del Pendolo Secco. Credo abbia ragione Yudi: è la RI-AM.6a, fa parte delle Regole del Tempo. All'Arx si entra uno alla volta» concluse con voce sofferente.

«Ma... il Regolamento l'hai trovato dentro una cassa?» chiese sperando di avere la conferma.

«Certo! Nel Sigillo Nero! Come tutti!» esclamò la ragazzina sempre più sorpresa.

«Già, che stupido!» disse arrossendo per l'ennesima gaffe.

Geno si ricordò le parole di madame Crikken. Tutti gli Antei hanno un Sigillo Nero. Anche Suomi e Yudi erano quindi passati attraverso il Disincanto e il Cielo Riflessivo.

D'altra parte quello era l'esame per poter arrivare all'Arx.

In quel preciso momento un cigolio distolse l'attenzione dei due ragazzini, che guardarono giù, verso il ponte levatoio. Il BassAlto era in movimento: la cabina salì in alto velocissima.

Suomi, aiutandosi con il bastone, si alzò dolorante e appoggiandosi a Geno, disse:

«Sta arrivando uno Psiofo».

Hastor Venti diventò serissimo ed ebbe un sussulto: non aveva mai incontrato uno Psiofo!

Quando l'ascensore raggiunse il livello del portone, uscì un uomo magro, con i capelli rossi lunghi fino alle spalle. Indossava un cappotto bianco che sfiorava il terreno, calzava stivali e guanti e in testa portava un copricapo di seta grigio fatto a scodella, uguale a quelli che Geno aveva visto oltre la terza porta del Sigillo.

L'uomo aveva uno sguardo fiero, volse gli occhi verso i due Antei e accennò un sorriso dicendo:

«Siete in ritardo».

Poi tirò la grossa corda penzolante e partì nuovamente la musica dell'organo e subito dopo si udì il canto di un tenore che accompagnò l'apertura del portone. Lo Psiofo entrò lasciando fuori i due ragazzini.

Geno tremò. Era totalmente confuso. Quando era entrato Yudi aveva udito un coro di bambini e ora invece il canto di un tenore. Suomi lo prese per mano:

«Hai paura?» chiese stupita.

«Un po'. Qui è tutto così strano» le bisbigliò il giovane Hastor Venti.

La ragazzina scosse la testa:

«Mi sembra che tu ti senta fuori posto. Non c'è nulla di strano. Certo, anche per me è la prima volta ma non vedevo l'ora di venire all'Arx. Tu no?».

«Be', sì... certo. Ma non mi aspettavo che fosse così» cercò di spiegare Geno.

«Lo strano sei tu».

«Già, me lo dicono tutti» ribatté lui, seccato.

«Avanti, tira la corda, stavolta entro io» disse Suomi.

Geno obbedì, afferrò la grossa corda e diede uno strattone. Il suono dell'organo e il coro di bambini ridenti si levò ancora una volta: il portone si aprì.

L'Antea cieca entrò, con una mano teneva gli Schizzosi e con l'altra agitava il suo bastone bianco.

Il buio della sera rese l'incantevole paesaggio piuttosto cupo. Geno Hastor Venti, dall'alto delle mura, guardò giù e vide, in penombra, il prato che aveva attraversato. Sentì un tonfo al cuore. Solo e infreddolito pensò allo zio Flebo e alla vecchia e malandata casa di Campana di Sotto. Mai come in quel momento aveva desiderato tanto il suo letto, le travi bucate dai tarli e persino rivedere i suoi compagni di classe e il faccione di Nicosia. Ma il desiderio di trovare i suoi genitori era grande. Più grande della paura.

Si fece coraggio pensando alla foto di suo padre, poi mise sotto il braccio sinistro i pattini e mentre stava per tirare la corda vide il BassAlto scendere e velocemente risalire. Stava arrivando qualcunaltro. Stavolta era una Psiofa. Una donna, di circa vent'anni uscì dall'ascensore. Non era molto alta e indossava un mantello nero. In testa aveva un copricapo di seta arancione, indossava guanti e stivali dello stesso colore.

«Salve, beato te che hai usato gli Schizzosi, io invece mi sono congelata volando con la Bi-Flap» disse con tono simpatico e poi aggiunse: «Sei in ritardo!".

La Psiofa tirò la corda e, a differenza delle altre volte, dopo la musica dell'organo si udì il gorgheggio di una soprano. Il portone si chiuse ancora e Geno, sempre più spaventato, rimase quasi al buio. La rocca era appena illuminata dalla luna. Anche se non aveva letto il Regolamento, una cosa però l'aveva capita.

Il Pendolo Secco suonava in modi diversi: per gli Antei scattava un coro di bambini, per gli Psiofi maschi cantava un tenore e per le Psiofe una soprano. In comune c'era solo la musica potente dell'organo. Controllò di avere dentro il giubbotto la mappa dell'Arx che gli aveva dato madame Crikken, in tasca trovò un paio di biscotti P.N. e ne mangiò uno. Si fece coraggio, afferrò la corda e tirò.

La profonda musica dell'organo suonò e subito dopo si levò fortissimo il coro di bambini. Il portone si aprì ancora una volta. Geno finalmente stava entrando all'Arx Mentis.

L'ingresso rettangolare era ampissimo, il soffitto di vetro verde e le pareti, costruite con grossi mattoni livellati, avevano sfumature diverse. Decine di lampade gialle appese in più punti illuminavano strani dipinti: scene di lotta tra giganti, danze di leggiadre damigelle vestite di soli veli e disegni di mostruosi animali. Al centro della stanza c'erano tre larghi gradini di cristallo sopra i quali si ergeva un'enorme scultura di marmo raffigurante un bellissimo cavallo alato nero che sembrava spiccare il volo.

Il giovane Hastor Venti rimase a bocca aperta davanti a quella figura maestosa. Il cavallo aveva sul dorso una preziosissima sella d'oro e le ali sembravano forti come quelle di un'aquila e leggere come l'aria.

Appena il coro di bambini ridenti terminò, Geno distolse l'attenzione dalla statua e si girò nuovamente verso il portone, ormai chiuso. Cercava di capire da dove provenissero la musica e i cori.

Dell'organo non c'era traccia, ma vide uno stravagante mobile, lungo e stretto al centro del quale si trovava un grande orologio ovale di legno con le lancette in rame. Il meccanismo dell'orologio era collegato a una barra d'oro con la punta arrotondata che dondolava ritmicamente a destra e a sinistra. Era il Pendolo Secco!

Dalla base del mobile, scattò fuori un cassettino contenente un foglio. Geno si avvicinò con timore, prese la carta di colore grigio scuro e vide che aveva impresso l'anello rosso e oro dell'Arx Mentis, lo stesso marchio che aveva visto nel portone. Appoggiò gli Schizzosi a terra e con le mani tremanti lesse velocemente il testo:

IDENTITA'

Posizione: Anteo
Livello: I°
Nome: Geno
Cognome: Hastor Venti
Età: 11 anni
Nazionalità: italiano
Capacità: Telecinesi
Giorno d'ingresso: 21 dicembre
Ore: 19,33
Giorno d'uscita: ...
Ore: ...

Geno sorrise leggendo Telecinesi e a bassa voce mormorò: «Già, i Cerchi di Sophia. Tutto merito di madame Crikken!».

«Sei in ritardo, Geno Hastor Venti» dissero all'unisono due voci.

Il ragazzino, che pensava di essere solo, si girò impaurito. Davanti a lui c'erano un uomo, una donna e tre cani di razza bassethound, tra cui un cucciolo. L'uomo, di mezza età, era magrissimo, con il volto affilato, le occhiaie bluastre e vestito tutto di nero: indossava un paio di pantaloni a sigaretta, una camicia con tre bottoni e una giacca che gli stava larga. Al collo aveva una lunga collana dalla quale pendeva un medaglione luccicante.

La donna, sulla trentina, era alta e vestita con un lungo abito color caffè piuttosto scollato. I capelli, castano chiaro, erano raccolti in una vezzosa coda di cavallo fermata da un nastro argenteo. Gli occhi, piccoli e neri spiccavano come due spilli sul volto tondeggiante. Nessuno dei due usava cappelli a scodella. I due cani più grandi, un maschio con il pelo nero e una femmina marrone scuro, erano seduti accanto ai piedi della donna e guardavano Geno tenendo la lingua di fuori, mentre il cucciolo, marrone chiaro con una macchia bianca sul muso e sul petto, gironzolava dimenando la lunga coda.

Il giovane Hastor Venti non sapeva chi avesse di fronte. Quei due non erano certo Psiofi e avevano un'aria minacciosa. Gli unici simpatici erano i cani. Quadrupedi dall'aspetto buffo e serioso allo stesso tempo: palpebre cadenti, corpo allungato, zampe corte e lunghe orecchie che toccavano il pavimento.

«Scusate... non sapevo che fosse tardi» disse il giovane Anteo deglutendo a fatica per l'agitazione.

L'uomo avanzò fissando il ragazzo:

«Non lo sapevi? Ma lo devi sapere! Niente scuse!» disse brontolando e con tono seccato riprese a parlare. «Mi chiamo Pilo Magic Brocca, sono un Sapiens italiano. Mi occupo di Levitazione, Bioenergia e insegno come cavalcare gli Ippovoli. Sono il Cerimoniere dell'Arx Mentis e ti darò utili indicazioni su come ci si comporta nelle varie circostanze».

Geno rimase con il foglio di carta in mano e guardando le due persone che stavano davanti a lui pensò:

"Sono Sapientes, come madame Crikken. E il Cerimoniere è italiano".

Immediatamente provò una sensazione che già conosceva: ronzio alle orecchie e sapore di biscotti P.N. e tè R.S.

in bocca. Non aveva ben capito quello che stava dicendo Pilo Magic Brocca, soprattutto ignorava cosa fossero gli Ippovoli, ma per non far brutta figura preferì stare zitto.

«Bene, Geno Hastor Venti, ti presento miss Butterfly O'Connor» e così dicendo Magic Brocca prese la mano della signora che avanzò verso il ragazzo, seguita dai cani.

La donna guardò curiosa il giovane Anteo e schiarendosi la voce esclamò con accento tipicamente irlandese:

«Italiano, vero?».

«Sì, miss O'Connor, italiano» rispose prontamente Geno.

«*Very good.* Sono la Sapiens esperta di Telecinesi, Fantasmi, Telepatia e Telempia. Mi occupo della logistica dell'Arx Mentis, infatti sono la Governante» disse la donna che subito dopo indicò i cani.

«Questi sono i miei bassethound. La mamma si chiama Ofelia, il padre Ottone e quello è il piccolo Oscar. Sono molto affettuosi ma desidero che nessuno li accarezzi. Hai capito?» miss O'Connor era stata molto chiara e Geno fece di sì con la testa. «Raccogli gli Schizzosi, ti accompagno nel tuo alloggio» disse la Sapiens, aggirando la statua del cavallo alato.

Oscar annusò gli stivali di Geno e starnutì scollando le orecchie mentre Ofelia e Ottone zampettarono pigramente seguendo miss O'Connor.

Il Cerimoniere italiano salutò la donna e rivolto al ragazzo disse: «Dopo cena, alle 21,30 precise, il Summus Sapiens, Yatto Von Zantar, ti attende nella Stanza della Visione, al terzo piano. Indossa il Tonca nero e guanti del Primo Livello. Non fare tardi. Qui non è ammesso scherzare con il tempo».

Geno annuì e capì immediatamente che Pilo, nonostante fosse italiano, non gli avrebbe reso la vita facile. Perplesso e impaurito continuò a seguire miss O'Connor che aveva già oltrepassato la statua del cavallo e stava percorrendo un ampio corridoio.

"Tonca nero? Sarà quella specie di berretto a scodella" pensò preoccupato il giovane Anteo, che già immaginava la scena con il Summus Sapiens.

Il perfido Von Zantar avrebbe certamente tentato di entrare nella sua mente per sapere cosa stava escogitando. D'altra parte come poteva il giovane Hastor Venti non pensare ai suoi genitori e a come cercarli? La paura di non reggere il confronto era tantissima, per questo Geno sperava di poter parlare con madame Crikken prima dell'incontro, ma non sapeva proprio dove trovarla.

Ottone camminava svogliato mentre Ofelia, mamma apprensiva, osservava Oscar: il cucciolo tentava di stare al passo ma di tanto in tanto inciampava sulle proprie orecchie. Tant'è che miss O'Connor decise di prenderlo in braccio. Passato il corridoio non troppo illuminato, arrivarono nel grande Salotto dei Fenicotteri. Il pavimento era rosa chiaro, le pareti blu e verdi e le quattro finestre avevano sontuose tende di velluto rosso. Il soffitto era affrescato e mostrava in tutta la sua bellezza due grandi fenicotteri rosa.

Al centro pendeva un grandissimo lampadario di cristalli azzurri che riflettevano la luce donando ai divani e alle poltrone damascate un aspetto elegante. Sedie e tavolini in legno di noce erano posizionati in modo ordinato. In piedi, accanto a una libreria ricca di volumi, c'era un gruppo di Psiofi che parlavano tra di loro. Le donne portavano il copricapo arancione mentre gli uomini quello grigio.

Alcuni di loro sembravano dei santoni, con barba lunga e bianca, altri avevano un aspetto inquietante e indossavano occhiali da sole nonostante fosse sera. Due donne dalla pelle scura e levigata, con al collo magnifiche collane di conchiglie, stringevano tra le mani piume e legni agitandoli nell'aria. Erano sicuramente sciamane.

Geno rimase qualche secondo con gli occhi sbarrati: quel mondo veramente strano lo faceva sentire a disagio. Guardò se c'erano Suomi e Yudi, ma in quel salotto vide solo Psiofi. In un angolo, seduto su una comoda poltrona bordeaux, accanto a un delizioso caminetto stile liberty, notò un ragazzo intento a leggere un libro. Aveva folti capelli ricci e biondi, non aveva nessun copricapo a scodella ed era vestito con una tunica color oro lunga fino ai piedi. Con superbia alzò gli occhi, grandi come due perle nere, e guardò Geno. Un brivido percorse la schiena del giovane Hastor Venti che si fermò, abbassò la testa e respirò profondamente. Dopo neanche un secondo sentì un lieve spostamento d'aria, sollevò la testa e si accorse che quel ragazzo si era alzato dalla poltrona passandogli vicinissimo.

«È tardi! Sbrigati!» urlò la signorina O'Connor girando la maniglia di una delle due porte bianche della parete sinistra del salotto.

Geno, ancora stordito, si affrettò ma, appena fece un passo, vide arrivare dal fondo della stanza una palla di legno chiaro che correva suonando come un carillon. "È identica a quella che c'è nello zaino del Sigillo" pensò.

La palla si diresse verso il gruppo di Psiofi e si bloccò davanti a uno di loro. L'uomo, piuttosto anziano, aveva i capelli completamente viola e lunghi fino a terra. Quando vide arrivare la palla esclamò:

«Oh, una Paropalla per me. Sarà sicuramente qualche sciocco che mi scrive per prendermi in giro. La bugia che ho detto oggi durante le prove di Fandonfia mi ha fatto venire i capelli così...».

Si chinò, sollevò la sfera, tirò una levetta e la aprì. Mise la mano dentro e sfilò un foglietto. Riappoggiò per terra la palla di legno, che rotolò senza più suonare, e lesse il messaggio. Poi salutò il gruppo e se ne andò in tutta fretta verso l'uscita.

Il giovane Hastor Venti era sempre più confuso, guardava ogni cosa con molta curiosità. Sull'angolo della parete di fronte lesse una targhetta che riportava la figura di una doppia freccia che indicava "Sublime Cibaria" e "Staffore Inverse". Si fermò un secondo e pensò che alla Sublime Cibaria forse c'era madame Crikken. Infatti il nome faceva venire in mente la materia preferita dall'anziana signora, ovvero Cucina Metafisica.

Ma un secondo urlo di miss O'Connor lo scosse nuovamente. La porta attraversata dalla signorina e dai cani introduceva al lato Ovest dell'Arx e per accedervi bisognava percorrere un corridoio strettissimo e illuminato da piccole luci blu. La parete destra era completamente spoglia e l'altra invece aveva, una accanto all'altra, una serie di porte laccate di un azzurro sbiadito.

Da un chiodo arrugginito penzolava una targhetta che portava due indicazioni: dritti si andava verso gli alloggi degli Antei e a destra alla Stanza Cerchiata.

Ofelia e Ottone andarono dritti e si sdraiarono davanti alla camera numero 5. La signorina O'Connor inserì la chiave nella toppa e aprì:

«Questo è il tuo alloggio. Ricordati che alle 21,30 precise devi presentarti dal Summus Sapiens, al terzo piano» ripeté con la solita espressione seriosa.

Geno stava per ringraziarla quando un potente fischio proveniente da chissà dove lo spaventò a morte. Oscar abbaiò, Ofelia e Ottone portarono le zampe sulla testa e miss O'Connor, senza batter ciglio, esclamò:

«È il Fischiosugo. Tra pochi minuti , ti porteranno la cena».

L'espressione del ragazzo tradì la sua impreparazione.

«Vedo che non hai letto il Regolamento Iniziatico! Non conosci le RI-AM? Dovresti già sapere come funziona l'Arx Mentis. Mi sembri spaventato» disse la donna tenendo ancora in braccio il piccolo Oscar.

Geno abbassò gli occhi e a quel punto la Governante fece un cenno agli altri due cani, i quali, annoiati, ripresero a seguirla per l'ennesima volta.

Il ragazzino chiese ad alta voce:

«Ma la chiave della camera?».

«Tutte le chiavi le ho io. Le porte restano aperte. Leggiti il Regolamento Iniziatico: RI-AM.14a» rispose acidamente miss O'Connor, allontanandosi.

Hastor Venti rimase impettito davanti alla soglia e decise di entrare. Per fortuna l'alloggio era molto carino e profumava di ginepro. Il letto era accanto a una piccola finestra dai vetri spessi e senza tende. Più in là il tavolo, quattro sedie in vimini, un armadio alto sino al soffitto, una cassettiera stile barocco, un divanetto a due posti color smeraldo e, vicino a una porticina verde chiaro, uno scrittoio con tanto di penna e calamaio. Geno aprì la piccola porta ed entrò nel bagno: pulitissimo, con piastrelle dorate e uno specchio con la cornice in rame.

Sul letto, sopra tre piccoli cuscini di lino bianco, c'erano i Tonca: i berretti a scodella nero, bianco e rosso con i rispettivi guanti. A terra, in fila, gli stivali bianchi e quelli rossi. Il ragazzo, ancora con gli Schizzosi in mano, si guardò intorno curioso e accanto allo scrittoio vide le casse. Appoggiò i pattini su una sedia e, aperta velocemente la prima, tirò fuori il Regolamento Iniziatico dell'Arx Mentis.

Fece un lungo sospiro. Doveva assolutamente leggere quel libro per non fare altre brutte figure. Girò lo sguardo verso la finestra e sorrise: appese a un ferro incassato nel muro c'erano le briglie, la sella e il collare di cuoio, mentre la Tuta Stagna e lo zaino penzolavano da un gancio. Madame Crikken era dunque arrivata e aveva già portato tutti gli indumenti e gli oggetti trovati nel terzo luogo del Sigillo Nero.

Geno stava per togliersi il giubbotto quando bussarono alla porta.

«*Bienvenu* Geno, ecco la tua cena» disse Margot Crikken, entrando con un vassoio in mano sopra il quale c'erano piatti d'argento colmi di cibo, una brocca d'acqua e un bicchiere di vetro giallo paglierino.

«Madame! Finalmente!» gridò il ragazzo dalla contentezza.

Ma l'anziana signora rimase impassibile e, con uno sguardo eloquente, fece capire a Geno di non darle troppa confidenza anche se erano soli.

All'Arx Mentis anche i muri avevano orecchi, e non era solo un modo di dire. Infatti nelle pareti di stanze e corridoi erano sparsi i Timpatubi: strumenti in fibra gommosa a forma di piccole orecchie che si mimetizzavano prendendo il colore dei muri. In sostanza spiavano i discorsi di Psiofi e Antei e il tutto veniva udito da Von Zantar quando, in circostanze sospette, apriva le Scantoppie, scatole sonore tonde e metalliche posizionate solo nel suo alloggio.

Le Scantoppie erano collegate ai Timpatubi attraverso un intreccio di fili e tubicini che correvano all'interno di pareti, soffitti e pavimenti terminando nella camera del Summus Sapiens.

Geno, come gli Antei, gli Psiofi e i Sapientes, non sapeva nulla delle spie invisibili. Solo madame Crikken lo aveva scoperto, però non aveva fatto in tempo a spiegarglielo prima di partire.

L'anziana Sapiens, dopo aver appoggiato il vassoio sul tavolo, si avvicinò allo scrittorio, prese penna e calamaio e scrisse su un foglio:

Leggi subito il retro della mappa

Geno frugò nella tasca interna del giubbotto e tirò fuori la mappa ingiallita dell'Arx Mentis, la srotolò e guardò il retro. Con grande sorpresa vide che tutto il grande foglio era riempito da frasi scritte in caratteri minuscoli. Margot, con l'indice destro indicò la riga che spiegava l'esistenza dei Timpatubi e delle Scantoppie.

Fece appena in tempo a segnalargli cosa doveva leggere, che suonò la Batacchia Tremula, la campana dell'Arx Mentis. Il ragazzo ebbe un sussulto e contò ventuno rintocchi.

«Sono le 21!» esclamò guardandola.

Lei sorrise, prese il fogliettino che aveva scritto e lo mise sotto il grazioso capellino rosa che indossava per non lasciare alcuna traccia, poi, mostrando il vassoio disse ad alta voce:

«Con questo cibo si dà il via al nuovo ciclo degli Intercanti per voi Antei di Primo, Secondo e Terzo Livello. A ogni inizio del periodo di Intercanto si cambia menù e lettera dell'alfabeto. È ben spiegato nella RI-AM.12a. Ora è la volta della lettera "F" come "Forza". La Forza è nella Mente. Ricordati che alle 21,30 ti attende il Summus Sapiens. Buona cena».

La donna uscì lasciando senza parole il giovane Hastor Venti. Aveva solo mezz'ora per leggere, mangiare e indossare guanti e il Tonca nero.

Mise la mappa dell'Arx sul tavolo e, senza neppure guardare cosa c'era nel piatto, portò alla bocca una forchettata di fusilli. Quando masticò sentì un gusto assolutamente strano. Guardò la pasta fumante e vide accanto al bicchiere il menù. Lo lesse velocemente:

ALLOGGIO 5

Cena del 21 dicembre

Onore alla lettera F

Fusilli al Sedano Russeliano
Formaggio Etico
Fagioli Kafkiani
Fagottino di Crema Empirica

«Onore alla lettera F? Ma che roba è?» disse fissando i vari piatti.

Poi alzò le spalle: «Già, dimenticavo: Cucina Metafisica!».

Assaggiò i Fagioli Kafkiani e un pezzo di Formaggio Etico. In verità erano buoni. Per non parlare del dolce: squisito!

Mentre gustava la cena metafisica leggeva avidamente il retro della mappa. Finalmente scoprì l'esistenza delle spie invisibili. Con la presenza di Timpatubi e Scantoppie capì che era meglio non parlare troppo. Accese tutte le luci della stanza e sfiorò le pareti cercando di trovare un Timpatubo ma purtroppo le orecchie spione erano nascoste troppo bene. E di trappole, nell'Arx Mentis, ce n'erano altre.

"Insidie volute da Von Zantar per controllare i discorsi di tutti" pensò Geno ricordando quello che aveva raccontato madame Crikken. Rammentò che l'anziana francese aveva parlato di com'era diversa l'Arx quando era in vita il precedente Summus Sapiens, Riccardo Del Pigio Ferro.

Mentre rifletteva si accomodò gli stivali neri e mise lo strano copricapo di seta. Corse in bagno a guardarsi: con il Tonca in testa era davvero ridicolo. Tolse il berretto a scodella e fece una smorfia:

«No! Non lo metterò mai! Qui sono tutti pazzi!».

Si sciacquò le mani e sentì bussare alla porta. Gocciolando andò ad aprire: era Suomi. Bellissima! Indossava una minigonna rossa, i guanti, gli stivali e il Tonca nero con le sue iniziali: "S.L.". Le calze nere spesse e una magliettina di lana grigia scura le donavano un aspetto gradevole. Inoltre si era fatta le trecce.

«Buona la cena vero? L'onore alla lettera F l'ho gradito molto» esordì Suomi fissando il vuoto con i suoi occhioni verdi.

«Già, ottima. Come sei... carina» disse imbarazzato Geno.

«Grazie. Ma hai lasciato il rubinetto del bagno aperto. Sbrigati, tra un po' suona la Batacchia Tremula».

«Sono già le 21,30?» mentre Geno lo domandava la campana suonò puntuale.

Il giovane Hastor Venti rimise il Tonca in testa, infilò i guanti e si avviò con l'amica.

«Ma come facevi a sapere che ero nella camera 5?» chiese Geno sospettoso.

«Ho sentito che ti portavano la cena. Io sono nell'alloggio 8» spiegò tranquillamente Suomi.

«E il mal di schiena?» chiese guardandola preoccupato.

«Mi hanno portato una tisana contro il dolore. Sto meglio» rispose sorridendo la ragazzina.

Geno si guardò intorno:

«Da che parte dobbiamo andare?».

«Bella domanda! Nel Regolamento non c'è mica scritto tutto. Bisognerebbe avere la mappa ma è proibito. L'unica copia ce l'ha Von Zantar e mia cugina Dorathea mi ha spiegato che è severamente vietato vederla» disse un po' seccata Suomi.

«La mappa!» urlò Geno ricordandosi che l'aveva lasciata sul tavolo all'arrivo di Suomi.

«Perché gridi? Sei pazzo?» la ragazzina finlandese si irritò.

Hastor Venti non poteva certo raccontare di madame Crikken e della mappa. Certo, non era quella originale ma se Von Zantar scopriva che qualcuno l'aveva rubata dall'Archivio Pensorio sarebbero stati guai per tutti. Geno sarebbe dovuto tornare nel suo alloggio ma era tardi e non poteva proprio mollare lì Suomi.

I due Antei s'incamminarono verso il Salotto dei Fenicotteri: era deserto. Non c'era neppure uno Psiofo. Arrivò di corsa Yudi Oda e per passare diede uno spintone a Suomi che barcollò reggendosi sul suo bastone bianco.

«Che maniere!» esclamò Geno.

E anche se Yudi era stato maleducato una cosa buona l'aveva fatta: stava indicando la strada per arrivare al terzo piano, da Von Zantar.

Geno e Suomi lo seguirono per corridoi e stanze semibuie ma, arrivati davanti a due larghe scale di marmo rosso sorrette da enormi colonne viola, non seppero quale prendere. Yudi era scomparso. Quattro candelabri che sostenevano ognuno dieci candele accese creavano un'atmosfera inquietante.

Ai lati delle scale, sulle pareti, sporgevano due grandi bocche nere. Sembravano bassorilievi di vetro opaco. Improvvisamente la bocca a sinistra iniziò a parlare spaventando a morte Geno.

«Destra, destra. È a destra che bisogna andare» disse con voce profonda la bocca nera.

«Non ascoltare. Quella è una Staffora Inversa. Il più delle volte le bocche non dicono la verità. Bisogna fare il contrario» spiegò con decisione la giovane cieca.

«Staffora Inversa?» Geno era nel pallone e osservava schifato quelle grosse labbra di vetro nero che si muovevano come se fossero vive.

«Ma insomma! Non sai nulla!» sbuffò Suomi, stufa di dover spiegare ogni cosa.

La ragazzina girò il bastone verso sinistra e iniziò a salire la scala seguita da Geno.

«Se ricordo bene, nella RI-AM.14a c'è scritto che al primo piano ci sono gli alloggi delle donne Psiofe e delle Sapientes. È lì che miss O'Connor segue gli esperimenti di Telecinesi e altre materie» spiegò salendo le scale.

«Già, sì... mi pare che sia così» aggiunse Geno fingendo di saperlo.

«Poi al secondo piano ci dovrebbero essere gli alloggi dei maschi e l'Aula della Leggerezza dove si prova Levitazione, materia che noi non possiamo frequentare perché siamo del Primo Livello. Poi ci sono le stanze di Nabir Kambil, l'Aula dell'Oblio, dove si fa Meditazione e l'Aula Limbica, lì si fanno gli esercizi di Sogni Vivi. Ma anche questa prova magipsichica è solo per Antei di Terzo Livello» spiegò ancora Suomi.

Hastor Venti l'ascoltava tentando di memorizzare tutto ciò che diceva.

Giunti all'ultimo pianerottolo, al terzo piano, incrociarono una donna molto bella e dalla carnagione ambrata: capelli lunghi e color mogano, occhi blu, magra e alta. Indossava una gonna lunga di velluto rosa antico abbinata a una camicetta bianca di pizzo.

«Siete in ritardo» disse osservandoli.

«Lo sappiamo» rispose Suomi che subito dopo chiese: «Lei è una Psiofa?».

«No. Non porto il Tonca. Mi chiamo Ranja Mohaddina. Sono una Sapiens araba esperta di Fandonfia, aiuto madame Margot Crikken nella Cucina Metafisica» spiegò sorridendo.

«Conosce madame Crikken?» esordì ingenuamente Geno.

«Certo! Quando volete potete provare a cucinare. L'aula è a pianoterra. Non potete sbagliare, la freccia indica "Sublime Cibaria"» rispose Ranja.

Suomi prese per un braccio Geno e gli diede uno scossone:

«Dai, andiamo. È tardi».

«Proseguite per quel corridoio. Il piccolo ponte levatoio è pronto per farvi entrare. Gli altri sono già arrivati» disse la Saggia araba prima di andarsene.

«Ponte levatoio? Ma quanti ce ne sono?» Geno non riusciva proprio a trattenersi e Suomi sbuffò:

«Ma da dove vieni che non sai nulla? Sei sicuro che dovevi frequentare l'Arx?».

Il giovane Hastor Venti tossì e non rispose. Si sentiva a disagio e non ne diceva una giusta. Il pensiero che doveva incontrare il rapitore dei suoi genitori aumentava la sua agitazione.

I due arrivarono ai piedi del grazioso ponte levatoio in ferro battuto e oro che li avrebbe portati dal Summus Sapiens. Ad attenderli c'era il Cerimoniere, Pilo Magic Brocca. Era piuttosto nervoso.

«Forza, forza, è tardi. Gli altri sono già arrivati» disse spingendo i due ragazzini.

Suomi e Geno si trovarono davanti a una porta aperta, in alto, in bellavista, c'era una scritta argentata: "Stanza della Visione". Da lì si poteva accedere alla Loggia Psiche che era divisa in due parti: da un lato c'era l'Aula della Bilocazione Chiusa e Bilocazione Traversa (materie che i ragazzi potevano frequentare solo con il permesso di Von Zantar) e dall'altro c'era l'Aula della Materializzazione e Biosmia.

Dalla Stanza della Visione proveniva un forte brusio. Quel luogo era zona privata dove Von Zantar accoglieva gli ospiti. I due giovani Antei entrarono spinti ancora una volta dal Cerimoniere italiano.

Al centro della stanza c'era un grande braciere di bronzo sostenuto da tre draghi d'oro massiccio. Pezzi di legna e carbone erano infuocati ed emanavano un intenso profumo d'incenso.

Yatto Von Zantar si alzò dalla sua poltrona in velluto rosso e si accostò al braciere. Il Summus Sapiens aveva la pelle liscia e bianca come il latte, gli occhi erano grigi, i capelli erano di due colori: a sinistra erano bianchi e a destra neri. Era piuttosto alto e di corporatura robusta, indossava pantaloni larghi neri e una giacca senza bottoni verde brillante sopra a una casacca di tinta ambrata. Sulla mano sinistra, al dito medio, portava un grosso e vistoso anello rosso che riproduceva il marchio dell'Arx Mentis, lo stesso che Geno aveva visto sul portone d'ingresso. Le due lettere, A.M., erano d'oro e luccicavano ogni volta che il Summus muoveva la mano.

Von Zantar allargò le braccia e disse:

«Venite avanti giovani Antei».

Geno aveva il cuore in gola e Suomi per un attimo traballò. Insieme si fecero largo tra i presenti e andarono verso il braciere.

«Ci scusi del ritardo» disse a bassa voce la ragazzina rivolgendosi a Von Zantar.

Geno non riuscì a guardare in faccia quell'uomo, gli incuteva troppa paura. Fissò il pavimento, blu come il mare profondo, e attese.

Il Summus Sapiens fece tre passi, accarezzò la testa di Suomi e poi, tra lo sconcerto degli altri, abbracciò il giovane Hastor Venti.

Un abbraccio falso. E Geno lo percepì benissimo.

«*Willkommen*. Benvenuti. Questo è un giorno importante. È il vostro ingresso all'Arx Mentis. Mi auguro che abbiate letto il Regolamento Iniziatico. Ognuno di voi ha doti mentali preziose e noi Sapientes cercheremo di aiutarvi a migliorarle. Qui non ci sono insegnamenti, ma solo opportunità da cogliere. I vostri poteri saranno affinati da studi di magia ma sappiate che nulla farete se non saprete usare la mente. La Magipsia è cosa serissima. Se crescendo diventerete bravi Psiofi o Sapientes dipende solo da voi» disse quasi commosso mentre teneva stretto Geno.

Il ragazzo sentì il cuore di Yatto battere normalmente. E questo significava che Von Zantar non era per niente emozionato e il suo comportamento era dunque una messa in scena. Una squallida recita per far vedere che lui era buono e comprensivo. Un vero saggio.

Suomi agitò il bastone bianco picchiando lievemente uno dei draghi d'oro del braciere. Il Summus Sapiens, sempre tenendo stretto Geno, girò la testa verso la ragazzina e con voce modulata le disse: «I tuoi occhi sono nell'ombra ma la tua mente vive nella luce più splendente. Spero che le tue capacità mentali si manifestino in tutta la loro forza».

«Grazie, lo spero anch'io» rispose la giovane finlandese.

Geno sentiva mancare il respiro e non vedeva l'ora che Von Zantar si staccasse da lui. Quell'abbraccio era negativo. Il corpo di quell'uomo tanto potente sprigionava un'energia malefica. Geno temeva che gli entrasse nella testa e gliela facesse scoppiare.

«Tremi. Respiri male. Sei troppo teso. Rilassati, qui sei a casa tua. Capisci?» la voce di Yatto era suadente ma spregevole. Non aveva usato nessuna delle sue armi mentali ma prima o poi l'avrebbe fatto.

«Sì. Mi calmerò» rispose a denti stretti Hastor Venti che non si sentiva affatto a casa sua.

In quel momento rimpianse addirittura la scuola di Caribonda Alta e persino il severo professore di matematica. Sperò tanto che i biscotti P.N. facessero effetto, se davvero nel suo sangue c'era ancora qualche residuo di ClonaFort forse ce l'avrebbe fatta a potenziare la sua mente e trovare i suoi genitori.

Di colpo il Summus Sapiens lasciò andare Geno come se avesse capito i pensieri del ragazzo e tornò a sedere sulla sua poltrona muovendosi quasi al rallentatore.

Geno si guardò intorno spaesato e vide che accanto a un grande tendone di velluto nero che adornava la parete destra della stanza c'era un gruppo di adulti. In mezzo, impassibile, scorse madame Crikken. Stava tra miss Butterfly O'Connor e Pilo Magic Brocca. Più in là c'era un uomo calvo, dai tratti orientali e la carnagione giallastra. Indossava una specie di saio arancione, sembrava un santone senza barba. Al suo fianco, una donna dai capelli corvini raccolti a mo' di grossa treccia, non molto alta, aveva un imbarazzante tic nervoso e continuava a chiudere ripetutamente l'occhio sinistro. Vicino a lei era ben visibile un anziano dal volto paffuto e simpatico, con un camice bianco e un colbacco in testa. Era l'uomo che Geno aveva visto nuotare con il Subcando!

Tutti indossavano la cintura con il Vertiglio, lo strano oggetto triangolare che Geno ormai conosceva, ma non aveva ancora usato.

La voce di Von Zantar tuonò nuovamente. Lesse, uno a uno, l'elenco degli arrivati:

«Siano benvenuti i nuovi Antei: Yudi Oda, 11 anni, nato a Tokio. Bravo nella Magia Bianca ma scarso in Meditazione. È nella stanza numero 3. Suomi Liekko, 11 anni, nata a Kemi. Grande intuizione e capacità telepatica. Ma deve impegnarsi di più nella Cucina Metafisica. Occupa l'alloggio numero 8. Geno Hastor Venti, 11 anni, nato a Campana di Sotto. Se la cava con la Telecinesi ma è debole nel resto delle materie. È nella camera numero 5».

Tre ragazzi, un po' più grandi, appartenenti al Secondo e Terzo Livello applaudirono e Von Zantar li fece avanzare uno a uno.

«Vieni avanti, cara» disse il Summus Sapiens passandosi le dita sulle labbra sottili.

Avanzò una giovane piuttosto bruttina e dall'aria snob. Si sistemò gli occhiali, passò le mani tra i capelli castani e stopposi, si accomodò il Tonca bianco con le iniziali A.W.:

«Mi chiamo Agata Woicik, ho 12 anni e sono nata a Varsavia. Sono al Secondo Livello e sto affinando le tecniche di Magia Bianca. Non vedo l'ora di iniziare a nuotare sott'acqua con i Subcandi. Occupo la camera numero 1».

Yatto sorrise mostrando i suoi orribili denti d'oro:

«*Ja, ist Achat gut.* Sì, Agata è brava» disse guardando miss O'Connor che annuiva, quella ragazzina era la sua preferita.

Von Zantar però non la elogiò del tutto: «Hai letto il Regolamento Mediano?».

«Sì, ma non lo so ancora a memoria» rispose l'Antea polacca.

«Mi raccomando, sai bene che al Secondo Livello è necessario approfondire la conoscenza di nuove regole perché il Regolamento Iniziatico non basta più» aggiunse il severo Yatto.

«Sì, lo so. Le prometto che l'imparerò tutto in breve tempo» concluse Agata un po' nervosamente.

«Va bene, comunque devi impegnarti di più in Salutria» affermò il Summus guardandola negli occhi.

Subito dopo avanzarono gli altri due Antei, che erano del Terzo Livello. Il primo era particolarmente bello. L'aspetto era fiero e gli occhi sprizzavano coraggio, i capelli, lunghi e neri, lo rendevano assolutamente diverso dagli altri. Indossava stivali, guanti e Tonca rossi ed era a torso nudo. Aveva una collana con un talismano di legno. Sulla schiena portava un piccolo zaino di corde intrecciate dentro il quale c'erano delle frecce e un piccolo arco.

«Il mio nome è Anoki Kerioki, detto Lupo Rosso, ho 13 anni. Sono un pellerossa della tribù dei Sioux e vengo dal Dakota, Nord America. Ho raggiunto il Terzo Livello. Vado come il vento quando cavalco gli Ippovoli. Me la cavo già bene in Meditazione e ho già assistitio a due prove di Bilocazione Chiusa. Però sono debole in Psicofonia. Sono nell'alloggio numero 2».

Anoki indietreggiò elegantemente e, scostandosi dal braciere, diede la parola all'altro giovane, un ragazzone piuttosto arrogante, un po' cicciotello e con i capelli color carota che stonavano alquanto con il Tonca rosso.

«Bob Lippman, 13 anni, Terzo Livello. Sono nato nella grande New York. Sono bravissimo in Telecinesi e sto migliorando nella Levitazione. Ho già imparato a memoria il Regolamento Largo. Occupo la camera numero 4».

«Bravissimo. Il Regolamento Largo, quello per voi Antei di Terzo Livello è fondamentale» aggiunse Yatto agitando le mani.

Geno era a disagio: sarebbe mai riuscito a imparare i tre Regolamenti irrinunciabili per i tre diversi livelli?

Il Summus terminò di parlare e uno starnuto potente fece girare tutti verso il gruppo dei Saggi. L'uomo con il camice bianco e la faccia paffuta si scusò tirando fuori dalla tasca un enorme fazzoletto.

«Doktor Naso Bendatov, proprio lei si è preso il raffreddore?» domandò seccato Von Zantar.

«Già, anche se non l'ho preso durante le nuotate con i Subcandi e nemmeno cavalcando gli Ippovoli nelle mie scorribande aeree. Comunque non è nulla di grave» rispose imbarazzato il medico dell'Arx Mentis.

La scena sembrava quasi buffa anche perché, a causa dello starnuto, il colbacco del Saggio gli era sceso a coprirgli l'intera fronte.

Geno sorrise, il comportamento un po' impacciato di Naso Bendatov gli ricordò troppo bene lo zio Flebo, suscitandogli un'immediata simpatia.

«In verità ci sono troppi spifferi in parecchie stanze. E anch'io sono un po' raffreddata» spiegò la Sapiens con la treccia nera mentre continuava a sbattere la palpebra dell'occhio sinistro.

«Anche lei Eulalia Strabikasios non sta bene? Mi spiace, spero che le sue ricerche sulla Retrocognizione, Magia Bianca e Veggenza non vengano interrotte per questo. Forse è il caso che miss O'Connor controlli tutte le finestre» disse il Summus Sapiens guardando la Governante, che subito annuì.

«Mi permetta Von Zantar, – esordì il Sapiens pelato e con il saio da santone – ritengo che l'aria calda mescolata alle correnti fredde dell'Aula dell'Oblio dove io svolgo i miei esperimenti non abbia bisogno di alcun intervento. Quindi miss O'Connor può anche evitare di venire da me».

«D'accordo Nabir Kambil, almeno lei non si lamenta» rispose il Grande Saggio alzandosi nuovamente dalla sua poltrona.

L'incontro era terminato.

Pilo Magic Brocca e miss O'Connor si avvicinarono a Von Zantar. La signorina irlandese si schiarì la voce:

«Giovani Antei, andate nei vostri alloggi. Domani mattina alle 7 precise suonerò la Trombotta. Troverete la colazione fuori dalla porta. Ognuno leggerà il Programma del mese. Tra 30 giorni inizieranno gli Intercanti. Poi gli allievi del Terzo Livello affronteranno il Contra Unico. *Good night.* Buona notte a tutti».

Agata Woicik uscì assieme alla Governante. Il medico russo, Naso Bendatov, s'incamminò chiacchierando con il tibetano Nabir Kambil, mentre la Sapiens greca, Eulalia Strabikasios, attraversò il ponte levatoio senza dare confidenza a nessuno. Il tic nervoso la rendeva talvolta assai scorbutica.

Geno lanciò uno sguardo interrogativo a madame Crikken, immobile davanti al tendone di velluto nero. Quando l'anziana donna fece un cenno di commiato al Summus Sapiens e inforcò l'uscita, il giovane Hastor Venti si sentì perso.

L'arrogante Bob Lippman avvicinò l'antipatico Yudi Oda e gli strinse la mano, tra i due era nata già un'intesa. Anoki Kerioki guardò tutti e salutò in modo educato andandosene con fierezza.

Geno era ancora accanto a Suomi, che si stava orientando verso l'uscita, quando il Cerimoniere la prese per un braccio:

«Vieni signorina Liekko, ti accompagno io al tuo alloggio».

Il giovane Hastor Venti rimase accanto al braciere, solo con Von Zantar. In pochi secondi la Stanza della Visione fu immersa nel silenzio e il profumo d'incenso diventò sempre più intenso. Il tendone di velluto nero oscillava agli spostamenti d'aria provocati dall'uscita dei Saggi e Geno notò che dietro c'era una parete colorata, forse un mosaico.

Il Summus Sapiens girò intorno al ragazzo come per ispezionarlo attraverso la sua energia. Hastor Venti non aveva più saliva in bocca e seguiva con gli occhi ogni movimento dell'uomo.

«So tutto di te. E tu sai che io so» bisbigliò Von Zantar.

«No... io... io non so...» sbiascicò il ragazzo.

«*Das false nicht sagen.* Non mentire. Io vedo e sento ciò che pensi» l'uomo appoggiò una mano sulla testa di Geno e rise.

«Sono qui perché mio zio Flebo Molecola te lo aveva promesso» rispose, cercando di essere gentile.

«*Ja*, è vero. Madame Crikken ha fatto un ottimo lavoro. Ora vedremo se diventerai un bravo Anteo e chissà, uno Psiofo. O addirittura un Sapiens. Superare tre Intercanti non sarà facile e alla fine, quando ti presenterai al Contra Unico allora...be', allora vedremo quanto sarai diventato potente» la voce di Von Zantar si fece più dura.

«Dove sono i miei genitori?» chiese a bruciapelo Hastor Venti.

«Bella domanda! Complimenti! Hai pochi poteri ma molto fegato ragazzo mio» disse ancora ridendo il Summus.

«Non mi faccia del male. Io voglio solo tornare a casa con mio padre e mia madre» replicò Geno.

«Lo so, lo so. Non te lo impedirò» esclamò il tedesco togliendo la mano e tirando leggermente i capelli ricci del ragazzo.

«Veramente?» domandò ingenuamente Hastor Venti.

«Certo. Ma a una condizione» sibilò l'uomo.

«Quale?» chiese sbigottito Geno.

«TROVALI TU!» urlò Von Zantar facendosi una risata.

Un colpo di vento sollevò il tendone nero che rimase sospeso nell'aria come se fosse stato impietrito da un incantesimo. Sulla parete completamente coperta dal variopinto mosaico, che ritraeva a grandezza naturale l'immagine di Yatto e dei Sette Saggi dell'Arx, apparve il giovane che Geno aveva visto nel Salotto dei Fenicotteri. Era in piedi, dritto come un fuso con la tunica dorata che ondeggiava e sfiorava il pavimento.

«Che fai qui?» gli chiese Yatto visibilmente sorpreso.

Il ragazzo biondo non parlò, sollevò la mano destra e puntò l'indice su due sedie che si misero a girare come trottole.

Geno indietreggiò spaventato e poi scappò verso l'uscita. Von Zantar tirò la leva che si trovava a fianco della sua poltrona di velluto rosso e il piccolo ponte levatoio si alzò impedendo ad Hastor Venti di andarsene.

Il ragazzo con la tunica dorata avanzò di qualche passo e puntando gli occhi sulla leva la riportò giù.

Il ponte si abbassò e Geno rimase qualche secondo immobile come una pietra, aveva assistito a una impressionante dimostrazione di Telecinesi. Il ragazzo biondo era riuscito a far girare le sedie e abbassare la leva solo con lo sguardo.

Hastor Venti sentì un forte ronzio nelle orecchie. Preso dal panico corse via come una lepre.

Fece le scale quasi rotolando e si ritrovò nuovamente davanti alle grandi bocche nere, che stranamente rimasero in silenzio. Non ricordava più come tornare nel suo alloggio. Le quaranta fiammelle che danzavano sui candelabri si stavano spegnendo lentamente e nella penombra una mano gli toccò la spalla.

Geno fece un salto per lo spavento.

«Nervoso?» disse Anoki Kerioki ritraendo la mano.

«Lupo Rosso... sei tu. Sì, in effetti sono un po' nervoso» rispose ansimando il giovane Hastor Venti.

Il pellerossa indicò il corridoio per arrivare alle camere e Geno trovò finalmente la numero 5. Entrò e rimase qualche secondo con la schiena appoggiata alla porta. Guardò il tavolo e vide che il vassoio della cena era ancor lì, ma la mappa era scomparsa.

Non avendo potuto chiudere a chiave la porta, chiunque poteva essere entrato. Sentì la rabbia salire alla gola.

Chiuse gli occhi e pianse. Paura e terrore, angoscia e nostalgia galoppavano nel suo cuore. Troppe cose strane erano accadute in poco tempo. Si lasciò scivolare per terra e rimase seduto portando le mani tra i ricci capelli neri. Non sapeva cosa fare. Si sentiva inadeguato e pensò che non avrebbe rivisto mai più i suoi genitori e nemmeno lo zio Flebo. L'Arx Mentis era un luogo impossibile e che mai e poi mai ne sarebbe uscito vivo. Poi ripensò a quel giovane con la tunica dorata che aveva sfidato Von Zantar:

«Ma certo! È René! È il ragazzo di cui mi ha parlato madame Crikken. Lui, forse, mi aiuterà. Forse...».

Capitolo Sesto

La Parola Bloccante

Geno, seduto sul pavimento della sua camera, non riusciva a pensare ad altro. Aveva nel cuore la speranza che René potesse aiutarlo davvero. Quello che aveva visto tra il ragazzo biondo e Von Zantar era stata una sfida violenta e inspiegabile. Il giovane dalla tunica dorata lo aveva difeso facendo adirare il Summus Sapiens, aveva usato le sue arti mentali sfidando la sorte.

Quando René era comparso dal nulla, dal tendone nero, Geno aveva notato che la parte alta della parete ritraeva una figura non del tutto formata, ma nel trambusto e nella penombra non era riuscito a vedere bene tutto il grande mosaico.

Perché René si era nascosto lì? Dietro il tendone di velluto nero aveva certamente udito tutto quello che era stato detto, e questo dimostrava che, forse, tra Von Zantar e René il rapporto non era poi così idilliaco.

Geno s'interrogava e il fatto di non avere risposte certe lo disorientava sempre di più. Non aveva proprio voglia di dormire, anche perché l'idea fissa che qualcuno gli avesse rubato la preziosissima mappa gli rodeva l'anima.

La Batacchia Tremula, la grande campana dell'Arx Mentis, suonò un solo rintocco. Era l'una di notte.

Un secondo dopo Geno udì una strana musichetta provenire dal corridoio e poi qualcosa sbatté contro la porta. Il ragazzino si alzò lentamente dal pavimento e, nella penombra, si avvicinò alla maniglia, aprì piano la porta e sbirciò fuori. Nel corridoio illuminato solo dalle piccole luci blu non c'era nessuno. Mentre stava richiudendo, notò sulla soglia una sfera di legno. Era una Paropalla, identica a quella che aveva visto rotolare verso uno Psiofo, nel Salotto dei Fenicotteri.

Il carillon aveva smesso di suonare e Geno decise di prenderla, ma non fece in tempo a chiudere la porta che vide uscire Suomi dalla stanza numero 8. Era in pigiama!

«Ho sentito il carillon. Chi ti manda messaggi?» chiese sottovoce la ragazzina curiosa.

«Non so. Torna a dormire» le rispose nervoso.

Ma Suomi avanzò spedita brandendo il suo solito bastone bianco.

«Dai, non ho voglia di dormire» e così dicendo spinse il giovane Hastor Venti dentro la camera.

«Lasciami solo. Non insistere».

Geno non voleva essere scortese ma non poteva certo raccontarle tutti i suoi guai. Suomi sbuffò e se ne tornò nella sua camera con il pensiero che l'Anteo italiano aveva troppi segreti.

Il giovane Hastor Venti chiuse la porta sperando che Von Zantar non fosse in ascolto attraverso le spie invisibili. Dopo quello che era successo, anche a quell'ora notturna Timpatubi e Scantoppie erano sicuramente aperti.

Girò la sfera di legno e trovò la levetta. La sollevò, infilò una mano dentro ed estrasse una lettera.

Era di madame Crikken.

Ho saputo dello scontro tra Von Zantar e René.
Devo parlarti subito. Quando la Batacchia Tremula
suonerà due rintocchi esci dalla camera
e porta con te la mappa.
Percorri il corridoio e vai verso le Staffore Inverse,

brucia questa lettera sopra le candele.
Poi sali la scala sinistra fino al primo piano
e cerca l'UffioServo. La mappa lo indica bene.
Se incontri qualcuno non fermarti.
Non parlare. Non rispondere.
Ora fai rotolare la Paropalla fuori dalla tua camera.

Madame Crikken

Il giovane Hastor Venti lesse la lettera due volte per capire esattamente quello che doveva fare. Con rabbia accartocciò il foglio e mormorò:

«Non ce l'ho più. Come faccio adesso?».

Senza mappa era molto difficile trovare l'UffioServo. Praticamente impossibile.

Con gesto rapido, Geno fece rotolare la Paropalla fuori dalla camera. Passeggiò avanti e indietro tra l'armadio e il letto, nervosamente. La Batacchia Tremula presto avrebbe suonato i due rintocchi.

Si avvicinò alla finestra e guardò il paesaggio malamente illuminato dalla luna, coperta da uno strato di nuvoloni. Nulla di quel luogo gli apparteneva. Persino le montagne e i boschi, i prati e le rocce avevano un aspetto insidioso. La finestra della sua camera dava sul retro dell'Arx e intravide che sullo spiazzo sottostante, proprio verso il fondo, c'erano dei grossi cubi di pietra ai quali erano agganciate delle corde che salivano verso il cielo. In cima svolazzavano stranissimi aquiloni di forme diverse. Curioso osservò per qualche minuto la scena. "Aquiloni? A che serviranno? Forse ci faranno giocare", pensò stupefatto.

Chissà se all'Arx ci si poteva anche divertire! Un lieve sorriso apparve sul suo volto ma i pensieri leggeri in quel momento non potevano prendere il volo. Si sedette sul letto e pensò che non poteva mancare all'appuntamento.

La campana suonò due rintocchi secchi.

Era giunto il momento.

Uscì dalla camera con la lettera in pugno e attraversò il corridoio, raggiunse a piccoli passi le Staffore Inverse e si fermò. Il crepitio delle fiammelle che fluttuavano dai candelabri sembrava annunciare pericoli e insidie. I piccoli fuochi creavano ombre e giochi sulle pareti, sembravano corpi di fantasmi e mostri, mani gigantesche e occhi indiavolati. Le gambe iniziarono a tremargli, ma ormai non poteva tornare indietro.

Le grandi bocche nere che sporgevano sulle due pareti ai lati mossero le labbra e parlarono:

«A sinistra, a sinistra devi andare».

Questa volta dicevano la verità. Infatti anche nella lettera c'era scritto di salire proprio la scala sinistra.

Hastor Venti mise il foglio della Crikken sopra le candele e lo lasciò bruciare. Prima di salire i gradini notò che accanto alla bocca nera della parete sinistra c'era una targhetta con su scritto: "Clinica Vaga".

"Da quella parte c'è sicuramente la stanza del dottor Bendatov o l'Infermeria" pensò Geno che in quel momento non aveva assolutamente tempo di controllare. Salì i gradini in punta di piedi per non fare rumore. Arrivato al primo piano si guardò intorno. Non sapeva quale corridoio prendere. Aveva il cuore in gola. Le poche lampade rendevano l'ambiente assai pauroso.

Lesse la targhetta appesa alla parete: "Alloggio Psiofe e Sapientes". Ricordò che Suomi glielo aveva già spiegato. Lì c'era anche l'Aula del Pensiero Sottile di miss O'Connor. Senza pensarci troppo decise di proseguire dritto e inforcò il corridoio più largo sperando di incrociare madame Crikken, visto che quel piano era degli alloggi delle donne. Forse l'UffioServo era vicino.

Si ritrovò in uno spiazzo dalla forma circolare. C'erano tre porte ad arco. Origliò ma non sentì parlare nessuno. Il silenzio era totale. Sulla prima porta c'era una targhetta: "Aula del Pensiero Sottile".

"È quella di miss O'Connor. L'UffioServo non può essere qui" pensò.

Afferrò quindi la maniglia della seconda porta: era bloccata! Così come la terza. Deluso tornò indietro, ma sentì delle voci provenire dalla scala. Si mise con le spalle al muro e attese. Stavano arrivando due Psiofi in compagnia di Nabir Kambil.

«Questa notte spero proprio che facciate sogni interessanti. L'ultima volta mi avete annoiato» disse Kambil passandosi le mani sulla testa pelata.

I maghi risero e il più giovane disse:

«Mi concentrerò maggiormente nella seconda fase del Sonno-Sogno. Ma lei, egregio Kambil, ci faccia arrivare più energia positiva. Altrimenti l'esperimento non riesce».

I tre salirono al secondo piano e Geno tirò un sospiro di sollievo. Il ragazzo avanzò di qualche passo e si diresse verso un altro corridoio con le pareti gialle e il pavimento nero. C'erano due piccole porte e due finestre. Appena tentò di aprire la prima porta sentì un refolo di vento sul collo. Si girò senza vedere nulla. Una delle finestre si aprì di scatto e il ragazzino si spaventò a morte. Indietreggiò e finì contro qualcosa...qualcuno.

«*Tokiyla la*?» chiese Anoki Kerioki.

Geno guardò terrorizzato il pellerossa a torso nudo. Per la seconda volta Lupo Rosso lo aveva sorpreso alle spalle.

«Cosa hai detto?» gli chiese impaurito.

«*Tokiyla la* significa dove vai? Parlo Lakota, la mia lingua. Volevo solo sapere se ti eri perso di nuovo. La tua camera è a pianoterra, al numero 5» sottolineò l'Anteo del Terzo Livello.

Hastor Venti fece di sì con la testa.

«Ma non hai più voce?» insisté Anoki.

Geno fece di no con la testa.

«Sei strano. Io vado al secondo piano da Nabir Kambil. Ho chiesto di poter partecipare all'esperimento del Sonno-Sogno e ho già visto salire Agata Woicik. Tu dove vai?» chiese con gentilezza Lupo Rosso.

«Da nessuna parte» riuscì a dire Geno, il quale osservò che il talismano del ragazzo riproduceva un totem in miniatura.

Anoki alzò le spalle e salì le scale. Hastor Venti lo fermò con una domanda:

«Sai dov'è l'UffioServo?».

L'indiano si bloccò. Guardò dritto negli occhi Geno e con la faccia seria disse: «UffioServo? E cos'è?».

«Nulla... lascia stare» rispose Geno che si era già pentito di aver parlato con Lupo Rosso. La Crikken era stata chiara nella lettera: non doveva parlare con nessuno.

Il pellerossa riscese i gradini, allungò il braccio destro e pose la mano vicino alla fronte di Hastor Venti:

«Stai mentendo. Lo sento. Non so la ragione per cui tu cerchi l'UffioServo. Comunque so mantenere i segreti» e così dicendo se ne andò, lasciando Geno piuttosto imbarazzato.

Dalla scala in alto scese madame Crikken, accompagnata dal suo inseparabile gatto Napoleon. Dietro di lei c'era miss O'Connor, seguita solo da Ottone, che se ne stava a debita distanza dal felino.

«Hastor Venti! Che ci fai qui? Vuoi già provare l'esperimento del Sonno-Sogno di Kambil?» chiese sospettosa la Sapiens irlandese.

Geno, prima di rispondere a miss O'Connor, guardò madame Crikken cercando invano un aiuto. Lei se ne andò verso gli alloggi lasciando Geno solo con la Governante. Napoleon soffiò indispettito e Ottone agitò le lunghe orecchie e si sedette su un gradino sbadigliando.

«In verità, miss O'Connor, volevo partecipare, poi mi sono ricordato che essendo al Primo Livello non posso. Ora sono stanco e me ne torno in camera mia» farfugliò Geno.

La donna accarezzò il bassethound ed esclamò:

«*Very Good.* Allora ti auguro buona notte» e se ne andò anche lei verso gli alloggi.

Il ragazzo sbirciò curioso e vide tornare indietro Napoleon. Lo seguì piano piano e il gatto, dopo una serie di stretti corridoi, si fermò davanti a una statua raffigurante una donna con un grosso vaso rosso di porcellana in testa.

Geno osservò la statua e mentre pensava cosa fare vide arrivare frettolosamente madame Crikken.

L'anziana Saggia lo fulminò con lo sguardo. Mise le mani sul vaso rosso della statua girandolo verso destra. La statua si spostò e sulla parete si aprì un varco.

Il gatto entrò, madame Crikken prese Geno per un braccio e lo trascinò dentro.

La statua si spostò nuovamente chiudendo il passaggio segreto.

«Ma hai letto bene la lettera? Ti avevo scritto di seguire le indicazioni della mappa! C'è mancato poco che miss O'Connor scoprisse tutto» disse piuttosto adirata.

«Me l'hanno rubata» rispose Geno abbassando la testa.

«*Mon dieu de la France!* Quando è successo?» Margot portò le mani sul cappellino.

«Quando sono tornato in camera non c'era più. La porta si deve lasciare aperta come da Regolamento, e io avevo messo la mappa sul tavolo» spiegò angosciato.

«Malissimo! Ora cerchiamo di non perdere la calma. Vieni

con me!» Madame seguita da Napoleon andò avanti.

L'UffioServo era un luogo assai strano. La stanza, di forma esagonale, non era arredata. C'erano solo delle stuoie di paglia e qualche cuscino per terra. Le pareti erano ricoperte da piccoli e grandi esagoni di legno, più di un centinaio, dai quali spuntavano delle maniglie di rame, come tanti cassetti messi uno sopra l'altro, ciascuno con un numero impresso.

Al centro del soffitto, nero come il carbone, un solo lampadario a forma di Sole illuminava lievemente l'ambiente.

«Abbiamo pochissimo tempo. Ascolta quello che ti dirò» disse seria la donna mentre Napoleon si sdraiò sul cuscino più morbido.

Hastor Venti l'interruppe, con una confessione:

«Ho chiesto ad Anoki Kerioki dove si trovava l'UffioServo».

«*Malédiction!* Hai sbagliato! Lupo Rosso è nipote di Orso Quieto, il più grande sciamano Sioux vivente» esclamò preoccupata l'anziana francese.

«Orso Quieto? Ma è qui all'Arx?» chiese agitato Geno.

«No. Vive nel Dakota ma certe volte noi Saggi e anche Von Zantar ci rivolgiamo a lui per risolvere alcuni problemi magipsichici» spiegò in fretta Margot.

«Anche Anoki diventerà uno sciamano?» la domanda fece sorridere la Crikken.

«Non lo so. In effetti Lupo Rosso ha preso molto dal nonno. È bravo e non credo dirà nulla, sa mantenere i segreti. Però ti avevo detto di non parlare con nessuno! Sei proprio imprudente. Ora il problema è ritrovare la mappa» l'anziana signora si sedette su una stuoia e picchiò i pugni sul pavimento spaventando persino Napoleon che, infastidito, si spostò più in là.

«Mi uccideranno?» chiese Geno mettendosi in ginocchio di fronte a madame Crikken.

«No! Il fatto è che Von Zantar è arrabbiatissimo con te e

con René» disse Margot aggiustandosi il cappellino sul quale erano cucite delle grosse ciocche di lana rossa.

«Già, René. Ha fatto una cosa incredibile» esordì Geno.

«Il fatto che si sia ribellato significa che tra loro le cose vanno male. E questo è un bene» affermò Margot.

«Ma Von Zantar potrebbe vendicarsi» sottolineò il giovane Anteo.

«Infatti. Per questo ti ho fatto venire qui. Nell'UffioServo non ci sono Timpatubi. È una stanza segreta. La conosco solo io. È un luogo a me caro dove vengo per riflettere. Prima ci veniva Riccardo Del Pigio Ferro» spiegò agitata madame Crikken.

«E non ci può sentire nessuno?» chiese preoccupato.

«No. È una stanza insonorizzata, come tutte le altre aule» rispose velocemente Margot.

«Cosa dobbiamo fare?» chiese impaurito.

«Devi chiudere gli occhi» disse la donna.

«Cosa?» Geno si allontanò lievemente da madame.

«Chiudi gli occhi e apri la mente. Ti darò la Parola Bloccante. In questo modo nessuno, nemmeno Von Zantar, potrà leggere i tuoi pensieri. Ho deciso di farlo perché è l'unica salvezza. Sei troppo inesperto e ingenuo. Devi imparare ancora molte cose e usare con coscienza le doti psicologiche e mentali. I biscotti P.N. e il tè R.S. ti possono aiutare, ma non bastano» la spiegazione della Sapiens non calmò per nulla Geno.

«Parola Bloccante? Ma è pericolosa?» chiese il ragazzo.

«*Oui*, sì. È pericolosa. Ora devo collegare la mia mente con la tua e ciò potrebbe anche farti perdere conoscenza per giorni o addirittura anni. Ma non ci sono alternative. Se vuoi ritrovare i tuoi genitori non puoi farti prendere in trappola da Von Zantar e nemmeno da qualche Saggio o arguto Psiofo. Sai bene che ci sono numerose tecniche per entrare nella mente e controllarla, e qui all'Arx tutti le sanno usare più o meno bene» finì madame Crikken, poi si schiarì la voce e tese le mani verso Hastor Venti.

Il ragazzo iniziò a tremare:

«La Parola Bloccante potrebbe scatenare la forza del ClonaFort che ho bevuto? Diventerò pazzo?».

«Questo esperimento ti renderà più sicuro. Ci vorrà del tempo, ma poi la tua mente non avrà più barriere e le energie ti faranno capire ciò che ora non riesci neppure a immaginare. Quando userai la Parola Bloccante, nessuno leggerà i tuoi pensieri».

«Ho paura» disse Geno con gli occhi puntati su quella donna che l'aveva trascinato dentro un'avventura troppo grande per lui.

«*Je comprend.* Lo so. Lo sento. Anch'io l'avrei, al tuo posto. Ma devi fidarti di me. Desidero solo che tu trovi i tuoi genitori. La Parola Bloccante me l'ha insegnata Riccardo Del Pigio Ferro, è stata la sua ultima raffinata scoperta e me la svelò poco prima di morire. Solo io so usare questa tecnica» e così dicendo madame si alzò e aprì il quarantaduesimo cassetto esagonale ed estrasse una vecchia bacchetta di bambù lunga circa 30 centimetri. Poi ne aprì un altro, il tredicesimo, dal quale uscì un fumo rosso porpora molto profumato. Infine andò al settantesimo: dentro c'era una doppia clessidra contenente sabbia d'oro.

Tornò a sedersi di fronte a Geno, che osservò con molta curiosità gli strani oggetti. Margot gli disse di aggiungere due cuscini sulla stuoia, in modo tale che , una volta seduto, la testa del ragazzo fosse alla sua altezza. Geno eseguì all'istante. Madame mise la clessidra per terra e la sabbia iniziò a scendere mentre il fumo purpureo si spargeva per tutto l'UffioServo. Appoggiò la bacchetta tra la sua fronte e quella di Hastor Venti. I loro volti erano vicinissimi. Geno riuscì a osservare le profonde rughe di madame Crikken e sentì che doveva fidarsi di lei.

«Chiudi gli occhi e non muoverti. La bacchetta non deve cadere» disse l'anziana Sapiens a voce bassa.

La donna respirò profondamente e alzò le braccia verso l'alto mantenendo sempre la testa diritta per non far cadere la bacchetta. Anche il respiro di Geno si fece lento e per alcuni secondi sentì il solito ronzio dentro le orecchie, poi un lampo attraversò i suoi occhi e le palpebre iniziarono a muoversi ritmicamente.

Sentì girare la testa e, sebbene fosse seduto, ebbe la sensazione di cadere dentro un abisso sconosciuto e buio.

Il fumo rosso, che usciva dal tredicesimo cassetto, aveva oramai riempito completamente la stanza e quando la sabbia d'oro della clessidra colmò la prima bolla di vetro l'anziana donna entrò in trance. Tenendo sempre le braccia alzate mosse le labbra scandendo la Parola Bloccante: «CUM IMPERIO ESSE».

Geno, senza rendersene conto, portò la testa indietro e crollò sulla stuoia. Aveva perso i sensi e la bacchetta gli era rimasta attaccata alla fronte.

Margot barcollò e con un gesto rallentato abbassò le braccia portandosi le mani alle tempie. Il fumo rosso rientrò nel cassetto, come attratto da una forza oscura. Il respiro della Sapiens tornò normale e, con occhi pieni di speranza, guardò il giovane Anteo steso sulla stuoia. Era immobile. Gli staccò la bacchetta dalla fronte, sfregò con le dita la pelle ancora sudata e attese che la seconda bolla della clessidra si riempisse di sabbia.

Scese anche l'ultimo granello, ma Geno non si rialzò.

Napoleon miagolò e, avvicinandosi al corpo del ragazzino, lo annusò arricciando i baffi.

Madame Crikken gli appoggiò le mani sul petto: il calore

sprigionato dalla potente energia dell'anziana Sapiens quasi bruciò gli abiti, ma neppure questa volta il ragazzo si svegliò.

La donna andò verso i cassetti esagonali, aprì il centosessantesimo e prese una piccola scatola contenente Arborea Pervinca, un'erba medianica che cresceva solo nella *Vallée des Pensées*. L'aveva piantata mezzo secolo prima il mitico Riccardo Del Pigio Ferro.

I fili d'erba erano secchi, solo a toccarli si sbriciolavano in mille pezzettini. Con i frammenti di Arborea Pervinca tra le mani ritornò da Geno e li sparse sul suo volto bianco e freddo.

In quel momento la mente del ragazzo era altrove. Lontana. Nel passato, nel presente e nel futuro.

Geno Hastor Venti vedeva scorrere immagini sbiadite: il volto spaventato di sua madre Corinna mentre veniva portata via da Yatto Von Zantar. Urlava e si divincolava e non voleva lasciare la Farmacia di Campana di Sotto. Vicino al banco dei medicinali c'era Flebo Molecola che teneva in braccio un fagottino. Dentro la coperta c'era lui: il piccolo Geno. Di fronte allo zio, con un'espressione triste e preoccupata, madame Crikken. L'immagine spariva e ne arrivava un'altra, quella di suo padre. Pier era disperato e cercava di spiegare al Summus Sapiens che loro non volevano creare uno sciroppo pericoloso. Il ClonaFort doveva servire come supervitamina. Pier teneva per mano qualcuno, però Geno non riuscì a vedere. Le immagini erano sfuocate. Forse era la mano di sua madre, o dello zio Flebo... o della Crikken.

Le voci si udivano male e Geno, nello stato di incoscienza in cui si trovava, non capiva cosa stesse succedendo. Improvvisamente arrivarono altre immagini, altre scene. I suoi compagni di scuola. In primo piano apparve la faccia antipatica di Mirta Bini che rideva allargando la bocca come fosse di gomma. Accanto a lei c'erano le altre due ragazzacce: Gioia e Marlonia che mangiavano merendine alla crema. I cugini Fratti se ne stavano in disparte. Galimede era serio e anche Nicosia non rideva per niente, si grattava la pancia e scuoteva la testa facendo muovere la lunga frangetta che gli copriva gli occhi.

Come un colpo di spugna sulla lavagna la scena cambiò nuovamente. Geno non vedeva più il passato e neppure il presente. Era nel futuro.

Nel cielo terso e azzurro della *Vallée des Pensées* vide volare un bellissimo falco dalle piume dorate. Le ali si piegavano e si stendevano seguendo le correnti del vento. Fiero ed elegante il falco si posò sulla spalla del giovane Hastor

Venti. Sulla zampa sinistra aveva un oggetto luccicante. Un anello identico a quello di Von Zantar. Un anello con il marchio dell'Arx Mentis.

Il grido del falco si fece acuto e improvvisamente Geno sentì nuovamente il suo corpo cadere dentro l'abisso. Aprì la bocca ed emise un gemito.

Margot gli sollevò la testa:

«Geno, Geno... rispondimi. Apri gli occhi».

Il giovane Anteo li aprì. Il suo sguardo era cambiato. Gli occhi esprimevano sì stupore, ma misto a conoscenza.

Margot sorrise e le rughe del suo volto sembrarono morbide pieghe che accoglievano affettuosamente il risveglio di quel ragazzino fragile ma coraggioso. Gli diede un bacio sulla fronte, si alzò lasciando che le emozioni svanissero nell'aria e disse:

«Ora sei al sicuro. Nessuno potrà leggere i tuoi pensieri».

«Ho visto quando tu e Von Zantar avete rapito i miei genitori. Mio padre teneva per mano qualcuno... era lei madame?» chiese ancora stordito il giovane Anteo.

«Io e tuo padre per mano? Non mi risulta!» l'anziana Sapiens si irrigidì. La scena incompleta che aveva visto Geno la inquietò oltremodo tant'è che cambiò anche espressione.

«Poi cos'altro hai visto?» chiese sospettosa.

«I miei amici di scuola e un falco. Un bellissimo falco» disse scandendo bene le parole.

«Un falco?» chiese nuovamente sorpresa Margot.

«Sì, proprio un falco. Mi sembra identico a quello che sognai la notte che lei arrivò a Campana di Sotto» spiegò in maniera convulsa.

«Strano. L'hai mai visto nella realtà?» domandò sempre più incredula la Saggia francese.

«No, mai. E poi aveva un anello alla zampa sinistra. Un anello identico a quello di Von Zantar» disse Geno alzandosi con fatica.

Madame Crikken si tolse gli occhiali e passò la mano sulla fronte. Poi li inforcò di nuovo e guardando il ragazzo spiegò:

«È un'immagine del futuro. E per quanto io possa cercare di capire cosa significa non ci riesco. Non ero preparata a questo. Non me l'aspettavo».

«Ma la Parola Bloccante ha funzionato?» chiese il ragazzino grattandosi la testa riccia.

«Certo. Ora sei protetto. Anche se le insidie psicologiche che userà Von Zantar saranno sicuramente potenti. Ogni volta che vorrai chiudere la tua mente come uno scrigno dovrai solo ripetere "Cum Imperio Esse", e nessuno capterà i tuoi pensieri» disse Margot rimettendo la clessidra e la bacchetta nei rispettivi cassetti.

Napoleon miagolò, era stanco di stare lì dentro. In effetti erano passate due ore. La Batacchia Tremula in quel momento suonò quattro rintocchi.

L'anziana signora andò verso l'uscita, sfiorò la parete e il passaggio segreto si riaprì. Una volta fuori sparse tutto intorno la Quercio-Sà, un'antica polverina nera ricavata dalle radici di quercia e Cenere Sassosa, poi spiegò a Geno che era l'unica sostanza in grado di cancellare ogni traccia del loro passaggio. Nessuno poteva così scoprire che erano stati lì, nell'UffioServo, nemmeno usando la prima tecnica di Telempia.

«Andiamo, ti accompagno in camera tua. Scoprirò chi ha rubato la mappa» disse madame Crikken lasciando di stucco Geno.

Hastor Venti la seguì cercando di non fare rumore, attraversò i corridoi e scese le scale, superò le Staffore Inverse fino a raggiungere la porta della sua camera.

Nel corridoio illuminato dalle solite luci blu tutto sembrava tranquillo. Gli Antei stavano dormendo, mancavano solo Anoki Kerioki e Agata Woicik, ancora impegnati con Nabir Kambil.

Madame Crikken, parlando sotto voce per via dei Timpatubi, spiegò che avrebbe usato la prima delle due tecniche di Telempia, quella che permetteva di sapere chi aveva frequentato un luogo nelle ultime ore. Solo così si sarebbe saputo immediatamente chi era entrato nella camera 5 in assenza di Geno, e aveva rubato la mappa.

«Accidenti! È bella la Telempia» rispose eccitato il giovane Hastor Venti. «Solo noi abbiamo la polverina nera che annulla tutto, vero?»

Margot gli tappò la bocca, stava parlando troppo e i Timpatubi erano certamente in ascolto. L'anziana si avvicinò all'orecchio del ragazzo e sussurrò:

«Sì, solo noi. Non lo sa neppure l'esperta di Telempia, miss O'Connor. Nei prossimi giorni farai le prove telempatiche con lei. Leggi il Regolamento, RI-AM.8d. Ora guarda e impara».

La Saggia francese chiuse gli occhi e toccò solo con i due indici la porta della camera 5. Il suo corpo iniziò a vibrare facendo danzare l'abito lungo che indossava. Geno rimase immobile a guardarla. Ma l'esperimento fu bloccato improvvisamente. Le luci blu si spensero e una corrente d'aria creò un vortice nel corridoio. Una presenza misteriosa stava avanzando in silenzio. Le lampadine si riaccesero dopo pochi secondi e apparve René. In mano stringeva la mappa. Madame Crikken staccò le dita dalla porta e lo guardò esterrefatta. Geno, dallo spavento, spalancò la bocca come per gridare.

Il ragazzo biondo lanciò il prezioso documento che rimase sospeso nell'aria. L'anziana Sapiens allungò una mano, ma il foglio volò verso Geno che, impacciato, non riuscì a prenderlo.

La mappa cadde ai suoi piedi. Si chinò a raccoglierla e poi si girò verso René guardandolo con grande ammirazione.

Le pupille del ragazzo con la tunica dorata erano nere, grandi e lucide. Dentro quegli occhi c'era un mondo segreto ricco di enigmi e dolori. C'era dolcezza mista a rigore. René sorrise e per la prima volta si rivolse a Geno:

«Usala. Spero ti serva davvero. La tua mente è pronta ad affrontare la vita all'Arx. Madame Margot Crikken la sa lunga. Deve farsi perdonare e ci sta riuscendo».

Il giovane con la tunica dorata era certo che quella conversazione non fosse ascoltata da Yatto Von Zantar, poiché aveva chiuso le Scantoppie. René sapeva dell'esistenza delle spie invisibili ma non sapeva che, proprio in quel momento, il Summus Sapiens le aveva riaperte e stava origliando.

Presto la sua vendetta si sarebbe compiuta anche se Von Zantar non era riuscito a capire cosa René avesse consegnato a Geno. La parola "mappa" non era infatti stata pronunciata, ma il Summus aveva perfettamente intuito che tra i due ragazzi e la Sapiens francese c'era un'intesa. E questo era per lui intollerabile.

Aveva progetti ben precisi su Geno e se il ragazzo avesse fatto troppa amicizia con René avrebbero potuto saltare. René era a conoscenza di molti segreti, che Geno e la Crikken non dovevano assolutamente nemmeno sospettare.

Il giovane dai riccioli biondi se andò veloce come il vento lasciandoli di sasso. Madame Crikken passò le mani tra i candidi capelli scompigliati dal vortice d'aria cercando di sistemarsi il cappellino con le ciocche rosse. Era visibilmente turbata. Le parole di René erano parole di verità. Si avvicinò a Geno che se ne stava immobile al centro del corridoio e indicando la mappa disse:

«Ora mettila al sicuro. René ti aiuterà, ne sono certa. Ed è vero, ti sto aiutando per farmi perdonare. Non avrei mai immaginato che rapire i tuoi genitori avrebbe provocato tanto dolore. Lo sai, vero?» disse con grande dignità.

«Già. Lo so. E lo sa anche René» rispose Hastor Venti.

«Ma stai attento a non dare troppa confidenza agli altri Antei. Qualcuno può fare la spia e diventare peggio di Agata Woicik, quella del Secondo Livello» Margot non aggiunse altro.

Uscì dal corridoio seguita da Napoleon.

Il ragazzino entrò in camera, nascose la mappa dentro uno dei pattini Schizzosi e si gettò sul morbido letto pensando alla misteriosa forza mentale di René. Appena ebbe chiuso gli occhi un'immagine gli ritornò nitida e precisa: quella del falco con l'anello del Summus Sapiens. Se il falco rappresentava il futuro allora c'erano ancora molte cose che Geno doveva capire.

L'alba arrivò illuminando di rosa i prati e le montagne della Valle dei Pensieri, i primi raggi di sole accarezzavano le cupole dorate e le torri dell'Arx Mentis, mentre un vento sottile e freddo scivolava leggero tra gli alberi dei boschi. Alle 7 precise miss Butterfly O'Connor aveva già impugnato la Trombotta, la gigantesca tromba che dava la sveglia a tutti gli ospiti. Ottone e Ofelia, che non sopportavano più i vari rumori di campane e fischi che puntualmente scuotevano l'Arx, si erano nascosti sotto uno dei divani del Salotto dei Fenicotteri. Il piccolo Oscar aveva addirittura infilato il muso sotto il tappeto.

Con tutto il fiato che aveva nei polmoni la Saggia irlandese soffiò dentro la Trombotta: il suono acuto e fortissimo fece tremare finestre e vetrate. Il primo giorno del nuovo ciclo degli Intercanti era dunque iniziato.

I vassoi d'argento con le colazioni erano già fuori da ogni alloggio. Psiofi e Antei aprirono le porte con aria assonnata, presero ognuno il proprio vassoio e rientrarono nelle stanze. Tisane e dolci, pane speziato e marmellate di gusti diversi invitavano ad assaggiare i prodotti originali e unici dell'Arx.

Ranja Mohaddina aveva preparato una colazione metafisica veramente energetica: Spremuta Anassimandrea, Latte Eracliteo, Infuso Junghiano, Crema Filosofica, Burro Logico, Marmellate di gusto Hegeliano, Popperiano e Cartesiano, Pane Aristotelico e Socratico. Indubbiamente un carico di calorie mentali che avrebbe messo in moto anche il più stanco degli ospiti.

Pilo Magic Brocca non si era certo dimenticato di mettere in ogni vassoio il programma degli esperimenti che si sarebbero svolti durante il mese. Sebbene il Cerimoniere risultasse piuttosto antipatico, aveva il pregio di controllare che le procedure fossero sempre seguite. D'altra parte il Regolamento bisognava rispettarlo e l'orario d'ingresso alle diverse aule gestite dai Sapientes doveva essere comunicato.

Quando Yudi Oda con il suo Tonca nero uscì dalla stanza numero 3 per ritirare il vassoio, non degnò di uno sguardo Hastor Venti che stava prendendo il suo.

Geno sbuffò infastidito dalla maleducazione dell'Anteo giapponese. In quell'istante anche Suomi si affacciò e, sentendo la presenza di qualcuno, disse:

«Buongiorno. Chi è nei paraggi?».

«Sono Geno, vuoi sapere il programma del mese?» rispose allegro.

«Ok, vengo a fare colazione da te così me lo leggi» e dicendo questo, Suomi s'intrufolò nella camera numero cinque.

Geno afferrò una fetta di Pane Aristotelico, lo spalmò di Marmellata Cartesiana e cominciò a leggere il foglio ad alta voce, dimostrando la sua disponibilità alla nuova amica che la sera prima aveva trattato un po' male:

Programma del mese

Yatto Von Zantar

◆ LOGGIA PSICHE ◆

MATERIALIZZAZIONE E BIOSMIA

Gli orari saranno comunicati per via telepatica o con le Paropalle. Accesso libero agli Psiofi. Per gli Antei è necessario il permesso.

BILOCAZIONE CHIUSA

Nessuna prova. I Sapientes non possono usufruire di questa tecnica per l'intero ciclo poiché la Ruota Conica è rotta.

BILOCAZIONE TRAVERSA

Solo su concessione di Von Zantar per i Sapientes.

◆ PRATO VELOSO ◆

SPICCAFILI

Sono utilizzabili solo dagli Antei di III° Livello.
Le prove sono temporaneamente sospese per manutenzione.

Madame Margot Crikken e Ranja Mohaddina

◆ AULA SUBLIME CIBARIA ◆

Dalle 8 alle 12: CUCINA METAFISICA – Accesso libero
Dalle 15 alle 16: CONTROFISCA – Accesso libero
Dalle 18 alle 19: FANDOFIA – Accesso libero

Eulalia Strabikasios

◆ AULA DELL'IPNOSI ◆

Dalle 8,30 alle 11,30: VEGGENZA – Per Antei di III° Livello
Dalle 15 alle 18: RETROCOGNIZIONE – Per Antei di II° e III° Livello
Dalle 22 alle 24: MAGIA BIANCA - Arcoloria, Odoria e Venofia – Accesso libero

Miss Butterfly O'Connor

◆ AULA DEL PENSIERO SOTTILE ◆

Dalle 9 alle 13: TELEMPIA – Accesso libero
Dalle 15 alle 16: TELECINESI – Accesso libero

Dalle 17 alle 19: TELEPATIA – Per Antei di II° Livello
Dalle 22 alle 2: FANTASMI – Per Antei di III° Livello

Pilo Magic Brocca
♦ SCUDERIA RICCARDO DEL PIGIO FERRO ♦
Dalle 13 alle 15: IPPOVOLI – Accesso libero

♦ AULA DELLA LEGGEREZZA ♦
Dalle 16 alle 18: LEVITAZIONE – Per Antei di II° e III° Livello
Dalle 21 alle 23: BIOENERGIA – Per Antei di II° e III° Livello.

Nabir Kambil
♦ AULA DELL'OBLIO ♦
Dalle 14,30 alle 17: MEDITAZIONE – Accesso libero

♦ AULA LIMBICA ♦
Dalle 2 alle 8: SOGNI VIVI – Per Antei di II° e III° Livello

Naso Bendatov
♦ LAGOSTORTO ♦
Dalle 14 alle 16: SUBCANDI – Per Antei di II° e III° Livello

♦ CLINICAVAGA ♦
Dalle 17,30 alle 18,30: SALUTRIA (Facoltativa) – Accesso libero

♦ MEGASOFFIO ♦
Dalle 21 alle 24: PSICOFONIA – Accesso libero

- Gli Psiofi sono liberi di frequentare ogni materia.
- Solo su concessione dei Sapientes tutti gli Antei possono accedere alle Aule fuori orario.
- Libero uso di Subcandi e Ippovoli per Psiofi e Antei di III° Livello.

Summus Sapiens Vatto Von Zantar

Suomi finì di bere la Spremuta Anassimandrea e storcendo il naso osservò:

«Secondo me Von Zantar oggi ci manderà una Paropalla per avvisarci che non ci permette di frequentare le prove di Materializzazione e Biosmia».

Geno sorrise e pensò che le materie di Magipsia erano davvero difficili.

«Visto che sono debole in Cucina Metafisica andrò da Ranja Mohaddina. Con gli Ippovoli volerò la prossima settimana» disse la ragazzina con aria soddisfatta.

Hastor Venti, che stava gustando un cucchiaione di Crema Filosofica approvò la scelta dell'amica finlandese apportando per sé qualche modifica: sapeva già fare la Telecinesi e pensò dunque di partecipare agli esperimenti di Telempia. Con la Parola Bloccante era certo che nemmeno miss O'Connor avrebbe potuto leggere i suoi pensieri. Curioso più che mai chiese a Suomi ulteriori spiegazioni su Ippovoli e Spiccafili.

La ragazzina finlandese sorrise ironica:

«Geno, ma non sai proprio nulla! La tua famiglia o chi ti ha fatto venire qui ha valutato un po' male le cose. Secondo me il Regolamento non l'hai mai neppure aperto. Un giorno mi spiegherai la tua storia e perché sei arrivato qui. Sei sicuro di avere poteri mentali?».

Geno diventò serio e non rispose.

«Non prendertela, non volevo offenderti. Solo che sei proprio un tipo strano e pieno di segreti. Io non mi sbaglio mai su queste cose. Comunque stai tranquillo, ora ti spiego tutto. Gli Ippovoli sono magnifici cavalli neri alati. Cavalcarli non è facile. Gli Spiccafili sono aquiloni di Transcarta, un materiale resistente e trasparente. Volano se riesci a mantenerli in quota con i pensieri. Si usano solo al Terzo Livello e durante il Contra Unico. Gli Spiccafili sono la prova più dura ed è Von Zantar a fare lezione. Ti è chiaro adesso?» e senza aspettare risposta Suomi si alzò e uscì dalla stanza, portando via il suo vassoio.

Geno rimase stupito dalle spiegazioni e soprattutto dalle intuizioni della ragazzina cieca. C'era veramente il rischio che scoprisse la verità. Guardò distrattamente fuori dalla finestra: gli aquiloni erano lì. Alcune corde erano a terra e altre erano ritte al cielo.

"Far volare gli aquiloni con la mente... che strana cosa..." pensò osservando incantato gli Spiccafili. Prese il Regolamento e lo sfogliò velocemente. Ciò che lesse corrispondeva esattamente a quello che aveva detto Suomi. Si rese conto che doveva assolutamente studiare tutto il libro! Scoprì così che per frequentare Telempia bisognava portare la cintura con il Vertiglio, il triangolo che c'era nella prima cassa. Lo prese e, con aria incredula, se lo agganciò alla cintura.

Mai il giovane Hastor Venti avrebbe immaginato di passare dalla tranquillità un po' noiosa di Campana di Sotto al mondo incredibile e straordinaria dell'Arx Mentis.

La mattinata era dunque iniziata in modo frenetico, numerose Paropalle roteavano in giro per corridoi, scale e sale. I messaggi e le lettere continui erano di buon auspicio. Alcuni Psiofi avevano indossato la Tuta Stagna ed erano pronti a farsi una nuotata felice con i Subcandi nel Lagostorto.

La Batacchia Tremula suonò otto rintocchi e Geno decise di uscire all'aperto in attesa della prova di Telempia. Indossò il Tonca nero, i guanti, gli stivali e mise in tasca la mappa. Voleva vedere gli Ippovoli di cui tanto aveva sentito parlare.

Il percorso per arrivarci non era complesso: bastava attraversare il Salotto dei Fenicotteri, seguire il corridoio che costeggiava l'Aula Sublime Cibaria e uscire nel lato Est dell'Arx, dove si trovava la Scuderia che portava il nome del mitico Riccardo Del Pigio Ferro.

Quando giunse davanti alla Sublime Cibaria vide un

gruppo di Antei e Psiofi in attesa di Ranja Mohaddina. Tra loro anche Agata Woicik e Bob Lippman, che gli fecero solo un cenno di saluto. Suomi, invece, non era ancora arrivata.

Geno raggiunse l'uscita Est dell'Arx e vide corrergli incontro il piccolo Oscar. Il cagnolino dimenava la coda e abbaiava gioiosamente. Lo accarezzò sulla testa ma fu subito redarguito da miss O'Connor che sbucò da dietro l'angolo.

«Ho detto che i miei cani non si devono toccare!» sbraitò brandendo un frustino da cavallerizza.

«Scusi. Non lo farò più» rispose Geno abbassando lo sguardo.

Oscar però aveva voglia di giocare e si mise a pancia all'aria. Hastor Venti scoppiò a ridere, ma la Governante diede una leggera frustata al cagnolino facendolo guaire.

Geno la guardò con odio. La Sapiens irlandese ricambiò lanciando un'occhiata severissima. A testa alta disse:

«Alle 9 inizia la sperimentazione di Telempia. Mi auguro che per l'intera settimana tu voglia provare la forza mentale che hai».

«Certo. Era già nelle mie intenzioni» rispose con tono adeguato il ragazzino incamminandosi verso la scuderia. La costruzione a mattoni grezzi e con il tetto di legno massiccio era piuttosto grande e sorgeva a circa cento metri dall'Arx. Tutt'intorno c'erano prati verdi coperti di brina, un sentiero tortuoso e ripido scendeva giù, verso i boschi della vallata. Geno correva ma improvvisamente si bloccò guardando il cielo: un Ippovolo stava planando elegantemente. Le grandi ali sbattevano lentamente e il suo cavaliere gridava felice tenendo le briglie.

Era Lupo Rosso, il pellerossa dal torace possente.

Hastor Venti rimase incantato e come rapito dalla scena. Raggiunse veloce il recinto della scuderia, dove vide altri diciannove Ippovoli. La criniera e la coda erano ben pettinate e il manto nero al sole assumeva luminosi riflessi blu e viola. Ai lati si notavano chiaramente le ali piegate. Una coppia di Psiofi ne stava sellando due per montarli. Anoki invece saltò giù dal cavallo alato e gli accarezzo il muso:

«Vuoi provare?» gridò il pellerossa a Geno.

Ma il ragazzo italiano sorrise:

«Non ho mai cavalcato in vita mia. Figuriamoci se salgo lì sopra».

«Imparerai presto» il sorriso di Anoki mise di buon umore anche Hastor Venti, che già immaginava di montare uno di quei cavalli straordinari.

«Ma non senti freddo?» gli chiese Geno.

«No. Il mio sangue è bollente. Appartengo ai Sioux, una tribù forte e abituata alle basse temperature» rispose il pellerossa passandosi una mano sulle spalle.

«Non togli mai il talismano?» domandò curioso.

«No, dentro c'è lo spirito dei miei avi. Loro mi aiutano sempre» l'indiano sorrise e strinse il talismano di legno.

La Batacchia Tremula suonò nove rintocchi. Hastor Venti salutò in fretta Lupo Rosso e corse nell'Aula del Pensiero Sottile, da miss O'Connor.

Superate le Staffore Inverse, e salita la scala sinistra, raggiunse il primo piano. Andrò dritto, ricordava già dov'era l'aula. Attraversato il corridoio, si ritrovò nello spazio circolare: due porte erano chiuse mentre quella del Pensiero Sottile era aperta.

Entrò. La stanza era grande, il soffitto molto alto e quattro lampadari in ferro battuto illuminavano lievemente l'ambiente. Alle pareti erano appese piccole applique di ceramica. In un angolo Geno vide uno stranissimo specchio, alto circa due metri, dalla superficie molle e ondulante. Non rifletteva la reale immagine dell'aula con le persone presenti, ma soltanto l'aula vuota. Geno rimase perplesso.

Una ventina di medium, sensitive e sciamani erano seduti su comode poltrone di velluto viola e chiacchieravano tranquillamente. Ognuno indossava la cintura ma teneva in mano il Vertiglio. Vicino al caminetto, accanto a una finestra larga e lunga, c'erano due sedie. Una era occupata da Yudi Oda. Geno si sedette lì accanto ma non gli rivolse la parola. Appena entrò miss O'Connor gli Psiofi smisero di parlare.

Due medium si avvicinarono allo strano specchio nell'angolo chiedendo alla Saggia di poter evocare due fantasmi per provare alcuni influssi mentali.

«Non è possibile usare ora lo Hiatus. Lo farete più tardi, quando gli Antei se ne saranno andati» rispose l'irlandese.

Geno guardò lo Hiatus con terrore, mai e poi mai avrebbe immaginato che da uno specchio potessero uscire spettri e fantasmi. Si ricordò che Von Zantar aveva avviato nuove tecniche sullo studio di queste entità spaventose e certamente miss O'Connor le condivideva.

La Sapiens indossava un abito lungo verde scuro, si era sciolta i capelli ma il suo aspetto gradevole contrastava con la sua espressione severa. Per prima cosa si avvicinò ai due Antei e si fece mostrare i Vertigli:

«Benvenuti alla vostra prima prova all'Arx. Ricordate che i Vertigli brillano solo quando l'esperimento di Telempia sta riuscendo. Poi, una volta imparata questa tecnica, dovrete tenere con voi il triangolo alla cintura, altrimenti non sarete in grado di inviare i messaggi. Non preoccupatevi per gli Psiofi presenti. Loro fanno le loro prove di aggiornamento».

Yudi ringraziò e Geno annuì, si sistemò bene i guanti neri e tenne con delicatezza il triangolo di metallo tra l'indice e il pollice della mano destra.

«Come sapete – disse miss O'Connor avvicinandosi a un quadro enorme raffigurante un uomo e un bambino in fase di concentrazione – la Telempia si differenzia molto dalla Telepatia. Infatti con la Telepatia si può leggere il pensiero di tutti senza problema, mentre la Telempia permette di contattare mentalmente altre persone senza leggere tutti i loro pensieri. Si tratta di un semplice rapporto mentale che richiede però un dispendio di energia. Dunque non vi consiglio di farlo troppo spesso durante un'unica giornata. È per questa ragione che all'Arx abbiamo le Paropalle. I messaggi arrivano veloci e senza problemi. Ma nel mondo reale i messaggi telempatici sono importantissimi. Sono molte le funzioni della Telempia: possiamo anche controllare chi e quando è passato da una stanza o da un luogo che ci interessa, per esempio, ma oggi vi chiedo di provare solo i contatti mentali. La colazione metafisica che avete fatto stamattina sicuramente vi ha dato energie sufficienti».

Geno deglutì e strabuzzò gli occhi. Non sapeva proprio come fare. Guardò Yudi il quale, impassibile, rigirò tra le mani il Vertiglio.

Miss O'Connor tirò la tenda della finestra, mostrò il suo triangolo e rivolgendosi agli Psiofi annunciò l'inizio della prova dicendo:

«Il silenzio regni sovrano. Ora parla solo il pensiero».

Tutte le luci si spensero. Nel buio totale, Geno vide brillare qua e là i triangoli degli Psiofi che già erano all'opera. I più attivi erano quattro uomini e due donne, i quali, dato l'abbigliamento, erano chiaramente sciamani e alchimisti. L'aula era un luogo dove scintillii e luci si muovevano in perfetta sincronia. Non si udiva un rumore e neppure una parola, ma solo piccoli flash di energia mentale imprigionata nei Vertigli. Il giovane Hastor Venti sentì una lieve scossa dentro la testa. Chiuse gli occhi e capì che Yudi stava provando a mandargli un messaggio telempatico. Lasciò libera la mente e senza timore lo fece entrare.

«Non mi sei simpatico» diceva il pensiero dell'Anteo giapponese.

La prima reazione di Geno fu di alzarsi dalla sedia. Avrebbe voluto dirgliene quattro, ma mantenne la calma. Voleva riuscire anche lui nella prova. Si sentì forte perché con la Telempia quel ragazzino non poteva leggere tutti i suoi pensieri, la Parola Bloccante era una protezione sicura.

Si concentrò e diede forma al suo messaggio per Yudi. Un pensiero breve e chiaro:

«Nemmeno tu!».

I Vertigli dei due Antei brillarono. La prova era riuscita per entrambi.

Geno capì al volo che in realtà la Telempia viene praticata da tutti gli esseri umani, senza nemmeno rendersene conto. Quante volte guardando l'odiosa Mirta Bini le aveva diretto pensieri sul suo antipatico comportamento. E, chissà, probabilmente lei li aveva persino percepiti. La Telempia era dunque la tecnica che permetteva alle sensazioni di diventare chiare opinioni comunicate senza parole.

Geno iniziò a divertirsi, in bocca sentì il gusto della colazione metafisica che aveva fatto: gli ingredienti filosofici funzionavano veramente. Non restava che continuare.

«Sei un debole» fu il secondo messaggio di Yudi.

«Prova a rubare i miei pensieri e vedrai» fu la secca risposta di Geno, che immediatamente attivò la Parola Bloccante sperando che funzionasse sul serio.

L'Anteo giapponese accettò la provocazione e ci provò. Ma fece malissimo. Il suo Vertiglio s'infiammò di colpo staccandosi dalle mani e volando come una trottola impazzita in mezzo all'aula buia. La Parola Bloccante aveva fatto il suo dovere. Miss O'Connor si accorse dell'incidente e immediatamente mandò il suo rimprovero:

«Niente Telepatia! Ho detto che non si devono captare i

pensieri dell'altro. Un altro errore così e vi sbatto fuori dall'aula».

Il triangolo della Saggia brillò di luce accecante e nelle menti di Geno e Yudi arrivò un fluido energetico pari a un'onda gigantesca.

Yudi Oda però non voleva arrendersi. Essere sconfitto da Geno proprio non lo poteva tollerare. Si alzò dalla sedia e recuperò il suo triangolo: era ancora rovente. Si chinò a terra cercando di non disturbare gli Psiofi ma Geno ne approfittò mandandogli il terzo messaggio:

«Chi è dunque il più debole? Io o tu?».

L'Anteo giapponese si ribellò e gridò:

«Ora basta, sei solo uno sciocco poppante italiano».

Le luci si riaccesero, con grande disappunto degli Psiofi e miss O'Connor si avvicinò a Yudi Oda e Geno Hastor Venti parlando a voce alta:

«Che cosa significa questa confusione? Ma dove credete di essere? Non avete letto il Regolamento Iniziatico?».

Geno stette in silenzio e Yudi, offesissimo, scappò fuori dall'aula.

La Sapiens, spettinata e con il volto tirato, guardò l'Anteo italiano e gli fece segno di sedersi nuovamente. Il buio ritornò e i vertigli degli Psiofi ricominciarono a brillare, le loro conversazioni telempatiche ripresero, complesse e proficue.

Miss O'Connor, dal fondo della stanza, mandò un messaggio a Geno:

«Credi di essere molto potente?».

Il giovane rimase sorpreso del pensiero della Sapiens per il messaggio molto simile a quello di Yudi. Così rispose cautamente:

«No. Sto imparando».

La donna irlandese volle andare oltre e capire cosa mai

avesse provocato la reazione di Yudi Oda. Trasgredendo alle regole che lei stessa aveva imposto, entrò nella mente di Geno per captare i suoi pensieri nascosti.

La Parola Bloccante glielo impedì. Geno provò una scossa e iniziò a tremare senza controllo. La sua barriera mentale era talmente alta che la Saggia sentì mancare l'aria e il respiro farsi affannoso. Ci riprovò ancora perché non poteva credere che un semplice Anteo di Primo Livello avesse tali poteri. Ma alla fine anche il suo Vertiglio s'infiammò, roteando in mezzo agli Psiofi.

I quattro lampadari si riaccesero nuovamente. Geno, che a causa della scossa era caduto dalla sedia, se ne stava steso sul pavimento con gli occhi aperti e fissi verso l'alto. Tre Psiofe corsero da lui per rianimarlo.

Intervenne prontamente miss O'Connor che, confusa e adirata, lo rimise seduto.

«Psiofi, vi chiedo di abbandonare l'aula e di chiamare il dottor Naso Bendatov. Quest'Anteo non sta affatto bene» disse con un filo di voce.

Con comprensibile sgomento gli uomini e le donne uscirono dall'Aula del Pensiero Sottile e dopo pochi minuti fece il suo ingresso il medico dell'Arx Mentis.

Geno lo osservò e nel suo volto rivide quello dello zio Flebo Molecola tant'è che lo chiamò proprio così:

«Zio Flebo, portami a casa».

Il medico russo sorrise e rivolgendosi alla Sapiens disse:

«Questo ragazzo è in stato confusionale, ma si rimetterà presto. Lo porto alla Clinica Vaga. Nel giro di poche ore guarirà del tutto».

Bendatov si aggiustò il colbacco, prese in braccio Hastor Venti e con calma raggiunse l'Infermeria. L'ingresso non era in verità molto gradevole: le mensole erano piene di vasi di vetro contenenti strani pezzi di carne, cervelli, orecchie, nasi e occhi.

In un angolo c'era uno scheletro umano e più in là alcune teste di animali imbalsamati. Sopra un lungo tavolo appoggiato alla parete c'erano montagne di pillole di ogni colore, barattoli con unguenti e bottiglie piene di liquidi variopinti. I letti erano in tutto cinque, ma solo uno era occupato da un giovanissimo paziente: Bob Lippman, che si era scottato le mani durante la prova di Cucina Metafisica.

Geno in preda al delirio non si rese conto di nulla. Naso Bendatov gli fece un'iniezione di MegaCoralina, un reagente piuttosto potente, e lo lasciò riposare.

CAPITOLO SETTIMO

Salvato da un Ippovolo

Miss Butterfly O'Connor era molto agitata e persino Pilo Magic Brocca non riuscì a trattenerla.

«Devo vedere immediatamente il Summus Sapiens, fammi entrare» disse ad alta voce la donna irlandese, con il volto completamente rosso dall'affanno: era salita sino al terzo piano di corsa.

«Ma non è possibile. Von Zantar sta meditando nel suo alloggio. E poi tu dovresti essere nell'Aula del Pensiero Sottile!» rispose il Cerimoniere trattenendola per le braccia.

«Lasciami! Devo parlargli! È una cosa urgente!» urlò miss O'Connor.

«Mandagli un messaggio telempatico, oppure usa la Telepatia o una semplice Paropalla. Lo sai che non si possono interrompere gli esercizi spirituali. Dovresti conoscere molto bene la RI-AM.14a del Regolamento Iniziatico» rispose Magic Brocca imponendo la sua voce.

La Sapiens gli diede uno spintone facendolo cadere per terra.

«Se vuoi mantere la tua posizione di Cerimoniere non devi intrometterti tra me e Yatto. Fai quello che diciamo senza protestare, o saranno guai seri» sbraitò la donna.

Pilo si rialzò di scatto e toccandosi il medaglione che aveva al collo scosse la testa. Non disse nulla. Sapeva di non poter reagire, altrimenti avrebbe perso il posto.

L'irlandese, con i capelli che svolazzavano di qua e di là,

attraversò il ponte levatoio e, raggiunto il tendone di velluto nero della Stanza della Visione, lo tirò. Davanti a lei apparve il grande mosaico che raffigurava il gruppo dei Sapientes, il quadro ancora in parte incompleto, a cui mancavano alcune tessere. Miss O'Connor sapeva benissimo come aprire quel mosaico: appoggiò la mano esattamente sopra la figura che riproduceva se stessa e la parete si aprì.

In mezzo alla stanza illuminata solo da decine di candele e profumata di olii essenziali, sedeva in pozione yoga il Summus Sapiens al centro di un grande tappeto rosso.

«Butterfly! Ma cosa fai qui?» chiese stupito Von Zantar vedendo la sua Saggia prediletta.

«Caro Yatto, scusami, non volevo disturbarti. Ma è successa una cosa grave» spiegò la donna con voce spezzata dall'angoscia.

«Dev'essere proprio gravissima per interrompermi in questo modo!» replicò il Summus Sapiens alzandosi.

«Quell'Anteo italiano è pericoloso. Sei sicuro che madame Crikken abbia eseguito i tuoi ordini quando è andata a prenderlo?» la domanda di miss O'Connor inquietò ancor di più Von Zantar.

«*Nein!* No! Madame Crikken ha spiegato un po' troppo a quel ragazzino. Penso sia in atto un piano» disse il Summus aggrottando la fronte.

«Contro di te?» esclamò la donna.

«*Ja!* Sì, e con la complicità di René» spiegò freddamente Von Zantar.

«René? Ma non lo controlli tu?» chiese spaventata.

«È diventato troppo insolente. Ieri sera ha osato sfidarmi davanti a Geno e poi ha tentato anche di chiudere le Scantoppie per non farmi udire ciò che stava accadendo davanti alla camera di Hastor Venti. C'era anche madame» il racconto sbigottì l'irlandese.

«E cosa è successo?» chiese agitata miss O'Connor.

«Di preciso non lo so. Ho provato a entrare nella mente di René ma riesce a resistere e non lascia trapelare nulla. E non potevo certo entrare in quella di madame. Mi avrebbe scoperto! Comunque le visioni non mi aiutano. Sono troppo nervoso. Ma dimmi: cosa è accaduto a Geno?» chiese Von Zantar, toccandosi l'anello con lo stemma dell'Arx Mentis.

«Ho la prova che nel suo sangue c'è del ClonaFort» affermò l'irlandese avvicinandosi al volto di Yatto.

Von Zantar sbarrò gli occhi. La cattiveria e l'invidia riempirono il suo sguardo maligno.

Miss O'Connor spiegò che cosa era successo durante la prova di Telempia con Yudi Oda e confessò di aver usato la Telepatia per leggere i pensieri di Hastor Venti.

«La sua mente è in grado di bloccare ogni ingresso. Persino il mio! Ciò significa che Geno ha grandi poteri psicologici e medianici. E questo Margot non l'ha segnalato. È proprio una traditrice!» spiegò l'irlandese camminando avanti e indietro tra il grande letto circolare di Von Zantar e le candele posizionate dall'altro lato della stanza.

«Non può essere stato un intervento esterno compiuto di proposito da René a provocare la resistenza mentale di Geno?» domandò sospettoso il tedesco.

«Non ho sentito alcuna interferenza tra il mio pensiero telepatico e la mente di Geno» disse la donna accendendosi un SigaCromo, un sigaro lungo e stretto di Relaxfoglie.

«*Ich verstehe*. Capisco. Ma dobbiamo essere certi che Geno stia manifestando le doti mentali grazie al ClonaFort. Se è veramente come penso, allora Geno Hastor Venti è il bambino che aspettavo. Però madame Crikken se la vedrà con me! Vuole creare scompiglio quella vecchia pazza!» e così dicendo si accese anche lui un SigaCromo.

«Ti avevo avvisato della assoluta inattendibilità di quella

francese. È ancora troppo legata alle logiche dell'oramai defunto Riccardo Del Pigio Ferro. Lei non ti è mai stata fedele. È brava con le tecniche di Magipsia. Ma non è mai stata dalla tua parte veramente. Se solo sapesse che io so...» la Sapiens fece una breve pausa e poi continuò il suo discorso. «Conosce a fondo tutta la storia degli Hastor Venti e sa troppo anche su René» terminò.

Il fumo del sigaro creò una piccola nuvola intorno al volto di miss O'Connor che apparve più perfido che mai.

Von Zantar sussurrò:

«Gli Hastor Venti... già. Ma non preoccuparti, René non sarà più un pericolo. Tra poco non potrà più nuocere. Io lo fermerò. Poi penseremo a Geno. Con lui sarà interessante procedere con gli esperimenti. In ogni caso è necessario che continui a frequentare le varie aule senza che sospetti nulla. Non possiamo allarmare gli altri Saggi. Lasciamo che Geno Hastor Venti faccia altre prove senza punirlo» lo sguardo di Yatto si perse negli occhi piccoli e neri di Butterfly. Il Summus voleva portare dalla sua parte Geno. Voleva plasmarlo. Convincerlo. Modificarlo. Con René c'era riuscito, ma solo in parte. E per questo ora il ragazzo dai capelli dorati doveva essere bloccato.

«Ma Yatto, gli altri Saggi si accorgeranno che Geno ha poteri fortissimi e si insospettiranno» aggiunse la donna.

«*Brunnen!* Bene! Se lo scopriranno sarà divertente vedere le reazioni di tutti. In particolare quella di madame che non so proprio come farà a far finta di nulla. Magari possiamo scatenare spettri e fantasmi per vedere le reazioni del ragazzo. Come affronterebbe gli occhi di ghiaccio dei Froder, in grado di bloccargli ogni pensiero. O magari farlo incontrare con gli Olleni, gli Spettri viola con bocche gialle in grado di aspirare la forza psichica che possono essere davvero... istruttivi! O meglio ancora le Ifide, bellissime figure di donna in grado di rubare i sentimenti...» disse sogghignando il perfido Summus che non vedeva l'ora di sperimentare le sue follie magiche.

Butterfly trattenne il respiro:

«Dici sul serio?».

«*Sicher!* Certo!» affermò il Grande Saggio.

«Solo noi Sapientes e alcuni Psiofi fedelissimi sanno dell'esistenza di queste entità pericolose. La maggioranza ha avuto contatti solo con fantasmi e spettri regolari. E non immagino che reazione potrebbe avere madame Crikken. Sai quanto me che lei è contrarissima a questi nostri esperimenti magipsichici» insisté miss O'Connor.

«Lo so benissimo. Ma lo faremo con accortezza. Se Geno supera certi traumi possiamo procedere a esperimenti ben più complessi. D'altra parte Geno deve affrontare il suo destino. Su René non posso più contare» rispose ridacchiando.

«Già, il suo destino. Mi auguro che ciò non provochi altri incidenti» disse a bassa voce la Governante.

«Controlleremo tutto alla perfezione. E guarderò anche nella Sfericonda» affermò Yatto, puntano il dito sullo scrigno appoggiato su un prezioso tavolino di quercia antica.

«Vuoi aprire lo scrigno e usare la Sfericonda?» domandò sorpresa Butterfly.

«*Sicher!* Certo! So bene che usarla è pericoloso, ma se sarà necessario lo farò!» Von Zantar era deciso.

«Ricordo ancora quando la usasti la prima volta. Fu proprio per vedere...» Miss O'Connor si trattenne, non voleva irritare il grande Summus.

«Già, la utilizzai proprio 11 anni fa per vedere cosa sarebbe successo a Campana di Sotto e cosa avrebbero combinato Corinna e Pier Hastor Venti se avessero continuato a usare il ClonaFort. La Sfericonda fu utilissima! Bloccai i due farmacisti e iniziai i miei esperimenti all'Arx. Quei due ora sono innocui! E poi, la sfera di cristallo mi fece vedere benissimo come potevo manipolare il piccolo René. Ricordi?» mentre parlava Von Zantar si gustava le boccate di SigaCromo. Il mondo malefico che aveva creato parallelamente a quello dell'Arx era davvero spaventoso. Butterfly lo conosceva in parte ed era assolutamente schiava del pensiero del suo creatore.

«Ricordo molto bene. René imparò in fretta. Per fortuna Margot non è riuscita a impedire i tuoi esperimenti su di lui. E poi la francese non sa nulla della Sfericonda. Vero?» chiese la Governante.

«*Nein.* No. Solo io e te conosciamo il segreto di quella sfera. L'ho portata all'Arx quando fui nominato Summus Sapiens» spiegò Yatto accarezzando lo scrigno che conteneva lo stranissimo oggetto.

«Ma bisogna usarla con prudenza» insisté miss O'Connor.

«So bene quel che faccio. Mi fido di te. Sei bravissima con spettri e fantasmi. Direi insuperabile! Ora torna nell'Aula del Pensiero Sottile, non voglio che gli Psiofi e gli Antei sospettino qualcosa» concluse Yatto con tono severo.

«*Good.* Va bene. Puoi trovare Geno nella Clinica Vaga. Dopo la prova di stamattina ha perso conoscenza» disse miss O'Connor prima di uscire dalla stanza.

«Oggi sarà una giornata pesante all'Arx. Preparati a ogni evento» Von Zantar rise mostrando i suoi orribili denti d'oro. Si accarezzò i capelli bianchi e neri e guardò la donna irlandese che se ne andava con passo sinuoso.

I due complici erano legati da un maledetto patto e da crudeli intenti: insieme avrebbero tentato di incastrare madame Crikken e soggiogare il giovane Anteo italiano.

Ma tenevano segreta più che mai questa loro confidenza, nascondendo i loro fini dietro a un formale contegno davanti agli altri frequentatori dell'Arx.

Quando miss O'Connor scese le scale, sul pianerottolo del primo piano incrociò proprio l'anziana francese che stringeva Napoleon tra le braccia. Margot parlava con uno stregone africano che le stava raccontando cos'era successo nell'Aula del Pensiero Sottile.

La Sapiens irlandese interruppe la conversazione:

«Nulla di preoccupante. L'Anteo italiano si riprenderà presto. Era alla sua prima prova e non tutti sono così forti da superare gli ostacoli iniziali».

Margot mise a terra Napoleon, si aggiustò il cappellino rosso tempestato di bottoni azzurri e lisciandosi l'abito di lana turchese disse:

«*Oui*, miss O'Connor, sono cose che accadono».

Lo Psiofo si tranquillizzò e seguì l'irlandese lasciando Margot impassibile. Madame aveva capito che la Governante era salita al terzo piano da Von Zantar e la cosa non le era piaciuta affatto.

La Batacchia Tremula suonò undici rintocchi. Su segnalazione della Saggia irlandese, Magic Brocca spedì venti Paropalle agli Psiofi che attendevano il seguito della prova di Telempia. In pochi minuti miss O'Connor ricominciò l'esperimento con i Vertigli tranquillizzando i partecipanti.

Madame Crikken raggiunse la Clinica Vaga seguita dall'inseparabile gatto bianco. Quando entrò, vide che Naso Bendatov stava massaggiando la testa di Geno con l'Olicantro, lo speciale liquido oleoso che riattivava la circolazione dei capillari cerebrali.

«*Da, da*... sì, sì che sorpresa! L'esperta di Cucina Metafisica in Infermeria!» esclamò allegro il medico russo rovesciando involontariamente un vaso contenente l'occhio di un elefante.

Bob Lippman guardò storto madame, che invece lo ricambiò con un sorriso di circostanza esclamando: «*Parbleu!*

Bob Lippman, anche tu qui? Sono sorpresa. Vedo che hai le mani bendate».

«Colpa del fuoco e dei cibi metafisici» rispose seccato l'americano.

«Mi sa che devi affrettarti a migliorare. Tra quattro settimane dovrai affrontare l'ultimo Intercanto e il Contra Unico» puntualizzò acidamente Margot, che non sopportava l'arroganza dell'americano.

Bob si girò dall'altra parte sbuffando. Geno invece aveva ancora lo sguardo allucinato e non diceva una parola.

«Come sta l'Anteo italiano?» chiese la Sapiens a Naso Bendatov, intento a rimettere l'occhio di elefante dentro il vaso.

«*Khoroshò*. Benone. Ancora un paio di minuti e tornerà come nuovo. Ha la testa forte, questo giovanotto» rispose il medico sternutendo.

«Il raffreddore ti perseguita, caro Naso. Ma tra un po' verrà la Governante a controllare le finestre. In effetti qui ci sono degli spifferi piuttosto fastidiosi. Certamente miss O'-Connor risolverà il problema» disse, ma mentre parlava guardava preoccupata Geno.

Il ragazzo, forse per l'iniezione di MegaCoralina, per l'Olicantro o per il rumore provocato dal potente starnuto di Bendatov, cacciò improvvisamente un urlo:

«Ahhhhhhhhh... la mia testaaaaa!!!».

Napoleon soffiò e si nascose sotto il letto dimenando la coda piumosa.

Il medico russo guardò Margot compiacendosi del fatto che il ragazzo si era svegliato piuttosto bene. La Sapiens accennò un sorriso e avvicinandosi al giovane Anteo disse:

«Guarito?".

Geno fu felice di vedere madame Crikken e con un gesto istintivo alzò le mani per abbracciarla ma l'anziana signora gli lanciò un'occhiataccia e lui s'intimorì: dalla tasca gli stava uscendo la mappa. La rimise dentro e abbassò lo sguardo come per chiedere perdono della sua sbadataggine.

Bob Lippman, nauseato dalla scena fin troppo melensa, sghignazzava portando le mani bendate sulla bocca per non farsi vedere.

«Geno Hastor Venti, ora vai fuori, all'aria aperta. Un paio d'ore di buon ossigeno e potrai tornare alle tue prove. Non riceverai nessuna punizione. Le regole RI.AM non prevedono nulla in questi casi» spiegò Naso Bendatov.

Il ragazzino scese dal letto, si rivestì velocemente indossando il Tonca e la cintura con il Vertiglio. Passò davanti a Bob che lo prese in giro imitandone la smorfia di dolore. Geno alzò le spalle e, quando fu davanti ai due Saggi, chiese:

«Posso fare altre prove magipsichiche?».

Il medico gli diede uno schiaffetto sul viso:

«Certo, e spero siano migliori di quella che hai affrontato stamattina».

Geno, sotto lo sguardo attento di Bob Lippman, uscì dalla Clinica Vaga, seguito da Margot e Napoleon.

Madame si aggiustò la cintura con il Vertiglio e con aria seriosa mandò un messaggio telempatico a Geno:

«Ma cos'è successo?».

Il ragazzino non si girò, anche se fu sorpreso dall'ingresso inaspettato di madame nella sua mente.

Guardò il suo Vertiglio, vide che brillava e immediatamente rispose con la mente.

«Tutta colpa della Parola Bloccante. Miss O'Connor forse l'ha scoperta» la risposta arrivò istantanea alla Crikken che reagì di colpo.

«Impossibile! Avrà pensato che hai una mente potente. Sapevo che prima o poi sarebbe accaduto. Vai dove si trovano gli Spiccafili e aspettami» il pensiero telempatico della Saggia chiuse la discussione e Geno continuò a camminare verso le Staffore Inverse. Avrebbe voluto girarsi e parlare, ma sapeva bene che le spie invisibili erano attive.

In quel momento dalla scala destra scese Von Zantar: indossava pantaloni grigi e casacca bianca di seta, sotto braccio aveva una magnifica sella e in mano stringeva le briglie.

«Geno Hastor Venti, vedo che stai bene» disse allegro, mascherando perfettamente la rabbia.

Margot attivò la sua Parola Bloccante, la situazione era alquanto strana e temeva che il Summus le leggesse il pensiero. Di norma non accadeva, ma non era il caso di fidarsi.

I due si scambiarono una frettolosa occhiata, Yatto accennò addirittura un sorriso. Un sorriso malefico che esprimeva odio e rancore. Madame lo percepì benissimo e senza dire una parola si congedò con un cenno del capo andandosene verso l'Aula Sublime Cibaria.

Il giovane Anteo si ritrovò da solo, di fronte alle Staffore Inverse, con il perfido Yatto che sorrideva ancora.

«Stai bene?» gli chiese Yatto fissandolo negli occhi.

«Benissimo, grazie. Ora vado a fare una passeggiata, me l'ha consigliato il medico» rispose Geno a testa alta.

Il Summus agitò le briglie facendo brillare il grande anello d'oro che rifletteva le luci delle candele. Non tentò di entrare nella testa del ragazzo. Non era il momento, ma lo osservò da cima a fondo mettendolo in difficoltà.

«Non perdere troppe prove, altrimenti arrivi male al primo Intercanto. Mi aspetto molto da te» disse Yatto come se niente fosse, e proseguì verso la Scuderia.

Anche Geno seguì lo stesso percorso, ma una volta uscito sbirciò la mappa per essere sicuro della strada da fare. Aggirò le mura della rocca e andò nel lato Ovest, dove si affacciava la finestra della sua camera, e raggiunse il Prato Veloso. Lì c'erano gli Spiccafili.

L'attesa fu inutile, Margot non arrivò. Con la presenza di

Yatto all'esterno dell'Arx non era opportuno che i due si facessero vedere insieme.

Non c'era nessuno in mezzo al Prato Veloso, anche perché nel Programma era chiaramente scritto che gli Spiccafili non erano utilizzabili. Diverse corde erano abbandonate a terra e solo poche, ben intrecciate, si levavano verso l'alto facendo svolazzare alcuni aquiloni.

Il giovane Hastor Venti si sedette su uno dei blocchi di cemento e respirò a pieni polmoni l'aria frizzante della montagna. Fissò il cielo bianco e azzurro e seguì ondulando con la testa le movenze che facevano gli Spiccafili in balia delle correnti d'aria. Gli aquiloni avevano forme di giganti e orchi, draghi e stelle. Erano coloratissimi e trasparenti. Geno si perse nei pensieri guardando danzare quelle straordinarie opere di Transcarta. Sapeva che bisognava usare la mente per farle volare, anche se non conosceva affatto la tecnica esatta.

Gli Spiccafili erano una prova fisica e psicologica assai difficile da superare e, solo arrivati al Terzo Livello, si poteva tentare la sfida per poi affrontare il Contra Unico. Anche se non aveva letto tutto il Regolamento, si ricordò la spiegazione di Suomi. Quelle corde erano fatte di un materiale particolarmente sensibile agli stati emotivi di chi le toccava. Nervosismo e paura provocavano l'innalzamento improvviso dell'aquilone che, senza controllo mentale, poteva partire veloce come un razzo. Solo dopo molte prove gli Antei erano in grado di controllare l'andatura e immedesimarsi nell'aquilone stesso per dirigerlo con bravura e impugnare con forza e decisione la corda.

Mentre seguiva con lo sguardo lo Spiccafilo fatto a drago vide volteggiare alla stessa altezza un Ippovolo. Era René a cavalcarlo.

Le ali del magnifico animale nero sfidavano il vento e il giovane dalla tunica dorata sembrava voler toccare il sole.

In alto, nello spazio azzurro, René abbandonò le briglie, si alzò in piedi stando in perfetto equilibrio sul dorso dell'Ippovolo, tese le braccia in fuori e bloccò l'andatura. Le ali dell'Ippovolo rimasero così, come le braccia di René: ferme, immobili. Il cavallo e il suo cavaliere sembravano senza peso. Era come se in mezzo al cielo stazionasse sospesa una statua equestre.

«Com'è possibile?» esclamò Geno a bocca aperta.

La prova di altissimo livello che René stava compiendo, null'altro era che la meditazione profonda eseguita per aria. Molti Psiofi la sapevano fare, ma nessuno era così bravo come lui.

La scena era proprio incredibile. Geno temeva che René e il cavallo stessero per cadere nel vuoto. Improvvisamente vide galoppare nell'aria un altro Ippovolo: in groppa c'era Von Zantar. Il Summus Sapiens teneva le briglie tese e guidava il cavallo con massima destrezza, mentre René, completamente estraniato dal mondo che lo circondava, continuava a tenere le braccia come se fossero ali.

Una sferzata improvvisa e Yatto affiancò il cavallo del ragazzo. Von Zantar saltò sull'Ippovolo di René lasciando il suo volare da solo. Prese le briglie in mano, dirigendo il maestoso animale verso la discesa.

Il ragazzo biondo, ancora nel pieno della sua meditazione, non oppose resistenza, si fece rapire dall'uomo senza rendersi conto della situazione.

Geno si agitò vedendo quella scena incredibile e muovendosi, tirò per sbaglio la corda che teneva lo Spiccafilo con il drago e la fece staccare dal blocco di cemento. Il ragazzo fu trascinato via in un baleno, i suoi piedi si alzarono da terra e anche un grido di aiuto. Nessuno lo udì, perché in quel preciso istante la Batacchia Tremula scoccò dodici rintocchi: era mezzogiorno.

L'aquilone raffigurante il drago schizzò in alto a grande velocità e anche se Geno cercava di tenere la corda stretta al petto non ci riusciva a causa dei guanti neri di seta, che non gli permettevano di bloccare la presa.

Più in alto correva il drago di Transcarta al quale era appeso, più la sua paura di cadere aumentava. Guardò in basso ed ebbe le vertigini: le cupole e le torri dell'Arx Mentis erano più piccole e gli alberi parevano ormai cespugli. Chiuse gli occhi, ma i raggi di sole si insinuarono nelle palpebre accecandolo ugualmente.

La corrente d'aria lo stava trascinando chissà dove. Ripensò alle tecniche mentali usate nei due luoghi del Sigillo

Nero, quella del Disincanto e del Cielo Riflessivo ma il terrore di sfracellarsi al suolo era talmente forte che ogni tentativo di concentrarsi svaniva subito.

Improvvisamente ricevette una spinta da qualcosa, un colpo secco che gli fece perdere il Tonca nero che aveva in testa. Terrorizzato spalancò gli occhi e davanti a lui vide un Ippovolo. Era quello che Yatto aveva abbandonato. Il cavallo aveva occhi blu grandissimi e profondi. Con l'ala destra diede un colpo alla corda dello Spiccafilo costringendo Geno a mollarlo.

Il drago di Transcarta schizzò lontano verso le cime delle montagne innevate, mentre il ragazzo cadde dolcemente sul dorso dell'Ippovolo che continuava ad agitare le ali. Con l'aria gelida che gli attraversava i vestiti prese d'istinto le briglie rimanendo però appiccicato con il corpo a quello del cavallo. L'Ippovolo cambiò direzione e puntò verso il basso. Planò leggero riportando a terra il giovane Anteo che non credette di essere ancora vivo.

Geno rimase con le briglie strette tra le mani e respirò come se stesse affogando.

«Ma sei pazzo?» la voce roboante di Pilo Magic Brocca gli entrò come un siluro nelle orecchie. «Scendi subito! Hai rischiato la pelle per nulla! Se non sai neppure cavalcare come puoi pretendere di domare un Ippovolo senza mai aver fatto una lezione! Ma non hai letto il Regolamento? La RI-AM.10a parla chiarissimo» continuò il Cerimoniere sempre più arrabbiato. Pilo, per fortuna, non aveva visto che era anche salito in cielo con uno Spiccafilo.

Geno avrebbe rischiato una pesante punizione: stare rinchiuso nella Scuderia per due notti! Allungò una mano e si fece aiutare, saltò a terra e, guardando con occhi spaventati Magic Brocca, non seppe cosa dire.

«Tieni, rimettiti il tuo Tonca nero. È volato fin qui. Potevi sfracellarti a terra, e non saresti stato neppure il primo a fare questa brutta fine» proseguì severò il Cerimoniere.

«Scusi... io non so spiegare come sia potuto succedere» disse angosciato Geno osservando l'Ippovolo che lo aveva salvato dallo Spiccafilo impazzito.

«Non sai un po' troppe cose! O forse ne sai più di tutti noi e ci prendi in giro?» lo sgridò Magic Brocca.

«Non accadrà mai più» tentò di scusarsi ancora l'Anteo italiano ma il Cerimoniere lo spaventò ulteriormente dicendo che dal 1555, anno di fondazione dell'Arx Mentis, erano morti ben 150 Antei e 40 Psiofi usando male gli Ippovoli.

Hastor Venti rimise il Tonca in testa e si accorse che i guanti si erano completamente rotti. A testa bassa si avviò verso l'Arx e incrociò un gruppo di Psiofi che lo guardarono in modo curioso. Intanto il Cerimoniere mandò un messaggio telempatico a Von Zantar informandolo dell'accaduto ma il Summus rispose di non punire Geno e lasciarlo frequentare altre materie magipsichiche. Il piano studiato con miss O'Connor era dunque in pieno svolgimento.

Geno vide arrivare Yudi Oda con Bob Lippman, che mostrava le mani guarite, e Agata Woicik.

Quando Agata gli fu accanto lo osservò e con aria sprezzante disse:

«Volevi dimostrare di essere il più bravo a volare con un Ippovolo senza neppure aver mai provato con Magic Brocca?».

Bob e Yudi sputarono per terra e se ne andarono verso la Scuderia.

Geno guardò dritta negli occhi l'Antea polacca e rispose:

«Non devo chiedere certo il permesso a te per cavalcare un Ippovolo».

Agata fece una smorfia, si sistemò i guanti bianchi e raggiunse gli altri Antei. La prova con il Cerimoniere stava per iniziare. Dopo qualche passo la ragazzina si girò e gridando disse:

«Se vuoi imparare guardami. Sei uno sciocco italiano e non conosci il Regolamento. Mi auguro che ti puniscano!».

Geno non le diede retta ed entrò all'Arx sperando di incrociare madame Crikken, perché voleva assolutamente raccontarle di René e di Von Zantar, ma la Sapiens non era nei paraggi. Nel corridoio c'era invece Suomi che gironzolava muovendo il suo solito bastone bianco.

«Come è andata la prova di Cucina Metafisica?» le chiese Geno prendendola sottobraccio.

«Benino. Ranja è molto paziente e anche madame Crikken ha avuto parole di elogio per me. Solo che non avendo dimestichezza con pentole fatte a forma di sveglia e padelle cubiche ho sbagliato per ben tre volte i cucchiai da usare. Ho anche rovinato sulle punta delle dita i guanti neri» rispose Suomi.

«Sai dov'è andata la Crikken?» chiese il ragazzino.

«Non so. Io ora vado a riposare. Se vuoi mangiare qualcosa vai nella Sublime Cibaria, ci sono un sacco di cose buone che abbiamo preparato. E forse la Crikken è ancora lì» Suomi però fece una strana espressione e sfiorò il volto di Geno: «C'è qualche cosa che non va? Sento che sei molto turbato. È andata male la prova di Telempia?».

«Ho avuto dei problemi con Yudi e miss O'Connor» rispose a voce bassa Geno.

«Che genere di problemi?» Suomi si allarmò.

«Ho perso conoscenza e mi hanno portato da Naso Bendatov. Insomma, spiegarti tutto è complesso. E poi ho persino volato con uno Spiccafilo e un Ippovolo mi ha salvato la vita. È stato terribile, credevo di morire» le disse il giovane Hastor Venti, stringendole la mano. Poi si allontanò senza aggiungere altro.

L'Antea finlandese rimase senza parole e pensò che Geno era proprio un ragazzo imprevedibile.

Davanti alle Staffore Inverse, Geno vide scendere miss O'Connor seguita dai tre bassethound e tre Psiofe. La Sapiens e le donne gli lanciarono sguardi e se ne andarono senza dire una parola. Oscar scodizolò e, inciampando nelle orecchie, rotolò dagli ultimi gradini finendo a zampe larghe davanti a lui. Allora Ottone e Ofelia corsero dal loro cucciolo e lo leccarono, finché si rialzò e, con lo sguardo birichino, ricominciò a correre dietro alla Saggia irlandese.

In quell'istante si udì il suono del carillon e arrivò veloce una Paropalla che si fermò davanti al ragazzo. La Staffora Inversa di sinistra parlò.

«Non aprirla, non è per te!» mentre quella di destra incalzò: «Aprila, aprila subito».

Il giovane Hastor Venti prese la sfera di legno e pensò: "Un messaggio. Sarà di madame".

Invece dentro la Paropalla c'era una lettera di Anoki Kerioki. L'Anteo del Terzo Livello voleva vederlo.

Hastor Venti rimase con la sfera in mano per qualche secondo. Sentiva che aprendo quella palla di legno sarebbero arrivati nuovi guai.

Capitolo Ottavo

Lupo Rosso nell'UffioServo

Vieni subito nella Stanza Cerchiata.
Non contattarmi con la Telepatia né con la Telempia.
Devo parlarti con urgenza.

Lupo Rosso

Geno mollò a terra la Paropalla ed ebbe un sussulto: "Ma cosa mai vorrà da me l'indiano!" pensò.

Mise la lettera sopra le candele accese e la bruciò. Mentre il fuoco divorava il foglio il giovane Hastor Venti ripensò alla sera prima, quando ad Anoki aveva chiesto informazioni sull'UffioServo. Forse il pellerossa aveva scoperto il nascondiglio segreto.

«Che fai?» chiese il simpatico Naso Bendatov uscendo improvvisamente dalla Clinica Vaga. In mano teneva un serpente morto.

«Nulla!» rispose Geno girandosi di scatto.

«Non dire bugie. Qui vengono subito scoperte. Ti consiglio di seguire le prove di Fandonfia. Se dici bugie i tuoi capelli possono diventare verdi, viola o rosa, oppure le unghie si allungano come artigli, oppure... be'... lasciamo perdere, non voglio spaventarti» spiegò il medico accarezzando la testa del serpente stecchito.

Hastor Venti osservò schifato:

«Ma qui ci sono anche serpenti?».

«Certo. Sennò come faccio a creare pozioni mediche?» rispose Naso serissimo. Benché fosse piuttosto strampalato, era pur sempre un Sapiens. E anche molto bravo!

Geno annuì e non disse più nulla. Di cose pazzesche lì dentro ne capitavano in continuazione e non c'era più da stupirsi. S'incamminò verso il Salotto dei Fenicotteri dove c'era un gran movimento di Psiofi, che chiacchieravano ad alta voce.

Il ragazzo capì benissimo che stavano attendendo la chiamata di Von Zantar per partecipare alle prove di Materializzazione e Biosmia. Percorse il corridoio che portava verso l'uscita e seguì la freccia che indicava la Stanza Cerchiata, il luogo di ritrovo degli Antei. Quando entrò, vide subito Lupo Rosso in piedi, tra il tavolo rotondo pieno di fogli e matite e la fontana con una scultura in ferro che ritraeva un ragazzino sugli Schizzosi. La stanza aveva tre vasche colme d'acqua infuocata: le fiamme però non erano alte.

Anoki stava giocando con i Cerchi di Sophia, li spostava come schegge fissando solo lo sguardo.

«Anch'io li so usare benissimo» disse Geno

Lupo Rosso rimise in tasca i Cerchi e disse:

«*Wociciyaka wacin*, voglio parlarti».

Hastor Venti annuì con la testa pronto a sentire Anoki, anche se sapeva benissimo che qualche Timpatubo era in ascolto.

«Ti ho visto salire come un razzo con lo Spiccafilo e so bene che non avresti potuto usare l'aquilone perché sei solo al Primo Livello. Hai rischiato grosso! Poi c'è stata la scena dell'Ippovolo che ti ha salvato e mi sono tranquillizzato un po'. Ma quello che mi preoccupa è ciò che ha fatto Von Zantar. Ha preso René mentre era in meditazione profonda sull'Ippovolo e non capisco perché. Ho visto tutto, ero nella scuderia. Ora spiegami: cosa c'entri tu con quel ragazzo dalla tunica dorata?» gli chiese, guardandolo dritto negli occhi.

L'Anteo italiano era in difficoltà, non poteva certo spiegare tutto ad Anoki, e non solo per via dei Timpatubi.

«Non so nulla di René. Ed è un mio errore aver afferrato lo Spiccafilo. E poi Von Zantar avrà le sue buone ragioni per aver portato via René» fu la risposta, assolutamente non convincente.

«Dimmi la verità. Stai mentendo!» reagì irritato il giovane Sioux.

Geno non parlò e allora Anoki si arrabbiò:

«Nessuno di noi Antei è mai riuscito a parlare con René. È sempre isolato e non dà confidenza. Si dice che sia addirittura il figlio di Von Zantar e che l'abbia cresciuto qui, nell'Arx Mentis. Ha sempre fatto tutto ciò che diceva il Summus Sapiens anche se, nei mesi scorsi, ho notato un cambiamento. Sono preoccupato per lui. Tu sai qualcosa d'importante. Lo sento. Voglio aiutarti. Voglio aiutare René. L'aria che tira all'Arx Mentis sta cambiando e in peggio. La mia è una percezione e penso di non sbagliare».

«Non so cosa dirti» disse Geno mettendo le mani sulla bocca come per far capire all'amico indiano che non poteva parlare.

Anoki indietreggiò e chiudendo gli occhi cercò di entrare nella testa di Geno pensando che era meglio parlare attraverso le tecniche mentali. Ma Hastor Venti attivò la Parola Bloccante e il pellerossa fece un salto e sbarrò gli occhi:

«Ma sei potente! Allora è vero che sei riuscito a battere persino miss O'Connor! *Nituwe?* Chi sei?».

A quel punto Geno prese dal tavolo rotondo un foglio, una penna e scrisse:

«Non parlare. Questo luogo non è sicuro».

L'Anteo italiano corse via, verso la sua stanza e Anoki rimase con il foglio in mano, osservando il misterioso ragazzino che si allontanava. Si guardò intorno, cercò di capire perché la Stanza Cerchiata non fosse un luogo sicuro dove poter parlare liberamente, ma non capì i timori di Geno. Allora si tolse l'arco e le freccie e si sedette per terra, incrociò le gambe e iniziò a meditare. Voleva calmare la sua ansia.

Il fatto che Geno Hastor Venti avesse grandi capacità mentali oramai lo dicevano tutti all'Arx Mentis. In poche ore i due episodi che lo avevano visto protagonista l'avevano marchiato. Le origini del giovane ragazzo italiano e di chi lo aveva portato nella Valle dei Pensieri rimanevano misteriose. C'era addirittura chi sosteneva che poteva essere un lontano parente del defunto Riccardo Del Pigio Ferro, mentre i tre antipatici Antei, Lippman, Woicik e Oda, erano certi che si trattasse solo di un bluff. Insomma, agli occhi di Antei e Psiofi, Geno era un ragazzino con doti magipsichiche molto discutibili.

Ancora una volta il nipote di Flebo Molecola veniva considerato diverso.

Il destino di Hastor Venti sembrava dunque simile a quello di René: entrambi avevano un passato non chiaro, un comportamento anomalo e un futuro misterioso.

Anoki non provava invidia per Geno, ma non riusciva a comprenderlo. Seduto in meditazione sperava almeno di arrivare a capire qualcosa.

Quando Hastor Venti entrò nel suo alloggio, sul tavolo vide un vassoietto con i soliti biscotti al Pistacchio Nullo e una tazza fumante di tè R.S., segno che Margot era passata. Sperava di incontrarla al più presto: la situazione stava degenerando. Suomi e Anoki avevano troppi sospetti e bisognava calmare le acque altrimenti la ricerca dei suoi genitori sarebbe stata ancor più complicata. Il fatto poi che Von Zantar avesse rapito in quel modo René rendeva tutto confuso e pericoloso.

Geno non aveva nessuna voglia di seguire altre prove anche se sapeva benissimo di doverlo fare, anche perché non conosceva affatto gran parte delle materie magipsichiche.

Prese in mano il Regolamento e nervosamente lesse alcune pagine. Studiò come non aveva mai fatto neppure a scuola. Di informazioni ce n'erano tantissime e tutte erano importanti. Notò che alcune regole erano state siglate da Von Zantar. Una tra tutte lo colpì, la RI-AM.3, che riguardava il divieto di cercare i luoghi segreti dell'Arx.

"Certo, è ovvio che l'abbia inserita Yatto. Chissà dove tiene nascosti i miei genitori!" pensò con rabbia . Alzò la testa e ripeté a memoria le numerosissime RI-AM, ma guardando fuori dalla finestra vide volare tra i pochi Spiccafili aggiustati un magnifico uccello: un falco lucente con le ali dorate. Il rapace si posò sui rami del grande albero e guardò verso la finestra di Geno.

Il ragazzo sentì un brivido alla schiena. Aprì la finestra ma l'uccello fuggì. Sulla zampa sinistra Geno notò un anello che luccicava riflettendo i raggi del sole.

"È quello che ho sognato. Quello che ho visto quando madame mi ha dato la Parola Bloccante!" pensò con grande sorpresa.

Il falco esisteva davvero. E nel destino di Geno era già scritto che si sarebbero incontrati. Era un indizio per trovare i genitori?

Forse sì, ma in quel momento la sua confusione in testa era tale che gli sembrò di non essere più padrone di pensieri e gesti. Era come se improvvisamente il mondo si fosse rovesciato. Chiuse gli occhi e respirò profondamente, sentì il cuore battere lentamente. Sempre più lentamente. Poi riprese a battere come un piccolo tamburo impazzito. Finalmente riuscì a riprendersi e spalancando la bocca fece un urlo secco. Un grido liberatorio che rimbombò nella stanza.

Sgomento e ansimante posò il Regolamento, prese carta e calamaio e scrisse un messaggio a madame Crikken.

Ho visto il falco dalle ali d'oro.
Dobbiamo parlare.
Andrò nell'UffioServo allo scoccare delle 16
Geno

Spinse la Paropalla fuori dalla stanza e la sfera rotolò cercando l'anziana Sapiens. Geno tolse i guanti di seta, oramai completamente rotti dopo l'avventurosa salita con lo Spiccafilo, si rinfrescò il viso, mangiò un paio di biscotti P.N. e assaporò il buon tè alla Rosa Severina. Si sentì pronto per affrontare nuovi problemi e insidie. Quel falco gli aveva dato un segnale che doveva capire.

Si aggiustò il Tonca nero in testa, per precauzione mise in tasca i Cerchi di Sophia, e uscì scontrandosi con Suomi.

«Geno! Ma dove vai di corsa?» chiese la ragazzina.

«Te lo dirò stasera!» rispose andandosene a passo svelto.

«Aspettami, ti prego. Devo parlati.» lo supplicò Suomi.

Hastor Venti si fermò e scuotendo la testa attese la ragazza: «Dimmi, che cosa vuoi?».

«Sei nervoso e irascibile. Dimmi perché!» domandò seriamente Suomi.

«Ti prometto che te lo dirò. Ma non adesso. Non posso» Geno fece per andarsene ma lei lo trattenne per un braccio.

«Vengo con te» disse l'Antea finlandese mettendolo in difficoltà.

«Non puoi. Ti assicuro che non puoi venire dove vado io» concluse Geno e con uno strattone corse via.

Suomi agitò il bastone bianco pestandolo a destra e a sinistra colpendo le pareti del corridoio:

«Ti troverò. La mia mente ci vede benissimo!».

Il giovane Hastor Venti salì le scale e, guardandosi intorno, si avviò verso l'UffioServo. Un'ombra lo seguiva silenziosa.

Scoccarono le 16 e davanti alla statua della donna con il vaso rosso c'era Napoleon. Il gatto miagolò e Geno avvicinandosi cercò di accarezzarlo, ma il felino gli soffiò allargando la bocca e arricciando i baffi. L'ombra misteriosa si era fermata dietro l'angolo. Geno si accorse che il gatto era troppo agitato e continuava a guardare proprio in direzione dell'angolo. Il ragazzo sentì dei rumori e per paura di essere sorpreso con uno sforzo arrivò fino a toccare con la punta delle dita il vaso rosso, lo girò e l'ingresso si aprì di scatto.

Entrò prima Napoleon ma, appena Geno ebbe fatto un passo, sentì una mano sulla spalla:

«È questo uno dei tuoi segreti?» disse la voce dietro di lui.

Hastor Venti si girò. Davanti a lui c'era Anoki. Lo aveva seguito come un'ombra.

«Vattene. Non puoi entrare. Ti prego non farmi domande» lo scongiurò Geno.

Ma in quel momento un'altra presenza si face avanti. Da dietro l'angolo spuntò un bastone: era quello di Suomi.

«Oh no! Anche lei!» esclamò stringendo i pugni il giovane Hastor Venti.

«Sei qui? Ti ho trovato finalmente» esultò la ragazzina.

Anoki rise e, rivolto a Geno, disse a bassa voce:

«Ma allora avevi un appuntamento galante con questa bella squaw».

Alla parola squaw Suomi s'irritò.

«Chi sei tu? Stai dicendo solo fesserie!».

«Salve Antea finlandese, sono Lupo Rosso del Terzo Livello. Ho conosciuto tua cugina Dorathea lo scorso ciclo. Ho saputo che ha superato brillantemente il Contra Unico» rispose prontamente Anoki.

«Conosci Dorathea?» chiese sgranando i suoi grandi occhi verdi la ragazzina.

«Sì. Una persona molto bella».

Il fruscio di alcuni passi allarmò i tre ragazzi. Geno, che temeva si trattasse di qualche Psiofo, spinse dentro l'Uffio-Servo i due amici.

Ma quei passi erano di madame Crikken, che si fermò sulla soglia, accanto alla statua e con lo sguardo li fulminò tutti e tre. Chiuse l'ingresso segreto alle sue spalle e stette immobile davanti ai ragazzi che non fiatarono. Solo Suomi continuò a muovere lentamente il bastone per capire in quale luogo si trovasse e soprattutto chi fosse arrivato.

«Geno Hastor Venti, sono assolutamente delusa!» disse con voce secca l'anziana donna avanzando di quale passo.

«Madame, mi perdoni ma non so come loro hanno fatto...» Geno non riuscì a finire la frase perché la Crikken si avvicinò e spedì una scarica di pensiero potente nel cervello del ragazzo.

Hastor Venti sentì un boato e poi un dolore terribile alle tempie e dentro le orecchie. Si inginocchiò e mise la testa tra le mani.

L'indiano non mosse un muscolo e osservando la Saggia abbassò lo sguardo in segno di educazione.

«Anoki Kerioki e Suomi Liekko, che ci fate qui? Perché avete seguito Geno?» chiese Margot mentre con astuzia entrò nelle loro menti per leggere ciò che pensavano.

Entrambi gli Antei se ne accorsero, ma non opposero resistenza, lasciarono che la Sapiens indagasse liberamente.

«Madame Crikken, desideravo solo sapere se Geno era in difficoltà. Ho visto cosa gli è successo stamattina con gli Spiccafili e l'Ippovolo» spiegò Lupo Rosso alzando con fierezza il capo.

«Io invece l'ho seguito con l'intuito perché pensavo mi

nascondesse qualcosa d'importante» si giustificò l'Antea finlandese.

Madame Crikken era veramente arrabbiata. Il segreto dell'UffioServo era stato infranto!

«Sedetevi su quei cuscini» ordinò la Sapiens sotto lo sguardo severo di Napoleon.

Geno cercò di parlare, ma l'anziana signora lo zittì subito.

«*C'est moi qui parle!* Parlo io. È necessario che vi spieghi l'esistenza di questa stanza segreta e anche alcune cose di me e Geno» Margot si rivolse a Suomi e ad Anoki mostrando tutta la sua autorità. «Prima di tutto l'UffioServo è un luogo sconosciuto a Von Zantar e agli altri Sapientes. Me lo fece conoscere il defunto Riccardo Del Pigio Ferro, che veniva qui a riflettere» spiegò nervosamente madame.

«Quindi non stiamo trasgredendo a nessuno dei Regolamenti. Né quello Iniziatico, né Mediano né Largo» affermò titubante Anoki.

«Stiamo trasgredendo. Ma nessuno lo saprà» rispose seccata madame Crikken.

Malgrado non ne avesse nessuna intenzione, la donna fu costretta a dire quasi tutta la verità. Già, quasi. Quella parte di verità che Hastor Venti già conosceva. Madame sapeva molto di più ma il suo ruolo e il suo stesso destino le imponevano di calibrare bene le parole. L'obiettivo dichiarato era trovare i genitori del ragazzo italiano. Ma forse questo era solo un mezzo per raggiungere qualcosa di diverso e oscuro. Qualcosa che solo Margot teneva dentro il suo cuore.

Che madame Crikken fosse una vecchia medium con altissime energie mentali lo sapevano tutti all'Arx. Sebbene fosse l'esperta di Cucina Metafisica, materia utilissima in Magipsia ma certo non la più importante, gli Psiofi e i Sapientes, gli sciamani, gli stregoni e i maghi che frequentavano la Valle dei Pensieri la temevano per le sue grandi capacità che all'occorrenza sapeva dimostrare. Lo stesso Von Zantar ne era consapevole ed era stato per questo che aveva chiamato lei e non un altro Sapiens per il rapimento di Corinna e Pier Hastor Venti. In quel modo, il Summus Sapiens aveva stretto un terribile patto con lei, rendendola complice di un sequestro di persona. Solo che la francese, con il passare del tempo e il mancato rilascio della coppia non appoggiò più gli esperimenti di Von Zantar rompendo così la loro insana alleanza.

Madame Crikken voleva primeggiare.

E in effetti sarebbe stata un'ottima guida per l'Arx Mentis, tant'è che alla morte di Riccardo Del Pigio Ferro pareva che dovesse essere lei a prendere il potere dell'antica rocca, ma non andò così: fu nominato il tedesco Von Zantar.

Forse Margot Crikken non aveva mai digerito questa sconfitta e il caso ClonaFort, che la vide alleata al suo rivale, la portò ancora in auge aprendole in tal modo una nuova via per estromettere il perfido Summus Sapiens. Certo, non raccontò la sua amarezza ai giovani Antei né il desiderio di sedere sulla poltrona rossa al posto di Von Zantar, bensì spiegò il vero motivo per cui Geno era arrivato all'Arx Mentis.

Anoki e Suomi mai avrebbero immaginato che quel riccioluto ragazzino avesse un problema così grave. In qualche luogo segreto della rocca erano rinchiusi i genitori ma nessuna energia mentale, nessuna preveggenza, nessuna magia aveva mai svelato questo terribile evento.

Il pellerossa diede la mano all'Anteo italiano e giurò che gli sarebbe stato sempre a fianco. Suomi girò il viso verso Geno, spalancò i suoi grandi occhi spenti sorridendo e disse:

«Sarò con te».

Il giovane Hastor Venti tirò fuori la mappa dell'Arx e stringendo al petto le foto di Pier e Corinna affermò con forza che li avrebbe ritrovati.

«Loro sono qui, prigionieri in qualche luogo dell'Arx. René

poteva aiutarmi ma non so cosa gli sia successo. Quando stamattina Von Zantar l'ha trascinato via sull'Ippovolo ho pensato che la vendetta del Summus si fosse compiuta».

«Hai la mappa? Ora capisco perché nella Stanza Cerchiata non me lo hai detto, la ricerca dei tuoi genitori non sarà facile» disse Anoki appoggiando una mano sulla spalla di Geno.

«Mappa?» ripeté Suomi.

«Sì, sono io che ho dato la mappa a Geno. L'ho rubata dall'Archivio Pensorio. Ma non è l'originale e non sono segnati tutti i luoghi segreti dell'Arx. Quella vera ce l'ha solo Von Zantar» rispose velocemente madame.

«Capisco, però ci sarà utile lo stesso. Comunque mi spiace per René. Temete sia in pericolo?» chiese Suomi stringendo il suo bastone bianco.

«Forse» rispose con un filo di voce il giovane Hastor Venti.

«Tua cugina lo conosceva. Ho notato che lo guardava spesso...» disse Lupo Rosso.

«Dorathea è molto seria. Non credo perda tempo con i ragazzi. È una maga Psiofa bravissima e sinceramente non mi ha mai parlato di René... Vorrei tanto che Dorathea fosse qui. Se è vero che lei prova una certa simpatia per René...» la ragazzina finlandese fu interrotta da madame.

«Dorathea e René?» chiese allibita Margot.

«Sì madame, durante il precedente ciclo ho notato che si scambiavano sguardi intensi» aggiunse Anoki.

«Dorathea è una delle Psiofe più promettenti e so che è impegnata in una ricerca magica in Finlandia. Tornerà per il prossimo ciclo e non è possibile per voi Antei mettervi in contatto telepatico o telempatico. È proibito dal Regolamento: RI-AM.8c e 8d» spiegò con severità la Saggia francese.

«Lo so. Non si preoccupi» ripose Suomi.

Madame Crikken si sistemò il cappello, sfiorò i suoi strani occhialini d'argento e tossendo lievemente parlò ancora:

«*Bien*, ora che sapete come stanno le cose e avete scoperto l'UffioServo, l'esistenza dei Timpatubi e delle Scantoppie dovete impegnarvi a mantenere il segreto. E l'unico modo per garantirlo è che io vi dia la Parola Bloccante, la stessa che conosce già Geno. In tal modo nessuno potrà leggere i vostri pensieri».

La Sapiens aprì i cassetti esagonali, prese le bacchette di bambù, la clessidra doppia e l'erba Arborea Pervinca. Con gli oggetti in mano si sedette su un cuscino mentre il fumo rosso usciva dal tredicesimo cassetto ammantando la stanza. Tutto era pronto.

Il procedimento fu lungo e la prima a sottoporsi all'esperimento fu Suomi. Aveva paura, ma Geno le accarezzò le mani dicendole che sarebbe andato tutto bene. E così fu. La ragazzina finlandese superò perfettamente la prova con la bacchetta e quando rinvenne dallo stato di trance si sentì un po' intontita, anche se si rese conto subito che la Parola Bloccante l'aveva resa più forte mentalmente.

«Cos'hai visto?» chiese immediatamente Margot.

«Molte scene bellissime del mio Paese. Il castello di ghiaccio e i miei genitori che ridevano felici. Poi l'immagine è sparita e ho visto una grande stanza con un organo che suonava male. C'erano degli altri ragazzini e il dottor Naso Bendatov era molto arrabbiato» raccontò estasiata Suomi.

«È il Megasoffio!» la interruppe la Sapiens.

«Megasoffio» ripeté divertito Geno.

«È l'auditorium dell'Arx» rispose prontamente Anoki.

«Poi, cos'altro hai visto?» incalzò madame Crikken.

«Un falco. Un falco bellissimo dalle ali dorate. Volava nel cielo della Valle dei Pensieri» appena Suomi terminò di parlare, Geno guardò Margot.

«Il falco! Ecco, l'ho visto veramente!» esclamò il ragazzino.

«Già, lo so. Ho ricevuto la tua Paropalla» confermò l'anziana francese.

Lupo Rosso rimase in silenzio, pensò a questa strana coincidenza, anche perché nella sua cultura il falco aveva grande importanza. Strinse il talismano e pronunciò una breve preghiera Sioux. Madame era curiosa di capire come mai Suomi avesse visto lo stesso falco durante la prova della Parola Bloccante. Quel falco rappresentava certamente il futuro. Ma persino le altissime doti medianiche di madame Crikken non riuscivano a svelare il mistero dell'uccello dorato.

La stanza era ormai pregna di fumo rosso e l'anziana signora non perse tempo. Toccava ad Anoki Kerioki. Fiero e coraggioso accettò per il bene di Geno, tolse arco e frecce e si sedette di fronte a Margot. La procedura andò bene per alcuni minuti ma poi avvenne un fatto incredibile. Non si svegliava. Neppure l'erba Arborea Pervinca ci riuscì. Margot era esausta, grondava di sudore e la bacchetta non trasmetteva nulla di buono. La clessidra si ruppe di colpo e la polvere d'oro si sparse sui cuscini. Una forza oscura sprigionata dalla mente di Anoki aveva respinto la trasmissione mentale della Sapiens.

Geno e Suomi erano in preda all'agitazione; il corpo della ragazzina, nel suo buio perenne, cominciò a ondeggiare, come se ogni equilibrio fosse andato perduto, in attesa che la Saggia francese trovasse il modo di far tornare alla realtà l'amico indiano.

Madame Crikken, facendosi largo nel fumo rosso, aprì il dodicesimo cassetto e prese una tavoletta di marmo sottile. L'appoggiò sul petto di Anoki e sollevò le braccia verso l'alto. Le mani della Sapiens divennero trasparenti. Suomi non capiva cosa stesse succedendo ma trattenne la sua curiosità e non chiese nulla.

La tavoletta di marmo si sollevò di colpo dal corpo di Lupo Rosso e raggiunse le mani trasparenti di madame. La donna aprì la bocca ed emise un lieve sibilo, come un fischio soffocato. Poi scosse la testa:

«Nulla. Questo ragazzo è perso nel mondo della meditazione. La Parola Bloccante gli ha rapito la coscienza».

Il giovane Hastor Venti si avvicinò, afferrò la tavoletta e guardò Margot:

«A cosa serve? Possibile che non si possa fare nulla per farlo risvegliare?».

«Questa tavoletta assorbe le energie negative, si chiama Tavola Assorbente. Ma su Anoki non funziona» mentre Margot spiegava, dalle orecchie dell'indiano uscì del fumo. Un vapore di colore giallognolo che divorò il fumo rosso. Improvvisamente il corpo di Anoki si sollevò dal pavimento e salì come attratto dal soffitto.

«Levitazione!» esclamò esterrefatta la Sapiens.

Geno cercò di afferrare i pantaloni di Anoki per riportare giù l'amico ma madame Crikken lo fermò:

«Non toccarlo. È pericoloso».

Lupo Rosso se ne stava lì, in mezzo all'UffioServo, a una altezza di circa due metri dal pavimento. Il corpo era rigido e tutto intorno fluttuavano vapore e fumo giallo.

Suomi fece qualche passo in avanti e inciampò su un cuscino, Napoleon soffiò come una tigre e la ragazzina si fermò. Era spaventata e iniziò a piangere.

«*Silence!* Zitta. Anoki ha bisogno di silenzio. Dobbiamo solo aspettare che le energie mentali ritrovino l'equilibrio giusto» disse perentoria la Crikken, congiungendo le mani come per pregare. Geno si sentì smarrito:

«Ma... può morire?».

«*Oui.* Sì. Oppure può risvegliarsi tra giorni o addirittura anni» rispose con un filo di voce la Saggia.

«Lei, madame Crikken, non è così brava come credevo» affermò il giovane Hastor Venti.

«Non essere insolente! Ora uscite tutti e due. Se non vi trovano cominceranno a insospettirsi. Io resterò qui. Dovete fidarvi di me! È un ordine!» la voce della Sapiens era diventata diversa, non più dolce e soave ma stridula e acuta.

«E se non ci avete ancora pensato, ora tutti i Sapientes, gli Psiofi e gli Antei cercheranno Anoki. Questo sarà un grave problema. E Von Zantar sicuramente vorrà sapere dove è finito l'Anteo del Terzo Livello» aggiunse con tono preoccupato madame Crikken.

«E allora? Che facciamo?» chiesero i due ragazzini.

«Nulla. Se qualcuno cerca di entrare nella vostra mente usate la Parola Bloccante. Adesso andate. Quando uscirò spargerò molta Quercio-Sà, la polverina nera che cancella ogni traccia di passaggio» rispose la Saggia puntando gli occhi verso il corpo sospeso dell'indiano.

Che Margot fosse in difficoltà era evidente, ma né Geno né Suomi potevano cambiare le cose. Uscirono in fretta dall'UffioServo e velocemente raggiunsero le scale che portavano a pianoterra.

Erano passate da poco le sette di sera e un gruppo di Psiofi era appena uscito dalla prova di Fandonfia con Ranja Mohaddina. Due medium erano piuttosto contrariate, avevano detto bugie e le loro orecchie erano diventate come quelle degli elefanti.

La Sapiens araba, che non si curò affatto delle due medium, parlò con una certa eccitazione con Eulalia Strabikasios, la quale continuò a sbattere gli occhi.

«Ho mandato ben due Paropalle e tre messaggi telepatici ma Margot non risponde. Tra poco bisognerà servire la cena e da sola certo non ce la posso fare» disse Ranja.

«Anch'io ho mandato una Paropalla a madame Crikken. Devo parlare con lei ma non ho avuto risposta» rispose la Sapiens greca chiudendo prima l'occhio destro e poi il sinistro.

Suomi e Geno capirono al volo che presto sarebbero arrivati grossi guai se Margot non si fosse fatta vedere.

Agata Woicik si avvicinò con aria supponente a Suomi e con un calcio le fece cadere il bastone:

«Stai attenta a dove metti questo stecco bianco. La gente può inciampare!».

La ragazzina finlandese non rispose. Geno infilò la mano in tasca e toccando i Cerchi di Sophia fissò il bastone per terra e lo fece rialzare con il pensiero:

«Dicono che sono bravo in Telecinesi ed ecco qui la prova. Chi ha gli occhi può ben stare attento a ciò che vede».

Agata gli fece uno sberleffo e per tutta risposta fissò il bastone che roteò in mezzo alla stanza cadendo ai piedi di Naso Bendatov.

«Antei, ma che fate? Non siete nella Stanza Cerchiata dove potete giocare!» affermò corrugando la fronte il vecchio medico.

Bob Lippman e Yudi Oda raggiunsero Agata e insieme se ne andarono nelle loro stanze ridacchiando.

«Tieni. Abbi cura del tuo bastone» disse il medico riconsegnando l'oggetto a Suomi.

«Grazie, di solito sto attenta» rispose impacciata la giovane Antea.

Dal fondo del corridoio si sentì abbaiare, era Oscar. Il cagnolino, seguito a fatica da Ottone e Ofelia, andò dritto da Geno e con la lingua di fuori attese le coccole. Il giovane Hastor Venti sapeva bene che non lo poteva fare. Infatti dopo un secondo girò l'angolo la perfida miss O'Connor.

«Doctor Bendatov, ma dov'è finita madame Crikken?» chiese piuttosto seccata la Sapiens irlandese.

«Non ne ho la più pallida idea. Ho terminato da poco le prove di Salutria e sinceramente non ho visto Margot» rispose calmo il medico dell'Arx.

Geno trascinò Suomi verso le camere e il cucciolo zampettò dietro loro.

«Oscar vieni qui!» ordinò miss O'Connor.

Ma il cane abbaiò e correndo goffamente raggiunse i piedi del ragazzo. A quel punto Ofelia allungò il passo e con gli occhi che esprimevano solo sopportazione per l'irruenza del suo cucciolo, guardò Geno, che sorrideva divertito. I tre cani, scodinzolando con calma, si avviarono verso l'uscita seguendo l'ondulante vestito dell'irlandese.

Alle 21 in punto il Fischiosugo suonò.

Geno attese paziente che arrivasse la cena e a servirla fu Ranja. Bussò alla porta della camera 5 e quando Geno aprì vide che aveva molta fretta:

«Questa sera non l'aiuta madame?» chiese curioso Geno per avere notizie fresche.

«Sì, sì è arrivata da pochi minuti. Margot sta portando la cena agli Psiofi» rispose Ranja richiudendo la porta.

Il giovane Hastor Venti si tranquillizzò un pochino, pensò che sicuramente la Crikken aveva risolto anche il problema di Anoki.

Ma non era così.

Dopo aver divorato i succulenti ed energetici piatti di Cucina Metafisica in un baleno, per la gran fame, il ragazzo non vedeva l'ora di dormire. La giornata era stata veramente pesante! Crollò sul letto e si addormentò come un sasso, pensando a Lupo Rosso, a René, ai suoi genitori e al misterioso falco.

La mattina successiva, la notizia della scomparsa di Anoki aveva fatto già il giro dell'Arx.

Von Zantar era su tutte le furie, il Regolamento (RI-AM.6a) parlava chiaro: "Nessun Anteo può andarsene (dall'Arx) prima della fine dell'Intercanto".

Ma il Pendolo Secco non aveva assolutamente registrato l'uscita di Anoki e nella sua camera, la numero 2, tutto era in ordine: la Tuta Stagna per nuotare con i Subcandi era appesa, così come la sella e le briglie per cavalcare gli Ippovoli. Il pellerossa sembrava svanito nel nulla.

Se il Pendolo Secco non aveva segnato l'orario d'uscita significava che l'Anteo del Terzo Livello doveva assolutamente trovarsi all'interno dell'antica rocca. Dove, però, nessuno lo sapeva.

Non era mai scomparso nessuno dall'Arx, e questo fece estendere l'allarme non solo agli Psiofi presenti, ma anche a quelli che cominciavano a giungere da lontano.

Gli esperimenti e le prove di Magipsia continuarono perché non si poteva interrompere lo svolgimento delle attività mentali, ma l'aria che si respirava era pregna di tensione e preoccupazione.

Su ordine di Von Zantar fu indetta una riunione dei Sette Saggi, nella Stanza della Visione. In quel vertice, le loro capacità magipsichiche unite avrebbero dovuto portare al ritrovamento di Anoki.

In realtà, d'accordo con miss O'Connor, il Summus Sapiens voleva incastrare madame Crikken dimostrando che aveva fatto sparire il pellerossa per creare confusione all'Arx. Una volta messa sotto accusa, la Sapiens non avrebbe più potuto aiutare Geno a cercare Corinna e Pier Hastor Venti, lasciandolo preda e vittima dei folli esperimenti sugli effetti del ClonaFort.

Attuare questa strategia sarebbe stato complesso perché Von Zantar e miss O'Connor non sapevano se potevano contare davvero sull'appoggio di altri Saggi e per questo il Summus aveva attivato Scantoppie e Timpatubi, senza captare tra gli ospiti dell'Arx nulla d'interessante.

L'unica scoperta, attraverso le prima tecnica di Telempia

della Sapiens irlandese, fu che Anoki era entrato nella Stanza Cerchiata assieme a Geno.

La situazione era intricata e mille dettagli, mille particolari e mille parole di troppo rischiavano di distruggere ogni rapporto all'interno della comunità della *Vallée des Pensées.*

La riunione rappresentava dunque un appuntamento importante. Von Zantar e la fidatissima Butterfly dovevano accusare l'anziana francese in modo plateale e convincente.

Il profumo d'incenso era fortissimo, oltre duecento candele erano accese e illuminavano l'inquietante Stanza della Visione.

Von Zantar, in piedi davanti al braciere, e passandosi le mani tra i capelli bianchi e neri, chiese ai Saggi di concentrarsi e di unire le energie mentali per individuare il luogo dove si trovava Anoki Kerioki.

Tutti chiusero gli occhi e iniziarono a respirare profondamente emettendo un suono profondo e prolungato. Dopo alcuni secondi i Saggi entrarono in trance medianica. I piedi di Nabir Kambil si alzarono dal pavimento, e l'uomo si levò come un fuso raggiungendo l'altezza di un metro. Il suo corpo si girò lentamente prendendo una posizione orizzontale: testa rivolta alla parete, piedi verso il centro della stanza. Dopo di lui toccò a Ranja Mohaddina, Naso Bendatov, Eulalia Strabikasios, Pilo Magic Brocca e miss Butterfly. Prima di effettuare la sua levitazione, madame Margot Crikken attivò la Parola Bloccante, entrò in meditazione e raggiunse i colleghi che se ne stavano sospesi al centro della stanza. L'ultimo a salire fu Yatto Von Zantar.

Il contatto medianico e fisico tra i sette Sapientes avvenne mediante i piedi. Anelli trasparenti di energia fluida legavano come in una catena i loro piedi. Immersi nella meditazione, gli esperti dell'Arx se ne stavano fermi nell'aria con le braccia lungo il corpo e le gambe leggermente divaricate formando un cerchio. Solo le punte dei piedi toccavano il collega vicino scatenando energia fluida.

Yatto, con gli occhi rovesciati all'indietro, parlò lentamente:

«Energie e pensieri circolino liberi. Ogni traccia e segno sarà individuato per trovare l'Anteo Anoki Kerioki».

Una leggera brezza sfiorò i volti e gli abiti dei Saggi ma una tensione sprigionata improvvisamente da Von Zantar spezzò la catena medianica. Il Summus riscese velocemente e rimanendo in piedi urlò:

«Madame Crikken, dica la verità: ha fatto sparire Anoki Kerioki per creare scompiglio e prendere il mio posto! Lo ammetta!».

Ranja Mohaddina perse l'equilibrio e cadde poco distante dal braciere. Osservò sbigottita la massima esperta di Cucina Metafisica che se ne stava ancora sospesa per aria.

Miss O'Connor e Magic Brocca si scambiarono un'occhiata d'intesa e raggiunsero rapidamente Von Zantar. Il Cerimoniere, anche se non conosceva il piano diabolico, capì che doveva stare al gioco. Naso Bendatov e Nabir Kambil agitarono spaventati le braccia e finirono sul pavimento come sassi. Solo Eulalia Strabikasios emise un lungo e sorpreso: "Ohhhhhhh" e scese lentamente strabuzzando gli occhi.

Margot voleggiò a destra e a sinistra, poi, con un rapido gesto allargò le mani e arrivò sopra una sedia. Tenendosi il cappellino d'argento con fili di rame guardò severamente Von Zantar e rispose seccamente:

«Non le permetto queste insinuazioni! Non ci sono prove».

I Saggi osservarono allibiti l'anziana francese e cercarono di intuire cosa mai avesse scoperto in quel breve tratto di meditazione il Summus. Von Zantar alzò le braccia verso l'alto e le sue mani iniziarono a tremare sempre di più.

L'energia sprigionata scatenò un lampo che colpì in pieno petto l'anziana francese facendola barcollare.

Madame puntò gli occhi sul braciere e usando perfettamente la tecnica di Telecinesi sollevò una manciata di cenere ardente e la scagliò contro il perfido Summus tedesco che si scostò velocemente evitando di essere bruciato.

Nabir Kambil incrociò le mani e socchiudendo gli occhi disse:

«Calma. Riportiamo le energie dentro di noi. Dobbiamo capire».

«Non c'è nulla da capire. È tutto molto chiaro» aggiunse miss O'Connor avanzando di qualche passo verso Margot. «È lei che vuol distruggere l'Arx Mentis. Lei voleva il posto di Yatto Von Zantar perché era l'allieva prediletta di Riccardo Del Pigio Ferro. Per questo ha fatto sparire Anoki. La sua è una strategia. Ha trasgredito le regole: RI-AM.2 e RI-AM.4. Dev'essere espulsa a vita!».

Naso Bendatov girò gli occhi verso il braciere e piegando leggermente la testa verso destra ordinò al fuoco di spegnersi:

«*Njèt, njèt.* No, vi prego, non è questo il modo di procedere» disse seccato.

Von Zantar aprì la bocca mostrando i suoi orribili denti d'oro:

«Madame Crikken, io so vedere il futuro meglio di chiunque altro. Ho poteri enormi e lo sa bene. Ho capito tutto. È tempo che lei venga esclusa dall'Arx!».

«Non me ne andrò mai da qui. Deve uccidermi per eliminarmi» rispose portando le mani verso il cuore.

«Ora basta, state esagerando» gridò Ranja Mohaddina che abbracciò in segno di difesa Margot.

«Quali prove ha per accusare la Sapiens francese? Io non ho avuto questa impressione e certamente i miei poteri non sono pochi. O c'è qualcosa che ci nasconde?» il discorso, breve ma incisivo di Nabir Kambil prese in contropiede il Summus.

«La mia mente ha visto il suo tradimento. E non mi sbaglio» aggiunse Von Zantar.

«Sì, anch'io ho sentito energia falsa e negativa provenire dal corpo di madame Crikken» disse subito dopo miss O'Connor sorridendo come una serpe.

I Saggi, uno dopo l'altro, cercarono di entrare nella mente di madame Crikken per vedere se stava dicendo la verità ma ogni tentativo fu violentemente respinto dalla Parola Bloccante.

«Non osate entrare nei miei pensieri. Non ve lo permetto! Sono la più anziana qui dentro e merito rispetto!» rispose prontamente la donna facendo sollevare tutti i cuscini e riaccendendo il braciere.

Nabir Kambil parlò ancora una volta:

«Per espellere uno di noi dall'Arx ci vuole certezza di colpa. Sapete bene che l'espulsione equivale a vivere nel mondo senza più alcun potere magipsichico. Una tragedia per chi è un Sapiens».

Anche Naso Bendatov annuì, e dopo di lui fecero di sì con la testa Ranja ed Eulalia che aumentò la velocità dello sbattimento degli occhi per il nervoso.

«Avete ragione, – precisò Von Zantar che non voleva certo inimicarsi i Saggi – allora propongo che oguno di noi esegua liberamente le ricerche per trovare Anoki e indaghi con esercizi e meditazioni se Margot è innocente o colpevole. Attendo una vostra risposta tra una settimana».

Tutti chinarono il capo in segno di accordo. Solo l'anziana francese rimase a testa alta:

«Benissimo. Sono a vostra completa disposizione» e così dicendo si avviò verso il piccolo ponte levatoio, ma improvvisamente si udì uno strano fruscio.

Come una scia luminosa i Sapientes videro un battito d'ali attraversare la stanza: era il falco. Bellissimo e dorato, aprì il becco ed emise un grido stridulo e alla fine si posò sulla spalla sinistra di Von Zantar.

La sorpresa fu grande per tutti i presenti ma madame Crikken si sentì il cuore in gola e sussurrò:

«Il falco... allora è vero...».

Con aria soddisfatta il Summus Sapiens fece salire il falco sulla sua mano e lo mostrò a tutti:

«Vi presento Roi, il Re dorato. È il mio falco, un bellissimo esemplare di Gerfalke, Girifalco. È da tempo che lo addestro».

L'uccello allargò le ali mostrandosi in tutta la sua bellezza. I Saggi applaudirono, mai avevano visto un falco con le ali color oro.

Madame Crikken si sentì mancare e ripetè più volte:

«*Faucon, faucon*, è certamente una creatura nata dai suoi folli esperimenti».

Con fatica attraversò il ponte levatoio, ma prima di oltrepassarlo si rigirò ad ammirare quell'uccello così straordinario e si accorse che sulla zampa sinistra aveva un anello identico a quello di Von Zantar. Chinò la testa e si avviò pensierosa verso la sua stanza per riposare. Margot capì che il falco rappresentava qualcosa d'importante e non solo per il futuro di Geno.

Mentre l'anziana francese se ne andava a passo lento, Von Zantar si sedette sulla sua poltrona di velluto rosso e tenendo in bellavista il falco si rivolse ai Sapientes:

«Madame Crikken è un pericolo per tutti noi. Non segue più le regole. Ora andate, impegnatevi nelle ricerche di Anoki e fatevi aiutare anche dagli Psiofi e dai ragazzini. Ma diffidate di Geno Hastor Venti, è un Anteo con poteri straordinari e credo abbiate già saputo tutti quello che ha fatto durante le prove con miss O'Connor. A lui ci penserò io. Per quanto riguarda l'anziana francese conoscete bene a quali complessi esercizi mentali la dovrete sottoporre. Io mio fido ciecamente di voi».

Butterfly guardò con ammirazione il Summus e si sfregò le mani:

«Perfetto! E complimenti per il magnifico Girifalco».

Magic Brocca accarezzò il medaglione che aveva al petto e sogghignò. Gli altri rimasero dubbiosi. Nabir Kambil si avvicinò a Von Zantar e con voce calmissima disse:

«Mi aspettavo che a questa riunione partecipasse anche René. Sappiamo benissimo che è un ragazzo di eccezionale capacità mentali. Come mai non ci aiuta nelle ricerche per trovare Anoki?».

Miss O'Connor diventò improvvisamente paonazza e iniziò a tossire dal nervoso, tant'è che il Cerimoniere le versò subito un bicchiere d'acqua fresca.

«René? No, lui è in meditazione nella mia stanza e credo ci rimarrà a lungo. Non preoccupatevi per lui» rispose con sicurezza il Summus Sapiens camuffando perfettamente l'imbarazzo.

Solo Ranja Mohaddina, esperta come la Crikken di Fandonfia, corrugò la fronte ascoltando le parole del tedesco. Le vibrazioni che si erano create nell'aria non sembravano regolari: il Summus stava mentendo? Ranja non disse nulla per non creare ulteriore confusione e decise di indagare con tatto e discrezione.

«Allora posso stare tranquillo anche per i Subcandi. Di solito René fa lunghissime nuotate subacquee e quando torna il povero cigno è esausto e per due giorni non è possibile utilizzarlo» disse con tono ironico Naso Bendatov che voleva sciogliere la tensione.

Yatto Von Zantar lo rassicurò e alzandosi dalla poltrona

fece volare intorno alla stanza il falco che andò ad appoggirasi sopra il lungo bastone che reggeva il tendone di velluto nero.

I Saggi se ne andarono uno a uno e l'espressione sui loro volti esprimeva stupore e perplessità. Con Von Zantar rimase soltanto Pilo Magic Brocca.

«Caro Cerimoniere, si ricordi di aggiustare velocemente gli Spiccafili, voglio che tutto funzioni alla perfezione. Anche se manca Anoki, il giovane Bob Lippman deve pur affrontare il Contra Unico» ordinò il Summus.

«Certo, lo farò. Inoltre dirò a miss O'Connor di controllare gli spifferi alle finestre. Tutto girerà come un orologio» rispose Pilo avviandosi verso il ponte levatoio.

Von Zantar tirò la leva, alzò il ponte per non essere più disturbato e rimase a guardare il braciere infuocato. Il falco, dall'alto, fissava il suo padrone senza muovere un'ala.

CAPITOLO NONO

La fuga di Madame Grikken

All'Arx tutto era in fermento. Il Pendolo Secco continuava a segnalare l'entrata e l'uscita di Psiofi. La notizia della scomparsa di Anoki Kerioki aveva sconvolto la tranquilla e meticolosa vita meditativa ma, dopo che si fu diffusa la voce che era tutta colpa dell'anziana Saggia francese, gli avvenimenti si complicarono ulteriormente. Moltissimi alchimisti, medium, sciamani e stregoni non potevano assolutamente credere che la donna avesse fatto sparire Lupo Rosso solo per creare scompiglio e prendere il posto di Von Zantar.

Una parte degli Psiofi era rimasta col dubbio, anche perché seguiva ossequiosamente i dettami del Summus tedesco. Le nuove tecniche sullo studio di fantasmi ed ectoplasmi che Von Zantar aveva introdotto da alcuni anni interessavano talmente tanto alcuni studiosi di materie magipsichiche che mai avrebbero messo in discussione i poteri del loro grande maestro.

Anche se la tensione era altissima i Sapientes continuarono a svolgere nelle loro stanze le prove e gli esperimenti come da programma, seppur con qualche difficoltà di concentrazione.

Bob Lippman, l'antipatico americano del Terzo Livello se ne stava seduto comodamente nella Stanza Cerchiata e giocherellava con una barretta di metallo facendola roteare davanti a lui solo con soffi d'aria.

«Sarai contento che al Contra Unico non avrai rivali. Anoki

non è più un problema» disse sogghignando la cattivissima Agata Woicik.

«Sì, sono soddisfatto. Però non ho paura del Contra Unico. Supererò alla grande la prova con lo Spiccafilo» rispose Bob tirando su le spalle.

«E della vecchia cosa pensate?» domandò Yudi Oda sedendosi accanto ad Agata.

«Colpevole! È stata lei a far sparire Lupo Rosso!» dissero in coro gli altri due girando il pollice destro verso il basso in segno di condanna.

«Già, e se la vecchia sarà cacciata, allora anche quello scemo di italiano non potrà più fare il gradasso. Secondo me è madame Crikken ad avergli insegnato tecniche raffinate per potenziare la mente» continuò l'Anteo giapponese.

«Perché dici questo?» chiese sospettosa la ragazzina polacca.

«Quando il primo giorno siamo arrivati all'Arx non sapeva proprio nulla, sembrava uscito dall'uovo di Pasqua» spiegò Yudi Oda facendo ridere gli altri due.

In quel momento nella Stanza Cerchiata entrò Suomi Liekko, che avanzò con decisione aiutandosi con il solito bastone bianco:

«C'è qualcuno? Sento più di un respiro» disse dopo qualche passo.

«Fantasmi e mostri che aspettano solo di mangiare fresca carne finlandese» rispose velenosa Agata.

«Ah, sei tu... e a questo punto immagino ci siano anche i tuoi due simpatici amici» esclamò Suomi fermandosi vicino alla fontana.

«Manca il tuo geniale amico. Ne starà combinando una delle sue» disse Bob Lippman pulendosi l'orecchio sinistro con un dito.

«Ma noooooooo! Hastor Venti sarà sulle tracce di Anoki

e lo troverà. Geno è come un cane da caccia. Vero Suomi?» aggiunse Yudi Oda accarezzandosi il mento.

La ragazzina finlandese si sentì a disagio e tra sé pronunciò "Cum Imperio Esse" attivando la Parola Bloccante. Temeva che i tre Antei potessero leggere i suoi pensieri e scoprire la verità su Lupo Rosso.

Agata si accorse che l'energia corporea della finlandese era aumentata e, rivolta agli amici, fece cenno di stare zitti.

Suomi si sentì circondata e iniziò ad avere paura. Dietro di lei arrivò veloce una Paropalla che proseguì fermandosi davanti a Bob. L'americano sfilò il foglio e lesse velocemente, rigettò la Paropalla indietro e se ne andò senza salutare nessuno. Sulla porta incrociò Geno e gli diede una spallata.

«Suomi, vieni con me» disse Hastor Venti prendendo sotto braccio la ragazzina.

«Bella coppietta vero? Lui scemo e lei cieca» disse ad alta voce Agata.

Geno sentì il sangue ribollire e il solito ronzio dentro le orecchie e, senza girarsi, riuscì a bloccare l'acqua della fontana che rimase come congelata. Yudi Oda tentò di sollevare con lo sguardo penne e pennarelli che erano sul tavolo per proiettarli verso Geno come tante pallottole ma Suomi, che aveva percepito ogni azione, alzò la mano sinistra aprendo al massimo le dita e fermando in tal modo all'istante l'azione del giapponese.

Agata rimase a bocca spalancata. Respirando profondamente, cercò di entrare nella mente di Hastor Venti, ma immeditamente fu stordita da un secco rifiuto energetico.

L'acqua della fontana riprese a muoversi e, come una massa di gelatina, cadde sulla testa della ragazzina polacca che cacciò un urlo.

«Bene Suomi, qui non c'è più bisogno di noi, possiamo andare» concluse soddisfatto l'Anteo italiano.

Yudi cercò di asciugare l'amica, che già stava giurando vendetta.

La Batacchia Tremula suonò quindici rintocchi. Agata, ancora completamente bagnata, si avviò a passo veloce verso l'Aula dell'Ipnosi, da Eulalia Strabikasios, per seguire le prove di Retrocognizione, materia assai importante che permetteva di affinare la capacità di rivedere il passato collegandosi con la memoria universale. Yudi, che come Geno e Suomi era del Primo Livello, non la poteva ancora studiare e quindi rimase seduto sul bordo della fontana.

«Dove andiamo?» chiese Suomi all'amico Geno.

«A Controfisca, nell'Aula Sublime Cibaria. Spero ci sia madame Crikken» rispose il ragazzo.

Quando arrivarono, videro che il gruppo di Psiofi stava tranquillamente parlando con Ranja Mohaddina. L'argomento era il solito: le accuse a Margot.

La Saggia araba però non diede molte spiegazioni e diede inizio alla prova.

«Assaggiate i vari cibi e le bevande che ho preparato sul tavolo tondo. Appena qualcuno sentirà prudere la pelle o gli si gonfieranno le orecchie o manifesterà altre allergie interverrò prontamente con l'antidoto. La Controfisica è una materia molto utile». Poi si sedette sopra uno scranno di legno e attese.

Alcuni Psiofi presero dei panini al Salame di Diogene e Noccioline Intellettuali, Suomi assaggiò una cucchiata di Crema Socratica e nel giro di due secondi sentì la lingua diventare come il fuoco. Ranja le fece bere Acqua Greca e spiegò alla ragazzina che al momento era allergica a tale alimento perché il suo stato d'animo voleva trovare risposte a tutto:

«Mia cara Suomi Liekko, non è possibile sapere l'origine di tutte le cose. Rilassati e attendi che un nuovo ciclo di esperienze ti facciano maturare. È nella ricerca che si nasconde la verità. Prima dell'Intercanto non potrai più mangiare Crema Socratica. Ti consiglio di riprovarci tra un mese».

La spiegazione sbalordì Geno, che stava trangugiando tranquillamente una stranissima bevanda color verde scuro. Sembrava menta ma si trattava di Aporia Parmenidea. Il ragazzo sentì lo stomaco rovesciarsi e vide la pancia gonfiarsi come un pallone.

«Ma... cosa mi sta accadendo?» urlò agitato.

Ranja rise appoggiando le sue mani sul ventre di Geno sprigionò un calore potente che lo sgonfiò.

«Sei proprio confuso. Pensi di aver capito l'essenza fondamentale di tutte le cose ma nello stesso tempo perdi di vista la loro trasformazione».

«In che senso? Mi spieghi meglio per favore» chiese il giovane Anteo, colpito al cuore dalla spiegazione. Tutti gli Psiofi si misero ad ascoltare.

Ranja accarezzò i riccioli di Geno e parlò:

«Di solito dell'Aporia Parmenidea se ne occupa Margot ma posso dirti che se quest'acqua verde ti fa gonfiare lo stomaco significa che dentro di te c'è una grande certezza che non riesce a trovare la strada. Non vedi le trasformazioni delle cose e dunque non puoi trovare ciò che cerchi».

Geno rimase con lo sguardo fisso pensando a quelle parole.

«La Controfisica serve a capire attraverso cibi e bevande metafisiche ciò che disturba il nostro equilibrio mentale. Sono certa che supererai i tuoi problemi».

Ranja si alzò e andò a preparare altri manicaretti, mentre gli Psiofi commentarono la breve ma saggia lezione.

Suomi agitò il bastone e Geno lo afferrò:

«Tu hai capito?».

«Forse, ma ci devo riflettere» rispose, accarezzandosi i capelli.

E se la questione era quella di comprendere le trasformazioni delle cose per arrivare alla soluzione dei problemi, quando bussarono alla porta dell'aula tutto diventò immediatamente ancora più confuso e pauroso.

Ranja aprì velocemente e si trovò di fronte a due Paropalle. Una era per lei e l'altra continuò la sua corsa verso il giovane Hastor Venti.

Appena la Sapiens araba lesse il messaggio ebbe un mancamento e riuscì a dire solo "È fuggita!" poi si sedette per terra stringendo il foglio.

Geno stava per leggere il suo quando entrò trafelato Naso Bendatov che sternutì tre volte di seguito e poi disse:

«Ha usato la Bilocazione Traversa senza il permesso di Von Zantar! È impazzita!".

Gli Psiofi si guardarono sbigottiti e capirono al volo che si trattava di madame Crikken.

Hastor Venti lesse velocemente il messaggio:

Non ti ho abbandonato. Nel tuo alloggio troverai
tè R.S. e due chili di biscotti P.N.
Leggi il Regolamento e difendi i tuoi pensieri.
Stai vicino a Suomi e non avere mai paura.
Madame Crikken

Geno prese Suomi per mano e la trascinò fuori dall'aula.

La ragazzina puntò i piedi:

«Fermati, dove vuoi andare?».

«Dobbiamo leggere attentamente il Regolamento e capire cos'è la Bilocazione Traversa. Madame è fuggita» rispose nervosamente l'Anteo italiano.

Nel Salotto dei Fenicotteri c'era un gran trambusto, Pilo Magic Brocca aveva le occhiaie ancor più scure del solito e parlava con due Psiofe che indossavano lunghi abiti da streghe. Decine di Paropalle roteavano in continuazione passando come sfere impazzite da una stanza all'altra e il suono dei carillon pareva un concerto. Quattro Psiofi sciamani correvano verso le Staffore Inverse mentre Agata e Bob scendevano la scala sinistra assieme a Eulalia Strabikasios che aveva interrotto la prova di Retrocognizione. La Sapiens greca era estremamente nervosa, il tic le aveva preso entrambi gli occhi: chiudeva prima uno e poi l'altro senza riuscire a controllare i movimenti.

Quando Geno e Suomi furono nella camera 5 si sedettero sul letto e rimasero un paio di minuti in silenzio. Erano spaventati. Senza madame si sentivano persi. Soprattutto Geno che non voleva più proseguire l'esperienza all'Arx. Desiderava tornarsene a Campana di Sotto.

Immaginò lo zio Flebo, con i suoi occhialini sul naso che lo attendeva in cucina. Ricordò con tenerezza il faccione di Nicosia e perfino i volti ridenti delle antipatiche ragazzine di via del Dolce Rosmarino. Il ragazzo chiuse gli occhi e pensò che nel suo paesino tutti stavano brindando per Capodanno e la Befana mentre lì, nella Valle dei Pensieri, non c'era un alberello addobbato e neppure una fetta di panettone. No, l'Arx non era casa sua! Era molto meglio stare nella villetta di Flebo Molecola con le travi marce e i rubinetti del bagno gocciolanti.

Mise le mani in tasca e tirò fuori le foto dei genitori: il cuore gli si spezzò. Trovarli era un'impresa impossibile e i rischi di rimetterci la pelle aumentavano di giorno in giorno. E adesso, senza la Sapiens francese, chi avrebbe risolto il problema di Anoki? Sospeso nell'UffioServo non aveva dato alcun segno di ripresa. E René si sarebbe fatto vedere? L'avrebbe aiutato ancora sfidando Yatto?

«Tutti coloro che cercano di aiutarmi o rischiano la morte o spariscono. Capisci?» esclamò di colpo Geno.

«Già, me ne sto rendendo conto. Ma io non ti lascerò da solo» rispose Suomi con un filo di voce. La ragazzina appoggiò le mani sulle foto per tentare di comprendere le emozioni che esprimevano e con aria sorpresa disse:

«Queste immagini sprigionano molta gioia, quando tua madre e tuo padre le scattarono dovevano essere davvero molto felici».

«Immagino di sì. Io non ricordo nulla, ero piccolissimo» aggiunse Geno.

«È per caso questa la foto dove ci sei anche tu?» chiese Suomi toccando quella spezzata.

«No, qui c'è solo mio padre. La foto è rotta e non so come mai» spiegò il ragazzo.

«Strano, ero convinta di sentire la presenza anche di un bambino, in questa foto» disse l'Antea finlandese diventando seria.

«No, no! Le tue sensazioni sono sbagliate, io sono in quest'altra foto, quella con mia madre» precisò Hastor Venti.

Suomi non riuscì a ridere, la foto spezzata le aveva trasmesso qualcosa di strano, ma non volle spiegare nulla di più. Abbracciò l'amico che, imbarazzato, si alzò dal letto e schiarendo la voce iniziò a sfogliare il Regolamento. Arrivato alla RI-AM.5 lesse le regole 5e, 5f e 5g dedicate alla Bilocazione Chiusa e alla Bilocazione Traversa ad alta voce.

"5e - Le tecniche di Bilocazione Chiusa e Bilocazione Traversa si effettuano solo nella Loggia Psiche.

5f - Bilocazione Chiusa - Presenza simultanea in due luoghi diversi. Questa tecnica non si può usare all'interno dell'Arx ma solo nel mondo esterno e in casi eccezionali. (...) È necessaria l'attivazione della Ruota Conica mediante un'alta concentrazione medianica. Il permesso di usare la Bilocazione Chiusa è concesso dal Summus solo ai Sapientes e a Psiofi selezionati. Gli Antei possono vedere le prove solo su richiesta.

5g - Bilocazione Traversa - Presenza di un Sapiens nel mondo esterno e sua integrazione. L' abbandono a tempo indeterminato dell'Arx Mentis è concesso solo per effettuare mansioni speciali tra la gente. È necessario entrare nella O' Grande e stendersi rimanendo in equilibrio tra i Tre Giganti, le pietre piatte ricche di energia che formano un triangolo magico. Il permesso di usare la Bilocazione Traversa è raro e viene concesso in casi eccezionali dal Summus Sapiens solo ai Sapientes. I Saggi che trasgrediscono questa regola non possono più rientrare all'Arx per il resto della loro vita".

«Incredibile! Chissà cos'è l'O' Grande e come sono fatte le pietre piatte» esclamò Geno.

«Veramente impressionante. Non credo diventerò mai una Sapiens, questa tecnica è davvero difficilissima» disse Suomi.

«Ma come avrà fatto madame a fuggire usando la Bilocazione Traversa senza il permesso di Von Zantar? Ricordo che Margot mi disse che era venuta a prendermi a Campana di Sotto usando questa tecnica magipsichica sotto la guida di Yatto» il discorso di Geno non chiarì per nulla le idee alla ragazzina.

«Nella Loggia Psiche c'è una parte dedicata solo alla Materializzazione e un'altra alla Bilocazione, però noi non ci siamo mai andati. Possiamo partecipare solo se lo chiediamo a Von Zantar, la RI-AM.5f lo spiega bene» affermò Suomi.

«E non mi sembra proprio il momento di chiederlo» aggiunse Geno bevendo una tazza di tè alla Rosa Severina.

I due Antei sapevano bene che la loro conversazione non poteva andare oltre, certamente i Timpatubi erano attivi.

Di colpo Geno esclamò:

«Napoleon!».

«Già, il gatto di madame! Che fine avrà fatto?» si preoccupò immeditamente Suomi.

«L'avrà portato via. Non sarebbe mai partita lasciandolo qui da solo. Certo che la sua fuga è molto strana» disse Hastor Venti.

E come Margot fosse entrata di nascosto nella Loggia Psiche e avesse messo in pratica la Bilocazione Traversa, non lo capì nemmeno Von Zantar. Poteva avere abbassato il ponte levatoio semplicemente usando la Telecinesi, ma come era riuscita ad attivare i Tre Giganti, le tre pietre piatte poste all'interno della costruzione chiamata O' Grande?

Le tre enormi pietre, che formavano il triangolo magico, sprigionavano un'energia potente e solo chi era in grado di modulare e controllare questa forza poteva trasferire il corpo altrove e andarsene dall'Arx senza lasciare traccia.

Che la Crikken avesse questa capacità non lo sapeva nemmeno Von Zantar, che era su tutte le furie. L'ultima volta che il Summus aveva attivato con i propri poteri l'uso della Bilocazione Traversa risaliva a circa due mesi prima, quando aveva chiesto alla Crikken di andare a Campana di Sotto per portare Geno all'Arx.

Durante il trasferimento aveva visto chiaramente che madame aveva una spiccata capacità di modificare il corpo in pura energia, ma mai avrebbe immaginato che un giorno sarebbe stata in grado di usare da sola questa tecnica molto difficile.

I Tre Giganti erano ancora caldi e flash di luce rossa vagavano all'interno della O' Grande, la strana costruzione di metallo a forma di uovo. Madame Crikken se n'era andata così, sbeffeggiando il Regolamento. Era fuggita lasciando tutti con dubbi e sospetti.

«Maledetta vecchia pazza» ripeteva in continuazione il Summus Sapiens toccandosi l'anello d'oro.

Nessuno, dal 1555, era fuggito usando la Bilocazione Traversa!

Von Zantar si sedette al centro del triangolo formato dalle tre grandi pietre piatte e iniziò a dondolare la testa a destra e a sinistra respirando in modo sempre più lento. I flash di luce vagavano come scie impazzite all'interno della O' Grande. Il Summus Sapiens stava usando la prima tecnica della Telempia per scoprire come la francese fosse riuscita a trasferirsi anche senza il suo permesso.

La scena si materializzò come in un film muto: madame Crikken era avvolta da una luce fluida che trapassava braccia e gambe. Apparvero i Tre Giganti, rossi come il fuoco e l'intera costruzione metallica diventò luminosissima e assorbì pezzo per pezzo il corpo dell'anziana Sapiens. L'ultima immagine mostrava l'anziana francese alla guida della sua auto d'epoca.

La fronte di Von Zantar grondava di sudore e, spossato dall'immane sforzo medianico, si accasciò riprendendo lentamente i sensi.

Quando si fu rialzato, camminò curvo fuori dalla O' Grande e barcollando se ne andò dalla Loggia Psiche verso il ponte levatoio. In quel momento arrivò miss O'Connor.

«Yatto... stai male?» chiese con la solita confidenza l'irlandese.

«Non tornerà mai più. È riuscita ad andarsene e non so ancora se questo è un bene o un male» rispose a fatica il Summus tedesco.

«Forse ci siamo liberati di lei definitivamente. D'altra parte noi la volevamo cacciare! Ora possiamo procedere con gli esperimenti. Geno è tutto per noi. Non ha più nessuno che lo protegge, ora» spiegò Butterfly chinandosi verso Yatto.

«Infatti. Ma Anoki che fine ha fatto? Non possiamo certo dire a tutti coloro che frequentano l'Arx che ci siamo persi un Anteo» disse Von Zantar mordendosi le labbra.

«*It's true*. È vero. Oltrettutto sarà difficile comunicare alla famiglia di Anoki la notizia della scomparsa» precisò miss O'Connor.

«Orso Quieto non ci crederà e con lui non si scherza. Userò la Sfericonda!» aggiunse serio il Summus tedesco.

La Governante, spaventata, mise una mano all'altezza del cuore: «Stai attento... lo sai è pericolosa».

In quel momento sopraggiunse il Cerimoniere italiano e Yatto cercò di ricomporsi per non mostrare la sua reale agitazione.

«La situazione peggiora, – disse Pilo Magic Brocca toccandosi il solito medaglione che gli pendeva sul petto, – dovete venire a parlare con gli Psiofi. C'è grande confusione e nelle varie aule le prove di Magipsia non possono continuare».

«Manderò a tutti messaggi telepatici e Paropalle. Mi ritiro in meditazione per un paio di giorni. Devo riflettere» disse Von Zantar, avviandosi verso la sua camera.

Un oscuro silenzio avvolse il terzo piano, mentre una calma inquietante vagava tra stanze e aule annunciando altri gravi eventi.

Il falco dalle ali d'oro planò leggero e si posò sul piccolo ponte levatoio. I suoi occhi, grandi e gialli, fissarono la Governante e il Cerimoniere, che ricambiarono lo sguardo spaventati. Aveva le piume del collo sollevate e il becco aperto. Pilo indietreggiò e Butterfly abbassò la testa.

Nulla appariva più controllabile all'Arx. Nemmeno il volo del magnifico Girifalco.

Furono necessari moltissimi messaggi telepatici di Von Zantar per tranquillizzare gli Psiofi e decine di Paropalle con frasi inneggianti alla calma contribuirono a rasserenare un po' il clima, anche se molti medium e sensitivi non riuscirono comunque a completare gli esperimenti in corso. Il Summus tedesco, prima di usare la Sfericonda, provò e riprovò a captare attraverso la forza del pensiero dove fosse andata Margot, ma i segnali erano contraddittori.

Alcune scie luminose la davano in India, altre in Cina, altre ancora in Spagna e Francia. Nervoso e arrabbiato, Von Zantar trascorse molte ore tra meditazione ed esercizi magipsichici. Le prove nell'aula di Bilocazione e in quella della Materializzazione furono bloccate e moltissimi Psiofi che chiedevano udienza venivano puntualmente respinti dal Cerimoniere.

I giorni passarono lenti, fino a che Von Zantar decise di usare la sfera per vedere il futuro: seduto davanti al tavolino di quercia antica appoggiò le mani sullo scrigno e lo aprì con la mente. La Sfericonda era avvolta da un panno di velluto viola scuro e, quando Yatto la scoprì, all'interno della palla di cristallo si formarono immediatamente piccoli lampi di luce azzurra. Il Summus si concentrò, le pupille degli occhi diventarono prima rosse e poi completamente bianche.

Dentro la Sfericonda si formò un campo magnetico dal quale scaturirono scintille e fumi. Poi apparve un'immagine sfocata: madame Crikken era seduta a gambe incrociate e parlava con qualcuno. Von Zantar non riusciva a vedere il volto della persona e, quando premette le mani sulla sfera, tutto il cristallo divenne dapprima rosso e poi completamente nero. La Sfericonda vibrò e una fiammata gialla spaventò Yatto, che staccò le mani dello strumento magipsichico. Un dolore fortissimo all'altezza dello stomaco lo piegò in avanti e non gli permise di proseguire. L'immagine della Saggia francese scomparve, come se il futuro non volesse farsi conoscere.

Scosso e arrabbiato s'inginocchiò davanti alla Sfericonda:

«Ti distruggerò maledetta vecchia! Dovessi morire, ma lo farò!» gridò in preda a una rabbia incontenibile.

La ricerca dell'anziana francese non dava frutti e d'altra parte non si sapeva nulla nemmeno di Anoki. Il Summus era in grave difficoltà, ma aveva ancora parecchie carte da giocare. Prima di tutto aveva Geno: il ragazzino adesso era solo nelle sue mani. Il piano diabolico poteva dunque continuare.

All'Arx la calma però non era tornata del tutto. Suomi e il giovane Hastor Venti si sentivano osservati, anche se le precise disposizioni date dal Summus tedesco erano state chiarissime: miss O'Connor e Magic Brocca cercavano di non metterli a disagio, soprattutto Geno, per non creare ulteriori tensioni durante le prove.

La prima cavalcata della ragazzina finlandese sull'Ippovolo risultò positiva: Suomi, lasciato a terra il suo bastone bianco, affrontò con coraggio il cavallo alato e, guidata dal Cerimoniere, riuscì a volteggiare per dieci minuti senza perdere l'equilibrio. Anche Geno provò, nonostante la brutta esperienza precedente e rimase con la schiena dritta e le briglie ben tese mentre l'Ippovolo saliva verso l'alto. Era bellissimo sfidare le nuvole in groppa a quel magnifico animale. Il giovane Hastor Venti ricordò le parole di Anoki e quanto gli piacesse cavalcare nel cielo infinito. Pensieri e sensazioni, delusioni e speranze s'intrecciavano nella mente di Geno, che non riusciva più a capire cosa doveva fare e soprattutto come trovare la prigione segreta dei suoi genitori. Senza Margot tutto sembrava difficile e incomprensibile. Ancora una volta il nipote di Flebo Molecola decise di affidarsi all'istinto e alla forza della sua mente.

«La forza della mente... la cena in onore della lettera F avrà pur un significato!» si ripeteva, mentre le ali dell'Ippovolo si muovevano in modo regolare.

Sopra le cupole dorate e le torri dell'Arx voleggiavano in fase meditativa vari Psiofi, che sugli Ippovoli parevano cullarsi senza problema. Bob Lippman spesso faceva delle acrobazie e frustava il povero cavallo nero per galoppare veloce e sfidare le correnti d'aria gelida proveniente dalle montagne innevate. Persino la prova sullo Spiccafilo a forma di corvo gli andò bene: Bob riuscì a mantere la velocità dell'aquilone per tre minuti. Un tempo ottimo, tant'è che lo stesso Von Zantar si complimentò con l'Anteo di Terzo Livello che si preparava ad affrontare il Contra Unico.

Chiuso nella camera numero 5, Geno passava diverse ore a leggere attentamente il Regolamento e a studiare la mappa dell'Arx. Segni e numeri e brevi descrizioni riempivano il retro del foglio, ma non c'era alcun indizio di dove potesse trovarsi la prigione di Pier e Corinna. Forse Von Zantar li teneva in una delle torri, oppure nei sotterranei. La ricerca non dava alcun frutto e girare per i corridoi e le stanze dell'antica rocca senza destar sospetti non era certo facile. Inoltre, la preoccupazione per Anoki si faceva sempre più pesante: i giorni passavano e Lupo Rosso non dava segni di ripresa. Di nascosto, sfidando i Sapientes, gli Antei antipatici e gli sguardi indiscreti di maghi e stregoni, Suomi e Geno andavano a trovare l'amico sospeso nell'UffioServo sperando in un suo risveglio. Con pazienza spargevano sempre la polverina nera vicino alla statua della donna con il vaso e ciò li rendeva sicuri che miss O'Connor e nessun altro avrebbe scoperto l'ingresso del luogo segreto.

Il giovane Hastor Venti avrebbe tanto voluto incontrare René e chiedergli aiuto, ma Yatto aveva spiegato che il ragazzo era in meditazione. Forse si poteva chiedere aiuto ai Saggi. Ma a chi? Di chi ci si poteva fidare?

Naso Bendatov, il più preoccupato per la scomparsa di madame Crikken, era caduto in una sorta di depressione e, benché si fosse preso la briga di nuotare per tre pomeriggi di seguito con i Subcandi per ritrovare un po' di gioia, il suo stato d'animo non era cambiato. Le prove di Salutria e Psicofonia non erano molto frequentate perché il suo malumore e i continui sternuti infastidivano Antei e Psiofi. Nabir Kambil e Ranja Mohaddina, invece, avevano trovato una sintonia giusta per riportare armonia all'Arx anche se i sospetti su come davvero stessero le cose sulla fuga di Margot continuavano a tormentare anche le loro menti.

Alla preoccupazione per Lupo Rosso, Nabir aggiungeva anche quella per René: non era mai accaduto che il ragazzo dalla tunica dorata stesse così tanti giorni chiuso in meditazione. Che fosse un tipo strano e scontroso lo sapevano tutti, ma la sua assenza non aiutava certo a risolvere i grossi guai che pesavano come macigni sulla Rocca.

Von Zantar e la Governante avevano tentato più volte di mettersi in contatto con Orso Quieto per dargli la cattiva notizia di Anoki ma ogni tentativo medianico e telepatico era fallito. Orso Quieto non rispondeva. Il vecchio sciamano dei Sioux era in verità impegnato a fare ben altro: se ne stava nella sua tenda del villaggio pellerossa e aveva chiuso ogni forma di comunicazione mentale.

Geno, turbato e triste, seguiva gli esercizi magipsichici sperando di trovare almeno una traccia dei suoi genitori. Quando entrò per la prima volta nell'Aula dell'Ipnosi per seguire le prove di Magia Bianca di Eulalia Strabikasios si ritrovò assieme a un gruppetto di Psiofi che stavano sperimentando nuove magie. Due erano italiani ma non gli diedero confidenza.

Poco dopo le 22 gli esercizi guidati dalla Sapiens greca iniziarono. La stanza aveva le pareti completamente bianche, sulle quali erano appesi numerosi quadri e tele raffiguranti simboli e stranissime lettere.

Ai lati c'erano due lunghissime panche, dov'erano seduti gli Psiofi e, al centro, era ben visibile un pozzo di marmo sul quale erano incisi i volti dei vari Saggi che nei secoli si erano occupati di Magia Bianca.

Eulalia Strabikasios accese i due caminetti posizionati agli angoli della parete di fronte e parlò:

«Questa sera affineremo le nostre doti mentali attraverso le tecniche di Arcoloria» spiegò la Magova strizzando l'occhio sinistro. «I colori influenzano il nostro modo di pensare e di stare bene fisicamente».

Le luci si abbassarono a un suo cenno. La Saggia, che sembrava reggere una sfera invisibile, soffiò tre volte e, tra le sue mani, apparve una massa circolare rossa, che divenne poi blu, gialla, verde, azzurra e infine bianca.

Gli Psiofi fecero lo stesso: loro conoscevano già la tecnica e stavano affinando le loro capacità. Geno rimase immobile a guardare.

Eulalia si avvicinò e sfiorandogli le mani disse:

«Soffia tre volte e pensa ai colori, porta il tuo pensiero nella sfera immaginaria e vedrai che la magia funzionerà».

Il giovane Hastor Venti ci provò ma, nonostante lo sforzo mentale, non riuscì a combinare proprio nulla: tra le mani gli apparve un panettone!

Uno dei due medium italiani si deconcentrò vedendo cosa aveva combinato Geno.

Eulalia Strabikasios strabuzzò gli occhi:

«Hastor Venti, riprovaci! Qui non siamo a lezione di Cucina Metafisica ma di Arcoloria. Capisco che tu senta il bisogno di festeggiare ma i panettoni non fanno parte del programma di magia».

Il ragazzo guardò la Sapiens e scosse la testa:

«Non ci riesco».

Eulalia lasciò galleggiare nell'aria la sua sfera luminosa e afferrò il panettone appoggiandolo su un tavolino rotondo, poi prese le mani di Geno e le sfregò tra le sue:

«Prova di nuovo».

Il giovane Anteo sentì battere forte il cuore e un calore si sprigionò dalla punta delle dita. Apparve una piccola sfera di colore rosso.

«Bravo. I battiti del cuore corrispondono al colore rosso. Ora vediamo se riesci a passare al blu» disse soddisfatta la Sapiens, tenendo chiuso l'occhio sinistro per alcuni secondi.

La palla luminosa diventò effettivamente blu e Geno si sentì rilassato, poi arrivò il colore giallo e l'euforia si lesse immediatamente nel volto del ragazzo.

«È bellissimo!» esclamò tenendo tra le mani la sfera brillante, che prese subito il colore della natura, il verde, poi l'azzurro e il bianco.

Nel frattempo sopra le teste di alcuni Psiofi spuntarono delle scacchiere trasparenti composte da quadrati di varie tinte: erano i loro pensieri e desideri. Ogni Psiofo esprimeva così concetti e sogni da realizzare. Il controllo dei pensieri avveniva dunque attraverso i colori e la scacchiera metteva in evidenza lo stato d'animo. Anche la sfera di Geno scomparve e sopra i suoi capelli ricci si creò una minuscola scacchiera nera!

«Nero?» escalmò sorpresa la Saggia greca. «Ma come è possibile che tu abbia composto una scacchiera completamente nera! Il nero non è affatto contemplato nelle prove di Arcoloria».

Ancora una volta gli Psiofi presenti fermarono la loro attività e osservarono Geno in modo sospettoso.

«Non so. Mi è venuta così» rispose ingenuamente il ragazzo.

«Caro il mio Anteo italiano. I tuoi pensieri sono proprio brutti. Ma che problemi hai?» chiese preoccupata Eulalia Strabikasios ricordando le parole di Yatto Von Zantar.

Geno diventò serissimo, la scacchiera scomparve e gli Psiofi si alzarono in piedi e gli si fecero intorno. Tutti cercarono di entrare nella sua testa, di capire cosa mai avesse quel ragazzo dallo sguardo impaurito.

L'energia prodotta dalla Parola Bloccante creò una barriera mentale potentissima che li constrinse a indietreggiare. Eulalia Strabikasios impose le mani davanti alla fronte del giovane Hastor Venti, ma non riuscì a controllare i suoi poteri e iniziò a tremare come una foglia.

«Chi sei? Chi sei tu?» urlò la Sapiens sbattendo velocissimamente gli occhi.

Un boato scosse la stanza, fili di luce fluorescente uscirono dai muri piroettando come saette impazzite. Dal pozzo emerse una figura argentea quasi invisibile. Era un Froder! Un fantasma dagli occhi di ghiaccio e con mani lunghe e scheletriche.

Eulalia s'inginocchiò spaventata, sapeva bene che i Froder erano tremendi. Una corrente d'aria fredda avvolse la stanza che non sembrò più la stessa. Gli Psiofi appoggiarono le spalle alle pareti, mentre Geno rimase immobile a fissare quella creatura spettrale che gli si avvicinava sempre di più. Gli occhi di ghiaccio dell'essere trasparente lo fissavano e quel solo contatto riuscì a terrorizzarlo.

La porta della sala si aprì di scatto, entrarono di corsa Nabir Kambil e Naso Bendatov. Avevano percepito la presenza del Froder mentre erano occupati nei loro esperimenti.

L'inquietante figura rimase al centro della stanza senza preoccuparsi delle loro presenze, senza girarsi verso la porta. Il santone con il saio arancione spalancò la bocca e, grazie a vibrazioni che venivano dalla sua gola, emise una lunga sequenza di suoni modulati: una tecnica di estraniazione e forza interiore molto complessa, che Geno ancora non conosceva. Le vibrazioni erano così intense che i vetri delle finestre si frantumarono in mille pezzi, creando ulteriore panico tra le persone.

Naso Bendatov, con il colbacco premuto sulla fronte, chiuse occhi e mani concentrandosi al massimo e sperando che la strana creatura che gli ondeggiava davanti sparisse all'istante. Ma il fantasma dagli occhi di ghiaccio rimase lì, sfidando le regole della Magipsia.

Eulalia si alzò cercando di mettere in pratica la sua arte magica, ma l'energia della creatura l'immobilizzò. Lo spettro, avvicinatosi a Geno, gli sfiorò con le mani scheletriche la testa. Il ragazzino non sentì più il suo corpo e crollò a terra svenuto e allora la creatura argentea, salita fino al soffitto, tornò in picchiata dentro il pozzo come risucchiata da un'antica corrente d'aria. Un silenzio terrificante rimbombò nell'Aula dell'Ipnosi e lo sgomento si stampò sui volti di tutti i presenti.

Naso Bendatov corse verso Geno, che non dava segni di ripresa, lo prese in braccio stringendolo al petto in modo protettivo. Nabir si rivolse agli Psiofi cercando di calmarli, mentre Eulalia riprendeva fiato.

«Chi ha scatenato l'ira del fantasma? Chi l'ha evocato?» chiese angosciato il santone a Eulalia.

La Sapiens greca era completamente strabica e con voce tremante rispose:

«È venuto per lui. Per Geno. Quell'Anteo ha qualcosa di strano. È la sua mente ad averlo evocato».

Nabir si aggiustò il lungo saio e avvicinandosi a Naso accarezzò il volto di Geno. Era bianco come il latte e le labbra avevano assunto uno strano colore bluastro.

I tre Sapientes si scambiarono rapide occhiate d'intesa: il giovane Hastor Venti era dunque un ragazzo speciale. Troppe cose erano accadute dal suo arrivo all'Arx e il mistero del suo potere mentale andava protetto e capito.

«È colpa mia!» la voce squillante di miss O'Connor entrò come una saetta. La Governante, spettinata, se ne stava in piedi, sulla soglia della porta e la sua comparsa sorprese Saggi e Psiofi. Dietro di lei arrivarono affannati i tre cani. Ottone aveva la lingua di fuori, Ofelia sbuffava e il piccolo Oscar dimenava la coda in modo giocoso.

«Miss O'Connor...» Eulalia pronunciò solo il suo nome sbattendo velocemente le palpebre.

«Il Froder è sfuggito alla mia attenzione. Ero nella mia aula, davanti allo Hiatus, lo specchio morbido dal quale escono tutti i fantasmi. Con me c'erano alcune medium ma ho perso il controllo e il Froder è fuggito. Scusatemi» spiegò visibilmente imbarazzata la Saggia irlandese.

Gli altri tre Sapientes la guardarono preoccupati, poiché sapevano bene che i Froder, gli Olleni e le Ifide erano creature spettrali create negli ultimi anni con il consenso di Yatto Von Zantar.

Inavvertitamente, a Naso partì uno starnuto così potente che perse l'equilibrio, rischiando di far cadere Geno dalle sue braccia. Nabir si avvicinò per aiutarlo, ma Butterfly fu più veloce: con un gesto rapido afferrò il ragazzo e lo strappò al russo.

«Di lui mi occuperò io. So bene come togliere la paura dei fantasmi» disse miss O'Connor mentre Oscar aveva improvvisamente cominciato ad abbaiare.

Bendatov s'innervosì:

«Sono io il medico dell'Arx. E non mi sembra il caso che ti occupi tu di Geno. È la seconda volta che questo ragazzo ha un incidente durante le prove. Anche con te ne ha avuto uno, e l'ho curato io».

«Siete tutti scossi. E lo comprendo. Forse è il caso di avvisare Von Zantar» affermò la Governante, dando un lieve calcio al cucciolo bassethound che continuava ad abbaiare.

Ofelia e Ottone leccarono Oscar che, offeso per il calcio

ricevuto, abbassò la testa e annusando il pavimento giunse sino al pozzo.

Gli Psiofi intanto si erano seduti sulle panche e, pensierosi, ascoltavano il dialogo dei Sapientes, che si faceva sempre più serrato.

«Cara Butterfly, non essere così precipitosa. Naso ha ragione. È lui il medico dell'Arx» disse Eulalia cercando di calmare le acque.

Nabir Kambil avanzò verso miss O'Connor e guardandola negli occhi disse:

«Forse ci sono cose che non sappiamo di questo ragazzo. Segrete e misteriose. Credo proprio che Von Zantar debba darci qualche spiegazione».

La Governante si sentì a disagio e decise di smussare la sua impertinenza:

«Non è successo nulla di così grave. Mi spiace per il mancato controllo del Froder ma sono sicura che il giovane Hastor Venti si rimetterà al più presto. Ora lo porterò nel suo alloggio e gli praticherò un massaggio energetico alle tempie. È d'accordo con la mia terapia dottor Bendatov?».

Naso annuì e se ne andò a passo veloce seguito da Kambil. Eulalia fece cenno agli Psiofi che potevano uscire dall'aula, la prova di Arcoloria non poteva certo proseguire. Le due Sagge rimasero sole con i cani. Miss O'Connor, con in braccio Geno, si schiarì la voce e, rivolta a Eulalia, si scusò ancora per ciò che era successo. Poi richiamò i tre bassethound e se ne andò.

Nell'Aula dell'Ipnosi calò il silenzio. Eulalia Stabikasios ebbe un'improvvisa visione guardando la Governante che si allontanava. I suoi occhi si appannarono e vide la foto di due persone adulte. Un uomo e una donna che imploravano aiuto. Eulalia scosse la testa e strabuzzò gli occhi. Essendo anche esperta di Veggenza, capì che quella visione aveva a che fare con Geno. Si mise accanto al pozzo e meditò profondamente: quelle due persone non le aveva mai viste, non erano certo Pisiofi o Sapientes.

Miss O'Connor scese le scale seguita dai tre cani, attraversò il Salotto dei Fenicotteri sotto lo sguardo curioso di tutti gli Psiofi: Geno era tra le sue braccia privo di sensi, gambe e braccia a penzoloni e il volto bianco come un lenzuolo.

La donna raggiunse in fretta la camera numero 5, stese sul letto il ragazzo e gli praticò il massaggio energetico sulle sue tempie. Geno aprì gli occhi lentamente, la vista era annebbiata ma quando comprese chi aveva di fronte ebbe un sussulto:

«Miss O'Connor!!!».

«Calmati, Geno. Il Froder, il fantasma dagli occhi di ghiaccio, non c'è più. È stata colpa mia. Perdonami» disse Butterfly cercando di sembrare rassicurante.

Il ragazzo la guardò terrorizzato, sapeva bene che quella Sapiens era in realtà malvagia. Ed era la pura verità. Miss O'Connor aveva messo in atto il piano concordato con Von Zantar. Il Froder era la prima prova per vedere la reazione di Geno e capire se davvero aveva la mente potente e nel suo sangue scorreva il ClonaFort. Prove terribili aspettavano il giovane Hastor Venti, ma Butterfly e Yatto dovevano attendere che superasse i tre Intercanti per poter procedere con i loro piani.

«Lei ha contatti con i fantasmi. È spaventoso!» riuscì a dire Geno, fissando la donna irlandese.

«Sì, ma è una materia quella di spettri e fantasmi assai complessa. Capisco che non sei abituato, ma vedrai che imparerai a non avere paura» disse miss O'Connor.

«Non mi va di imparare questa tecnica» rispose con un filo di voce il ragazzo.

«Dovrai! Anche se non avrai contatti con Froder, Olleni o Ifide, questi sono fantasmi e spettri assai particolari. Solo gli Psiofi e noi Sapientes possiamo evocarli. Comunque le prove per voi Antei con i fantasmi meno aggressivi sono previste dal Regolamento. Seguirai questa materia quando arriverai al Terzo Livello... se ci arriverai...» ribatté con un certo fastidio la Governante.

Geno non disse più una parola, aveva visto solo un Froder e gli era bastato. Non aveva la più pallida idea di come fossero fatti gli Olleni e le Ifide. Si alzò barcollando e si versò una tazza di tè RS e sgranocchiò due biscotti PN.

Voleva ritrovare subito la forza mentale e riordinare le idee. Senza Crikken, senza René, senza genitori, era vuoto e perso. Si sentì diverso. Nuovamente diverso, come ormai già lo consideravano tutti.

Miss O'Connor cercò di essere gentile, prese in braccio Oscar e glielo avvicinò:

«Accarezzalo se vuoi. Ora puoi farlo».

Il giovane Hastor Venti mise un dito sul naso umido del cucciolo e sorrise:

«È molto dolce. Giocherellone».

«Già. Lo so. Ora riposati. Domani affronterai nuove prove. Il periodo dell'Intercanto è vicino e Von Zantar sai bene che si aspetta molto da te» disse miss O'Connor prima di uscire dalla stanza.

«Anch'io mi aspetto molto. E voglio che torni madame Crikken» rispose di getto il ragazzo.

«Madame Crikken? Non so se la rivedremo più. Piuttosto vorrei ritrovare Anoki. Tu no?» chiese in modo sibillino la Governante.

«Certo, certo. Anoki è un bravo Anteo. Spero che non gli sia successo nulla di grave» Geno parlò a denti stretti, non voleva certo che miss O'Connor scoprisse il segreto dell'UffioServo.

Quando la Sapiens e i suoi cani abbandonarono la camera numero 5, Geno si ributtò sul letto e guardando il soffitto pensò a tutto quello che stava succedendo.

Un lieve picchiettio proveniente dai vetri della finestra lo distolse. Guardò fuori e vide Roi, il falco. Con il becco stringeva un sacchetto di tela blu. Geno si alzò di scatto e aprì la finestra. L'uccello entrò e, dopo due giri attorno al letto, si posò sopra il cuscino e lasciò andare il sacchetto. Aveva le zampe insanguinate e persino l'anello con il marchio A.M. era sporco di rosso. I suoi occhi erano grandi e lucidi. Con il becco aperto emise un grido stridulo e se ne uscì dalla finestra, dileguandosi nel cielo oramai buio.

Geno era sconvolto, un brivido gli percorse la schiena: lenzuola e cuscino erano macchiati di sangue. Il falco era dunque ferito.

Quando il ragazzo aprì curioso il sacchetto, un'immagine gli apparve davanti come un'allucinazione. Geno per la prima volta vide i volti dei suoi genitori: erano invecchiati rispetto alle foto. La madre aveva rughe sotto gli occhi e i capelli spettinati, il padre era triste e disperato. Geno tentò di allungare le mani per accarezzare i suoi amati genitori. Ma improvvisamente la scena cambiò: vide solo spine di fuoco. Vide orrore e paura. Udì nel suo cuore un urlo.

Il giovane Hastor Venti gridò con tutto il fiato che aveva in gola il nome dei suoi gentori e tornò alla realtà. La testa gli girava dall'emozione e spaventato infilò una mano dentro il sacchetto, tirò fuori una piccola bussola d'oro e una lettera. La bussola segnava Ovest. Sospirando la rigirò tra le mani e poi decise di leggere la lettera.

Il primo segnale che Corinna e Pier erano vivi era arrivato dopo giorni di attesa. Roi, il falco dalle ali d'oro, era dunque un prezioso messaggero.

CAPITOLO DECIMO

Le parole di sangue

SONO IL RE. SONO COLUI CHE SA CIO' CHE
TU SCOPRIRAI. SONO IL RE E SO LA VERITA'.
CIO' CHE CERCHI E' A SUD. MA NON SARA' FACILE ENTRARE
NEI LUOGHI PROFONDI E SEGRETI DELL'ARX.
LA BAMBINA DAGLI OCCHI SPENTI TI SARA' AMICA.
TRE SAPIENTES TI AIUTERANNO PRIMA E DOPO
L'INTERCANTO AFFRONTANDO RISCHI PERSONALI.
MA A LORO NON DEVI SVELARE NULLA DELLA TUA STORIA.
CAPIRANNO DA SOLI PERCHE', NE HANNO LE CAPACITA'..
LA FUGGITIVA TORNERA' CON L'ORSO E IL LUPO
SI SVEGLIERA'.
LA MIA FORZA AVRAI AL TUO FIANCO.

ROI, IL GIRIFALCO D'ORO

Le parole erano scritte con il sangue. Un sangue ancora fresco. La grafia era incerta e minuscole gocce di colore rosso rubino rigavano il foglio. Geno rimase impietrito e con le mani sporche di quella sostanza che significava la vita guardò fuori dalla finestra per vedere se il falco era ancora lì. Ma il buio della notte regnava sovrano nella Valle dei Pensieri e solo l'alone della luna schiariva a tratti le cime delle montagne.

«Re? Girifalco d'oro? Il falco è il Re! Già...è vero, Roi in francese significa re!» sussurrò il ragazzo pensando che quel sangue era dunque del rapace ferito. Il falco aveva scritto la lettera! Rilesse le frasi e cercò di comprenderne il significato. Scosso e impaurito, aveva ancora in mente le immagini dei genitori e il fatto che Roi avesse scritto che per trovarli bisognava andare a Sud gli fece capire che la bussola d'oro era utile per questo. Il Girifalco sapeva la verità!

«Nel profondo dell'Arx... nei sotterranei!» esclamò di colpo.

Geno intuì che i suoi genitori erano dunque prigionieri in qualche luogo segreto accanto al Megasoffio, l'Auditorium dove Naso Bendatov faceva le prove di Psicofonia.

Un lieve sorriso rischiarò il volto del giovane che rilesse ancora la lettera. «La Fuggitiva? È senza alcun dubbio madame Crikken! L'Orso è lo sciamano della tribù dei Sioux, è il nonno di Lupo Rosso. Tre Saggi mi aiuteranno. Ma quali?» si chiese parlando pianissimo.

Strinse al petto la lettera macchiata e si chiese perché mai il falco, creatura di Von Zantar, lo stesse aiutando.

Era una trappola? No, non poteva certo credere che il Summus arrivasse a tanto.

Quel falco aveva occhi sinceri. Aveva usato il suo sangue. Ma come facesse un uccello a scrivere e a sapere la verità gli appariva incomprensibile. Roi conosceva il futuro e questo rappresentava un enigma. D'altra parte l'Arx Mentis era un luogo misterioso e segreto dove ombre e magie, sogni e visioni delineavano una realtà sconosciuta.

Geno si addormentò così, tra tormenti e desideri. Il vuoto che aveva nel suo cuore s'illuminò di speranza, quella di poter riabbracciare i genitori.

La Trombotta suonò alle 7 precise e Suomi entrò come tutte le mattine nella camera di Geno per fare colazione insieme. I vassoi erano già pronti, e le succulente prelibatezze metafisiche attendevano soltando di essere assaggiate. Un altro giorno era iniziato e l'Antea finlandese ebbe subito una sorpresa.

«Non fare domande. Andiamo al solito posto» disse Geno. La prese per mano rassicurandola. Suomi era particolarmente carina: indossava un paio di jeans e una maglietta color lavanda, un nastro viola teneva ben salda la folta chioma bionda e in testa aveva il solito Tonca nero.

Geno e la ragazzina uscirono dalla stanza numero 5 e si diressero velocemente verso le Staffore Inverse.

«Non salite, bisogna scendere» dissero in coro le grandi bocche ma i due Antei non le ascoltarono affatto e in pochi secondi raggiunsero l'UffioServo.

Solo quando entrarono Suomi parlò:

«Ma che succede? Hai trovato il sistema per risvegliare Anoki?».

«No, purtroppo» rispose Geno osservando l'amico pellerossa che se ne stava sempre sospeso in mezzo all'UffioServo immerso tra fumi e vapori.

«E allora? Perché mi hai trascinata qui?» chiese seccata la ragazzina.

Geno lesse la lettera del falco, le fece toccare la bussola d'oro e le spiegò cosa era accaduto il giorno prima durante la prova di Arcoloria. Tra fantasmi, parole scritte con il sangue e le previsioni di Roi tutto sembrava ancor più pericoloso di prima.

«Ma sei sicuro che il Girifalco d'oro non sia una trappola di Yatto?» la domanda di Suomi in realtà mise in crisi Geno.

«Non credo, anche se qui non so più di chi fidarmi. Di te sicuramente sì, – disse accarezzandole i capelli – ma comincio ad avere dei forti dubbi persino sulla Crikken. Forse è andata via perché non riusciva a prendere il posto di Von Zantar e ha usato pure me per sfidare il Summus. Oppure la verità è quella che dice il falco: lei tornerà con Orso Quieto e libererà Lupo Rosso da questa maledetta situazione. Una cosa però è certa: – continuò parlando deciso – l'allucinazione che ho avuto ha un senso. I miei genitori sono vivi! Dobbiamo andare nel Megasoffio e trovare il nascondiglio segreto dove Yatto li tiene prigionieri».

Il giovane Hastor Venti alzò gli occhi e guardò Lupo Rosso:

«Presto tornerai alla realtà. Il falco non può aver scritto il falso».

Quando uscirono dall'UffioServo, a metà del corridoio incrociarono Yatto Von Zantar. Indossava una giacca lunga color bronzo e pantaloni larghi rossi come il fuoco.

Al collo aveva un curioso fischietto.

Yatto si avvicinò a Suomi e senza far tanti complimenti disse:

«Tu puoi andare. Io e Geno dobbiamo parlare».

Suomi avanzò con il bastone bianco, salutò l'amico e, mentre scendeva le scale, disse ad alta voce:

«A mezzogiorno vado a Cucina Metafisica e ricordati che stasera abbiamo la prova di Psicofonia».

Geno rispose che se lo ricordava benissimo e poi fissò il suo sguardo sul Summus, aspettando che il dialogo iniziasse.

«Ho saputo ciò che è successo ieri durante gli esercizi di Arcoloria. Mi compiaccio per le tue abilità. Ora stai bene?» chiese Yatto afferrando il ragazzo per le spalle.

«Sì, benissimo. Il massaggio di miss O'Connor è stato salutare» spiegò Geno senza muovere un passo.

«Ma sei venuto qui per cercarla?» la domanda imbarazzò per un attimo il giovane Hastor Venti, che temeva la scoperta dell'UffioServo.

«Sì, sì... ecco, cercavo proprio la Governante per ringraziarla» rispose titubante.

Yatto prese le mani di Geno e le chiuse dentro le sue:

«Sicuro di dire la verità?".

Il ragazzo attivò la Parola Bloccante:

«Certo, dico sempre la verità».

«Vieni con me. Ti porto nel mio alloggio. Dobbiamo parlare a lungo».

Yatto trascinò Geno su per le scale. Il ragazzo non voleva seguirlo, perché temeva che gli succedesse qualcosa di grave, ma non potè ribellarsi. La forza di Yatto, fisica e mentale, gli impose di salire quelle maledette scale.

Davanti al piccolo ponte levatoio c'era Pilo Magic Brocca che salutò a bocca storta il ragazzo. Yatto e Geno attraversarono la Stanza della Visione, con il braciere acceso e il profumo d'incenso pungente. Von Zantar scostò il tendone di velluto nero e appoggiò la mano sopra il mosaico, esattamente sulla figura che lo rappresentava. Geno notò che non c'era più madame Crikken, la sua immagine era stata cancellata. I tasselli erano stati tolti. Al suo posto non c'era nulla. Solo muro. In alto, però, dove prima non c'era niente, spiccava la figura del falco d'oro che volava sopra l'immagine di René. Osservò attentamente quello strano quadro fatto di piccole tessere colorate e si rese conto dell'importanza che aveva. Ogni Saggio era al suo posto, tutti avevano vestiti belli e preziosi e i loro volti erano sorridenti. Ma quella macchia grigia dove prima c'era l'immagine di Margot lo turbava.

Appena Von Zantar sfiorò la propria immagine, il grande mosaico si mosse aprendosi. Al di là c'era l'alloggio del Summus Sapiens.

«Seguimi e non fare domande» disse Yatto avviandosi verso sinistra.

Geno guardò le pareti e gli strani oggetti che adornavano

mobili e tavolini di legno antichissimo e intarsiato. Il letto, grande e sontuoso, era in fondo, mentre proprio nell'angolo, accanto alla finestra, c'era una porta lunga e stretta, bianca. La maniglia era una piastra tonda con delle incisioni che il ragazzo non riuscì a leggere per la distanza. Per terra, sopra a morbidi tappeti, erano sparsi una serie di cuscini di seta.

Il Summus si mise al centro della stanza e chiese al ragazzo di sedersi ai suoi piedi, sopra a un grande e morbido cuscino verde.

«Ti interessa molto quella porta bianca?» chiese Yatto.

«È strana» ripose Geno, che non si aspettava quella domanda.

«Non chiederti cosa c'è oltre quella porta. È inutile» ribatté il Summus accedendendosi il solito SigaCromo.

Il giovane Hastor Venti intuì che quella era solo una provocazione, per far aumentare a dismisura la curiosità. E aveva ragione. Dietro quella porta bianca c'era il rifugio segretissimo del Grande Saggio. Un luogo frequentato solamente da lui. Nemmeno miss O'Connor e Pilo Magic Brocca vi erano mai entrati. Da quella porta si accedeva nella parte segreta dell'Arx, quella parte che non era disegnata nella copia della mappa.

Geno moriva dalla curiosità ma riuscì a calmare la mente e con la Parola Bloccante si sentì sicuro.

La porta bianca si aprì di scatto e René entrò nella stanza, con un'espressione tremendamente triste. Fece solo un cenno di saluto e, muto, rimase in piedi. Immobile.

Von Zantar sorrise e rivolgendosi a Geno chiese:

«René è il mio allievo prediletto. Esegue i miei ordini anche se puoi pensare il contrario. Lui mi è fedele. È molto bravo e chissà se tu, caro Hastor Venti, riuscirai mai a superarlo».

Geno non riuscì a dire nulla. Guardò disperato il ragazzo

dalla tunica dorata e si disse che non l'avrebbe aiutato a cercare i genitori. René se ne stava lì, impettito, con gli occhi fissi, sembrava una statua di marmo. Geno pensò che Yatto doveva averlo sgridato e punito. La forza mentale del Summus era tale che nessuno avrebbe mai potuto ribellarsi veramente ai suoi ordini.

«Io sono il Massimo Bene. Devi obbedirmi!» cominciò Yatto stando in piedi e guardando Geno che, seduto, aveva la testa piegata all'indietro per poterlo vedere in faccia.

«Obbedirle? Lei ha rapito i miei genitori e li tiene prigionieri da 11 anni. Perché non posso riavere mio padre e mia madre?» chiese il giovane Hastor Venti cercando di tenere ferma la voce e di non farsi prendere dall'emozione.

«Se sarai bravo...» gli occhi di Von Zantar diventarono bianchi come quelli di un morto.

Geno era terrorizzato e sperava che René reagisse. Ma il ragazzo dalla tunica dorata non mosse un dito.

Il Summus sembrava un mostro. Tremando, Geno allargò le braccia:

«Non faranno più il ClonaFort. Non diranno nulla e nemmeno io...».

«Tu? Tu sai fin troppo oramai. Anche tu hai del ClonaFort dentro il sangue. Sei destinato a me. A ME! E dato che non sono cattivo, ti offro la possibilità di riabbracciare Pier e Corinna. MA DEVI TROVARLI!» gli occhi cambiarono colore e diventarono viola. Una nube grigia si formò sopra la sua testa e Geno si sentì mancare le forze.

«Perché? Perché non puoi portarli qui? Cosa significa che devo trovarli io?» il ragazzo si sentì soffocare dalla paura.

Von Zantar si accese un SigaCromo e alitò il fumo in faccia a Geno.

«Devi trovarli usando la mente. Devi farmi vedere quanta potenza c'è dentro di te. Io sono il Summus Sapiens e ho il diritto di sapere se tu, piccolo moccioso, puoi farcela. Se il tuo destino sarà questo, lo capirai tu stesso».

Yatto volle dare una piccola dimostrazione di come la mente poteva controllare e trasformare la realtà. Si piegò come una foglia, come se il suo corpo non avesse ossa. Roteò la testa e con uno scatto improvviso gonfiò il petto e soffiò verso i cuscini che si sciolsero come acqua. Poi tornò forte e fiero, alzò la mano e mostrò l'anello. In quel preciso istante un violento lampo di luce rossa attraversò il petto di Geno che si sentì bruciare come se stesse nel fuoco. Tossì tre volte e in preda al panico trovò il coraggio di dire ancora poche parole:

«Gli Hastor Venti sono una famiglia come tante altre. Siamo normali».

«Normali? E cosa è mai la normalità per te? La Magipsia non è una sciocchezza. È una regola di vita che s'impone a coloro che hanno doti mentali. Non dimenticarlo mai» disse Von Zantar sorridendo con disprezzo.

Anche se la Parola Bloccante era attiva Geno sentì crollare l'equilibrio psicologico, la confusione nella sua testa era totale e desiderò al più presto che tutta quella vicenda finisse. Immaginò i suoi genitori sofferenti e con tutto il cuore pensò di essere dentro a un brutto sogno. Abbattuto, sperava che René bloccasse quel perfido uomo che lo faceva soffrire.

Dopo una sadica risata, Yatto disse a René di tornare ai suoi esercizi di meditazione. E così fu, il giovane riaprì la porta bianca e la richiuse andandosene senza neppure degnare di uno sguardo il povero Geno.

Il fumo del sigaro, l'odore dell'incenso, la voce di Yatto e quella stanza così inquietante resero Hastor Venti sempre più spaventato.

«Sono stanco. Non è vero che ho la mente potente. Non

penso di avere nel mio sangue il ClonaFort. Io non servo a nulla» disse Geno, cercando disperatamente di ingannare Yatto e vederne la reazione.

«*Furcht?* Hai paura?» chiese il tedesco alitandogli sulla faccia un'altra boccata di fumo.

«La paura è dentro di me da 11 anni. Ho paura della solitudine. Ho paura di non essere amato...» le parole del giovane uscirono senza controllo e furono spezzate dal Summus con ferocia.

«*Liebe?* Amore? Già... capisco... l'amore dei genitori che non hai avuto. All'Arx i sentimenti non contano. E nemmeno la tua cara Crikken prova affetto o amicizia. Lei ha il cuore duro come la roccia. Ha usato te per combattere me. Ma alla fine ha perso. È fuggita perché sapeva che non avrebbe mai preso il mio posto» disse con rabbia Von Zantar, felice di scardinare ogni sicurezza del ragazzo.

Geno, sebbene si sentisse in balia di un mondo sconosciuto, d'improvviso ebbe la sensazione che Yatto pensasse veramente a una congiura di madame. E se anche fosse stata quella la verità, decise di fare una domanda trabocchetto, sperando che il Summus cadesse nella trappola:

«È veramente fuggita perché ha fatto del male ad Anoki?».

«Certo. Ha fatto sparire Lupo Rosso per creare scompiglio. Ma poi si è resa conto che non mi poteva battere. Conosco alla perfezione tutti i segreti della Magipsia. E se sarai bravo li insegnerò anche a te» il Summus si alzò dal pavimento di un metro e volteggiando nell'aria, fece salire tavoli e cuscini.

Poi girò gli occhi verso un vaso di cristallo appoggiato su una panca lunga e bassa e vi fece uscire un filo di fumo nero che prese via via la forma di un serpente e poi di un drago e alla fine di un neonato mostruoso. Il fumo si spezzò come se una spada lo avesse tagliato a metà. L'orribile scena svanì nel nulla e la stanza ritornò come prima.

«Magia e energia, mente e volontà. Questo ci vuole per controllare la realtà» concluse Yatto, mettendo fine alla sconvolgente prova medianica. Il Summus tedesco scese e appoggiando i piedi sul tappeto puntò il dito contro Geno: «Ti manca solo una settimana per l'Intercanto. Non deludermi. Usa i poteri che hai. Fammi vedere cosa sai fare. E forse... chissà... potrei farti riabbracciare i tuoi genitori».

Perfido e falso il Grande Saggio dell'Arx stava ricattando il giovane Hastor Venti attraverso prove terrorizzanti. Ma Geno aveva capito che Yatto non sapeva proprio nulla di Anoki e tanto meno del veloce ritorno di madame Crikken. Il falco aveva dunque ragione. L'unica cosa da fare era assecondare il pazzo che governava l'Arx Mentis. Geno lo aveva capito!

Mentre il ragazzo pensava, udì un fruscio di ali. Era Roi.

Il Re era improvvisamente arrivato nella stanza. Hastor Venti non riuscì a comprendere da dove fosse entrato. Il volo del falco fu breve. Roi si appoggiò sulla spalla del Summus e aprì il becco in segno di sfida contro Geno. Le zampe non erano più sporche di sangue e le ali erano lucenti come il sole.

"Ma come? Lui allora...??? Anche lui è dalla parte di Yatto e non dalla mia?" pensò esterrefatto il giovane Anteo alzandosi dal cuscino verde.

Il Summus accarezzò lievemente le piume dorate dell'uccello e con occhi pieni d'arroganza guardò Geno.

«Ecco, vedi, questo Girifalco è una mia creatura. L'ho educato bene. Vero?» Von Zantar aveva l'aria di un vero diavolo.

«Io non terrei mai prigioniero in una stanza un falco così bello. Lo lascerei libero di volare tra alberi e montagne» rispose Hastor Venti facendo uno sforzo immane per non urlare contro quell'uccello che forse lo aveva ingannato.

«Libero? Non ci penso affatto» ribatté Yatto afferrando le possenti zampe di Roi. «Guarda l'anello, è identico al mio. Ogni volta che il Re tenta di oltrepassare le montagne della *Vallée des Pensées*, una scarica energetica gli fa sanguinare la zampa e lui è costretto a tornare qui, da me! Basta che io suoni questo fischietto».

Il Summus tedesco soffiò nel fischietto, ma non si udì alcun suono. Le onde sonore erano silenziose ma letali. L'energia prodotta arrivava direttamente all'anello del falco e le scariche elettriche bruciavano immediatamente la zampa facendola sanguinare. Un sistema diabolico studiato da Von Zantar per impedire che il suo Girifalco fuggisse.

Roi sentì l'anello diventare rovente e bruciargli la zampa, girò la testa e con occhi ambrati guardò il suo padrone malvagio. Con il becco gli ferì la mano destra.

Geno sorrise. Il Re odiava Yatto!

Il Summus si accarezzò la ferita imprecando:

«Sciocco falco! Se lo rifai ti spezzo le ali».

Hastor Venti sospirò e osservò Roi che svolazzava sopra la panca. Non poteva dubitare di lui: gli occhi gialli e brillanti di quell'uccello magico e intelligente parlavano più di ogni parola.

"La lettera scritta con il suo sangue dice solo la verità... la verità... Forse stava cercando la prigione dei miei genitori e allontanandosi troppo ha subìto il fischio di Yatto. Tutto ciò è terribile, terribile..." ripeteva nella sua mente il giovane Anteo.

In quel preciso momento, il Vertiglio di Von Zantar s'illuminò, stava arrivando un messaggio telempatico da parte del Cerimoniere. Yatto si avvicinò alla parete e l'aprì.

Accanto al mosaico c'erano Nabir Kambil e Naso Bendatov.

«Siamo venuti perché dobbiamo parlare» dissero all'unisono i due Saggi.

Pilo Magic Brocca allargò le braccia:

«Summus, mi spiace ma hanno insistito così tanto che io...».

«Va bene così, Pilo. Accompagna Geno a pianoterra» disse Von Zantar tenendo la mano ferita sotto la giacca.

I due Sapientes non si aspettavano certo di vedere il giovane Hastor Venti uscire dall'alloggio di Yatto. Volevano parlare proprio di lui con il Summus. Lo scambio di sguardi fu sufficiente per capire che il ragazzo stava bene ed era in ottima forma. Geno sentì il solito ronzio dentro le orecchie e osservando i due Saggi pensò che forse doveva fidarsi di loro.

Il Cerimoniere fece strada e, quando il ragazzo si girò verso l'Aula della Bilocazione Traversa, gli diede uno spinta:

«Vai avanti, cammina. Quello non è un luogo dove puoi entrare da solo».

Geno avrebbe tanto voluto vedere la O' Grande ma alzando le spalle proseguì fino alla scale.

La Batacchia Tremula suonò tredici rintocchi.

Mentre il ragazzo si diresse nell'Aula Sublime Cibaria per cercare Suomi, Naso e Nabir chiacchierarono a lungo con Yatto. Il Summus disse che non c'era nulla di preoccupante nel comportamento di Hastor Venti e che la situazione era sotto controllo.

«Ho chiarito tutto con lui. Non dovete assolutamente temere altri incidenti durante le prove magipsichiche. È solo un ragazzino un po' maldestro che non sa ancora calibrare le sue capacità medianiche» spiegò Von Zantar. Ma il santone orientale scrutò attentamente il falco che di tanto in tanto svolazzava all'interno dell'alloggio di Yatto. Sensazioni e tensioni energetiche si percepivano perfettamente e Nabir Kambil chiese a bruciapelo: «Dov'è René?».

Von Zantar s'irrigidì per qualche secondo e poi rispose:

«Sta meditanto».

«Ma non è qui come avevi detto» replicò sospettoso il santone.

«È importante che io dica il luogo esatto dove il mio prediletto si sta concentrando in esercizi meditativi assai complessi?» ribatté nervosamente il Summus gettando lo sguardo verso la porta bianca, che si aprì lentamente. Il falco s'infilò dentro e dopo pochi secondi apparve René.

«Eccolo, il mio René. Vedete, sta benone. Ha l'aria stanca ma vi assicuro che gli esercizi di meditazione che sta eseguendo sono assai faticosi» disse Yatto soddisfatto.

René fece un cenno di saluto e uscì subito chiudendo nuovamente la porta bianca. I Saggi rimasero stupiti del comportamento ma erano abituati a René, che non aveva mai avuto atteggiamenti amichevoli o espansivi.

Naso Bendatov prese la parola chiedendo a tutti di concentrarsi:

«All'Arx non c'è più pace. I casi di Anoki Kerioki e di madame Crikken certamente segnano gli equilibri psicofisici. Perciò ritengo indispensabile porre le nostre menti in modo positivo. Anche io non sono tranquillo, ma è necessario mantenere la calma. Dubbi e incertezze fanno male alla serenità. Inoltre tra un paio di giorni arriveranno tutti gli Psiofi per il GalApeiron, il grande raduno per il Contra Unico, e non possiamo certo essere nervosi».

Il medico starnutì ripetutamente e senza aggiungere altro, se ne andò dalla stanza seguito da Kambil.

Yatto Von Zantar chiuse le mani a pugno: aveva intenzione di trovare Anoki e Margot riprovando con la Sfericonda.

Pensò che durante gli otto giorni del GalApeiron tutti gli Psiofi avrebbero sicuramente chiesto spiegazioni sugli eventi che stavano mutando gli equilibri dell'Arx Mentis. Doveva assolutamente impedire intromissioni di sciamani e medium che non condividevano il suo operato, altrimenti tutto sarebbe stato più difficile.

Nel frattempo, Geno aveva raggiunto Suomi nell'Aula Sublime Cibaria e le raccontò tutto quello che era successo nella stanza di Yatto per via telepatica. I due amici non potevano certo parlare liberamente poiché Timpatubi e Scantoppie erano sicuramente aperte.

L'Antea finlandese rimase sconcertata dal racconto di Geno e lo rassicurò cercando di alleviare il peso dei problemi. La ragazza, in attesa della prova di Psicofonia, nel Megasoffio, voleva andare a Meditazione, da Nabir Kambil.

«Inizia alle 14,30 e finisce alle 17. Andiamoci, per l'Intercanto servirà» gli disse.

«D'accordo. In effetti meditare mi farà bene. Ne ho bisogno.» rispose Geno, mangiucchiando una coppa di More Esistenziali, ottime per la riflessione.

I due andarono a prendere l'Oscio e la Skerja in camera, che erano assolutamente necessari per la prova di Meditazione, la RI-AM.7b lo spiegava molto bene. Con cuscino e tunica in mano s'incamminarono verso le Staffore Inverse che, come al solito, parlarono al loro passaggio:

«Giocare e non meditare. Tornate indietro e non salite le scale».

Suomi sorrise e, appoggiando il bastone sui gradini, salì fino al secondo piano sorretta dall'amico.

L'Aula dell'Oblio aveva una porta gigantesca fatta di madreperla, le maniglie erano di corallo rosa e avevano la forma di due grandi cavallucci marini.

Quando i due Antei entrarono c'erano già alcuni Psiofi seduti sul bordo di una grande piscina d'acqua turchina. Indossavano la Skerja, la tunica arancione uguale a quella di Nabir. L'illuminazione era scarsa, data da alcune torce posizionate agli angoli della stanza e da due lampade di forma bombata che sprigionavano una tranquillizzante luce verde.

Il giovane Hastor Venti iniziò a descrivere l'ambiente all'amica cieca che, pochi secondi dopo, lo interruppe:

«Non vedo come te ma sento cosa c'è attorno a noi. Sento il rumore leggero dell'acqua che ondeggia dentro a una... vasca. Vero?».

«Una piscina» rispose Geno.

La porta di madreperla si spalancò ed entrò Nabir Kambil. Il Sapiens tibetano vide Geno e subito gli sorrise. Dietro di lui, in fretta, arrivò Bob Lippman e indossò immediatamente la Skerja.

Nabir fece un rapido cenno con la mano sinistra: tutti gli Psiofi e Bob si sedettero sul bordo della piscina immergendo solo le gambe sino al ginocchio, poi si stesero sul pavimento appoggiando la testa sull'Oscio, il particolare cuscino arancione molto morbido.

Geno infilò la sua Skerja e disse a Suomi di fare lo stesso. In fretta si sistemarono il Tonca nero in testa, tolsero gli stivali e presero anche loro posizione: piedi dentro la vasca, schiena stesa sul pavimento e testa appoggiata sugli Osci.

Gli Psiofi e l'Anteo del Terzo Livello già conoscevano la tecnica di rilassamento e chiusero gli occhi incrociando le braccia sul petto.

Nabir aiutò Suomi e con voce ferma disse a tutti:

«Meditare è fare pulizia dentro di sé» poi, rivolgendosi ai due Antei di Primo Livello sussurrò: «Liberate la vostra mente da ogni problema e immaginate di scendere una scala. Contate lentamente da 21 a 1. Ogni numero corrisponde a un gradino che vi farà arrivare a un luogo segreto che solo voi immaginate. Quando arriverete all'ultimo gradino, il numero 1, vedrete una piccola porta dietro la quale c'è il vostro nascondiglio psicologico: il luogo dei desideri che avete. Entrate in quella scena e iniziate la fase meditativa».

I due amici cominciarono l'esercizio magipsichico.

Geno chiuse gli occhi, immaginò di scendere la scala e quando si ritrovò davanti alla porta la spinse con una mano: si aprì! Davanti a lui apparve un grande albero. Una quercia secolare che affondava le sue nodose radici su una zolla di terreno erboso. Tutt'intorno c'era il nulla. Non c'era cielo. Non c'era il mare. Non c'erano colline o montagne. L'albero era solo.

Hastor Venti si avvicinò e toccò l'enorme tronco. La corteccia, spessa e dura, era umida e un'incisione profonda svelò il nome dell'albero: "Quercio-Sà".

Il ragazzo rimase con il fiato sospeso:

«È la quercia dalla quale si ricava la polverina di madame Crikken!».

Girò intorno alla quercia e sentì che quell'albero immaginario era reale più di ogni altra cosa. Sprigionava energia e dolcezza, pace e gioia. Tra i folti rami vide penzolare qualcosa. Appeso a una cordicina, troppo in alto per prenderlo, pendeva un oggetto che gli sembrava di conoscere. Senza pensarci un attimo si arrampicò sulla quercia e, intrufolandosi tra le foglie, lo afferrò: era il talismano di Anoki!

«Com'è possibile che sia finito qui?» si domandò il ragazzo guardando il minuscolo totem.

Appena lo ebbe in mano l'oggetto sparì. Svanì anche la Quercio-Sà e Geno sentì una forza oscura trascinarlo nuovamente verso la porta. Risucchiato da una potente energia risalì i 21 gradini. Nella sua mente rimbombavano parole e rumori, lo stato di meditazione era profondo e al ragazzo sembrò proprio di vivere realmente la scena nonostante il suo corpo fosse immobile come quello di tutti gli altri che stavano eseguendo la prova accanto a lui.

Suomi era nel suo luogo segreto e non muoveva neppure più i piedi immersi nella vasca.

Alcuni Psiofi scuotevano la testa e Bob Lippman aveva uno strano sorriso stampato sulla faccia (chissà dove lo aveva portato la sua meditazione!).

Geno aprì di scatto gli occhi e si guardò intorno.

«Tutto bene?» chiese Nabir Kambil chinandosi e appoggiando le mani sulle spalle di Hastor Venti.

«Non lo so. Ho visto...» non finì di parlare perché il Saggio gli tappò la bocca.

«Non devi mai dire ciò che vedi in fase di meditazione. È un tuo segreto. Rifletti. Saprai sicuramente darti una spiegazione» disse Nabir.

Il ragazzo aveva la mano sinistra chiusa a pugno, come se stringesse qualcosa. La aprì e sperò di vedere il talismano che aveva trovato sulla quercia.

Ma non fu così. L'oggetto sacro di Anoki era rimasto lì in quello spazio silenzioso. In quel luogo creato dalla mente in fase di meditazione.

Suomi era ancora rilassata e anche gli altri non avevano aperto gli occhi. Il Saggio santone gli fece cenno di alzarsi dalla piscina e di uscire dall'Aula dell'Oblio:

«Vai pure, togliti la Skerja. Hai terminato il tuo esercizio» disse indicando l'uscita.

Il giovane Hastor Venti levò il saio arancione, lo piegò bene, asciugò i piedi, indossò gli stivali, riprese l'Oscio e se ne andò pensieroso. Scese le scale e, guardingo, si avviò verso l'UffioServo. Voleva controllare se Lupo Rosso aveva ancora il talismano. Quando girò il vaso della statua per aprire l'ingresso segreto, da dietro le sue spalle giunse a tutta velocità il Girifalco che entrò sbattendo le grandi ali.

«Roi? Ma...» Geno sentì gelare il sangue. Il falco aveva scoperto l'UffioServo!

Il rapace girò tre volte sopra il corpo di Anoki Kerioki e poi si posò proprio all'altezza del cuore. Il pellerossa era sempre lì, appeso come un lampadario fumoso, con il volto quasi sfigurato. Era impressionante guardarlo.

Roi emise un grido stridulo e rimase con il becco aperto. Geno agitò le braccia cercando di cacciarlo via, per vedere se sul petto dell'amico c'era il prezioso oggetto. Lo vide!

«Prendilo Roi, prendilo tu» ordinò il ragazzo, che a quel punto doveva per forza fidarsi del misterioso rapace.

Il falco strappò dal petto di Lupo Rosso la collana e, tenendola nel becco, volò sulla testa di Geno e la lasciò andare. Non appena l'ebbe in mano, il ragazzo sentì levarsi un canto Sioux: voci e nenie di quell'antico e glorioso popolo al quale Lupo Rosso apparteneva. Il talismano racchiudeva gli spiriti degli avi di Anoki, Geno se lo ricordava bene. Il canto era triste e intenso.

L'emozione gli fece piegare le gambe fino a farlo inginocchiare. Una visione lo fece stare con il fiato sospeso: migliaia di bisonti correvano in sterminate praterie e fieri indiani, con i grandi copricapo piumati e con i volti dipinti, gridavano al cielo.

Una forza potente entrò nel cuore di Geno. Una forza che si sommò alla Parola Bloccante. La sua mente sprigionava energia e gli occhi neri del giovane Anteo divennero enormi e brillanti. Senza accorgersi sussurrò «La Forza della mente. Tutto dipende da questo. Madame aveva ragione. Persino la cena d'inizio in onore alla lettera F mi ha indirizzato qui. Qui dove il mio cuore vuoto d'amore si sta riempiendo».

Geno Hastor Venti guardò in alto e giurò di salvare l'amico, mentre Roi continuava a volare sopra il corpo del pellerossa e le sue ali s'immergevano nel fumo e nei vapori che lo avvolgevano.

Geno pianse e le sue lacrime bagnarono il piccolo totem di legno: il canto e la musica si fermarono, il silenzio tornò a regnare nell'UffioServo. Il Girifalco si diresse verso la porta e Geno si rialzò lentamente seguendolo. Quando uscirono nel corridoio, Roi se ne andò agitando morbidamente le ali e il giovane Anteo italiano sparse come al solito la polverina di Quercio-Sà.

Si era fatto tardi e mancava poco all'ora di cena. Sulle scale c'erano quattro medium che parlottavano. Una di loro sembrava una bambina, ma in verità aveva subito il trattamento anti-bugia. Infatti, durante la prova di Fandonfia aveva detto una cosa assolutamente non vera e la conseguenza era stata inevitabile: si era immediatamente ridotta d'altezza. Arrabbiata come non mai, la medium, sfiorata casualmente da Geno, sbraitò come un'ossessa:

«Se vai tu a Fandonfia diventi un topo nero, con tutte le bugie che dici!».

Il giovane Hastor Venti la guardò senza spaventarsi, il canto indiano era ancora dentro la sua testa e nulla poteva turbarlo. L'espressione disincantata dell'Anteo di Primo Livello sconcertò la medium e le altre Psiofe risero di gusto. Geno scese velocemente i gradini e passò veloce davanti alle Staffore Inverse, le grandi bocche nere parlarono in modo deciso: «Tutte le prove devi seguire. Attento, te ne mancano molte prima dell'Intercanto. Dove vai? Prendi la strada giusta».

Geno ascoltò e si rese conto che le Staffore volevano metterlo in difficoltà per l'Intercanto. In effetti gli mancavano Salutria, ma era facoltativa, Fandonfia e Psicofonia. E proprio quest'ultima materia era quella da seguire con Suomi. L'appuntamento era al Megasoffio, alle ore 21. Era importante capire se nell'Auditorium dell'Arx c'era un passaggio segreto che portava verso la prigione dei suoi genitori. Assorto nei suoi pensieri entrò nella camera numero 5. Ad attenderlo c'era la ragazzina finlandese:

«Mi stavo preoccupando, quando ho finito Meditazione tu non c'eri più. Vieni, siediti qui, la cena è pronta e tra un po' dobbiamo andare» disse Suomi mangiando Patatine Emotive.

«Senti cos'ho trovato» Geno mise in mano all'amica il talismano di Anoki.

«Ma è di...» Suomi comprese che era di Lupo Rosso ma non pronunciò il nome in quanto sapeva benissimo che i Timpatubi erano attivi. Mandò un messaggio telempatico a Geno. Il Vertiglio brillò e il giovane Hastor Venti rispose di sì e con il pensiero spiegò alla ragazzina che lo aveva aiutato Roi.

«Il falco è entrato ...lì?» esclamò Suomi sempre più turbata spegnendo il Vertiglio.

«Già, ma non c'è da preoccuparsi» rispose ad alta voce il giovane Anteo italiano.

La ragazzina finlandese sentì lo stomaco in subbuglio, non capiva se Lupo Rosso si era risvegliato o no. Rimandò un messaggio telempatico e Geno le spiegò che Anoki era sempre nella stessa condizione ma probabilmente il talismano sarebbe servito. Non gli raccontò della Quercio-Sà, non poteva farlo. Su questo Nabir era stato molto chiaro.

«Andiamo da Naso Bendatov, tra un po' la Batacchia Tremula suonerà ventuno rintocchi. Sai bene che è urgente per me andarci» le parole pronunciate ad alta voce da Geno non calmarono però Suomi.

«Spero che tutto vada bene a Psicofonia. Sono ansiosa. Chissà quali voci raccoglierò» disse l'Antea finlandese mangiando una Mela Calmante.

«Voci?» domandò Hastor Venti gustando due forchettate di Riso Agostiniano.

«Non dirmi che non sai come si svolge la prova di Psicofonia!» esclamò Suomi.

«Sì... dunque, mi sembra di ricordare che nel Regolamento c'è scritto che il microfono... volevo dire Vocofono del Megasoffio raccoglie le voci della nostra mente e le fa ascoltare a tutti» disse Geno parlando a bocca piena.

«Esatto, proprio così» rispose la ragazzina.

Geno sorrise, andò in bagno a rinfrescarsi il viso e si pettinò i capelli ricci. Poi rimise in testa il Tonca nero, infilò i guanti ancora mezzi rotti e prima di uscire, guardò la mappa e la bussola d'oro. Per raggiungere l'Auditorium bisognava oltrepassare l'Aula Sublime Cibaria e percorrere una galleria che sfociava nei sotterranei dell'Arx.

Rimise in tasca la preziosa mappa e la bussola, poi prese per mano Suomi:

«Sarà una serata importante».

Nel Salotto dei Fenicotteri c'era un gran fermento, i cani bassethound di miss O'Connor stavano giocando con due Paropalle e la Governante non sembrava affatto nervosa. Una decina di Psiofi si scambiavano piume colorate e due alchimiste tenevano in mano ciotole di porcellana con strani intrugli. Pilo Magic Brocca si avviò verso l'Aula della Leggerezza per la lezione di Bioenergia e passando vicino ai due Antei di Primo Livello chiese:

«Tutto bene?».

«Sì» risposero i ragazzi.

«Mi raccomando. Non avete seguito alcune prove del Primo Livello. Se andate avanti così non credo passerete l'Intercanto» disse Pilo sbuffando e se ne andò seguito da una ventina di sciamani e medium. Yudi Oda lo guardò soddisfatto, mentre al suo fianco Agata Woicik sghignazzava facendo strane smorfie a Geno. Agata aveva in mano un sacchetto di carta e avvicinandosi a Suomi le disse:

«Facciamo pace, non mi sei poi così antipatica. In questo sacchetto ho delle caramelle all'Anice Estatica, sono buonissime» e così dicendo prese la mano destra della ragazzina cieca e gliela infilò dentro.

Suomi cercò di afferrare una caramella dentro al sacchetto ma sulle dita sentì solo della polvere.

Agata rise a squarciagola e corse verso Yudi.

«Sciocca e stupida bambina» disse Geno che guardandola gli ricordò tantissimo l'acida Mirta Bini.

Suomi rimase con la mano sollevata:

«Ma cosa c'era dentro il sacchetto?».

«Solo terra o polvere rossa, hai sporcato i guanti. Non prendertela» rispose Hastor Venti.

Tra dispetti e arrabbiature, gli Antei e quindici Psiofi attraversarono la galleria in silenzio e sbucarono in un ampio spazio illuminato solo da lampade rosse. Sulla parete di fronte al passaggio c'era un enorme portone in legno antico. Lì attesero che la Batacchia Tremula suonasse le 21 e, dopo una decina di minuti, alcuni Psiofi, in particolare due stregoni messicani, iniziarono a bussare.

Di colpo Naso Bendatov aprì il portone. Aveva il colbacco in mano e la fronte tutta sudata:

«Qualcuno ha manomesso il Pianssereno!» disse serissimo. Una maga Psiofa si fece avanti:

«Forse si può aggiustare. Io conosco bene la struttura del Pianssereno, frequento l'Arx da molti anni».

Naso la guardò e poi, rivolgendosi a tutti esclamò:

«Facciamo presto. Se il Pianssereno non funziona, nemmeno il Pendolo Secco può registrare le entrate e le uscite. La Batacchia Tremula e il Fischiosugo non suoneranno. Tutti gli orologi e le campane dell'Arx sono collegate a quest'organo. La spiegazione del Regolamento Iniziatico, RI-AM.6e, è molto chiara. Domani mattina arrivano tutti gli Psiofi per il GalApeiron e Von Zantar se la prenderà con me!».

Geno e Suomi entrarono insieme agli altri. Il Megasoffio

era bellissimo. Un auditorium veramente straordinario. Le pareti e il soffitto erano azzurri come il cielo e le poltrone erano di velluto rosso. Sul palco c'era il Piansereno, l'antichissimo organo datato 1555 che riproduceva canti lirici e suoni di tutti gli strumenti, dal violino alla tromba, dal pianoforte all'oboe. Le canne, oltre mille, erano di legno e le tastiere avevano bordi dorati. Alcune erano altissime, altre invece basse. La manutenzione del Piansereno era quotidiana e nessuno, al di fuori del medico dell'Arx, poteva occuparsi dell'organo, uno strumento importantissimo proprio perché regolava gli orari delle prove magipsichiche.

Naso e la maga armeggiarono per alcuni minuti, ma dalle canne uscirono solo suoni disarmonici. Agata Woicik e Yudi Oda si erano seduti proprio in prima fila per assistere alla scena. Geno e Suomi erano ancora in piedi e attendevano che la situazione si risolvesse. Ma l'Antea finlandese si ricordò di colpo della visione che aveva avuto quando madame Crikken le aveva dato la Parola Bloccante.

«Naso Bendatov arrabbiato nel Megasoffio» sussurrò preoccupata.

Hastor Venti non sentì la frase perché era troppo intento a scrutare dall'alto in basso l'intero auditorium per capire dove potesse trovarsi il passaggio segreto, senza notare nulla di strano. Chiese a Suomi di concentrasi per captare con la mente qualche anomalia nei muri o nel pavimento, ma la ragazzina non fece in tempo a concentrarsi perché la voce squillante della maga Psiofa la fece sobbalzare.

«La terza tastiera del Piansereno è stata manomessa. Il tasto del Corno da caccia è bloccato, il quarto del Flauto lo stesso e il ventiduesimo del Violoncello ha un'evidente impronta di mano sporca di Sabbia Moribonda, una polvere rossa indelebile e micidiale. Riesce a bloccare ogni oggetto. Se posso dire la mia, queste sono cose da ragazzini».

Naso Bendatov si rimise il colbacco e con voce tonante andò davanti al Vocofono, il grande microfono che era sul palco, pronto per la prova di Psicofonia, e annunciò:

«Chi sa qualcosa parli! Esigo subito una risposta! Sapete bene che chi trasgredisce alla R1-AM.6e viene espulso all'istante».

Un brusio si sparse per tutto il Megasoffio. Gli Psiofi fissarono i quattro Antei presenti, che si sentirono unici obiettivi dell'ira di Naso.

Il Vocofono era ancora acceso e si udiva benissimo il respiro affannoso del medico dell'Arx che, improvvisamente starnutì provocando un boato terrificante.

«Scusate, ma il raffreddore non mi abbandona – disse Naso tirando fuori dalla tasca il fazzoletto – in ogni caso ora chiudo il Vocofono, tanto la prova di Psicofonia non si farà. Voglio che si faccia avanti il colpevole!».

Agata si alzò in piedi e girandosi verso Suomi la indicò.

«È lei che ha usato la Sabbia Moribonda. Guardatele bene i guanti neri che indossa".

Suomi tremò: la visione che aveva avuto nell'UffioServo si stava avverando. Geno avanzò di qualche passo verso il palco ma Naso lo fermò.

«Vieni qui, Suomi Liekko» disse il Saggio medico.

La ragazzina si alzò e agitando il bastone raggiunse i gradini del palcoscenico ma per l'emozione non riuscì a salire. Aveva le guance rosse dalla vergogna e la rabbia le rodeva l'anima. Gettò il bastone a terra e mostrò le mani coperte dai guanti. Le dita del guanto destro avevano granelli color porpora.

Il Sapiens russo scese dal palco assieme alla Psiofa e constatò che il guanto destro aveva tracce di polvere rossa. La maga le annusò e confermò con la testa:

«È Sabbia Moribonda».

La ragazzina si agitò e urlò:

«No, no. È stata Agata a farmi infilare la mano dentro un sacchetto... io... non sapevo nulla. Non potevo vedere cosa c'era dentro! Sono cieca! Sono cieca!».

La voce di Suomi era carica d'angoscia, la ragazzina aveva perso il controllo perché si sentiva ingiustamente accusata. Hastor Venti intervenne:

«Sì, è vero. C'ero anch'io quando Agata...».

Naso lo zittì:

«Non parlare. Hai già i tuoi problemi qui all'Arx. Vuoi complicare ulteriormente la situazione?».

Il grande portone di legno si spalancò di colpo e nel Megasoffio entrò miss O'Connor, che era stata avvisata prontamente da numerosi messaggi telepatici inviati dagli Psiofi e da Agata, la sua prediletta.

«Che succede qui? Il Piansereno è stato veramente manomesso?» chiese, arrivando a passo veloce seguita da Oscar, Ofelia e Ottone.

«Sì, manomesso. Un vero guaio» rispose Naso avvicinandosi a Suomi.

«È stata lei?» domandò soddisfatta la Governante.

«Pare di sì. Ha le mani sporche di Sabbia Moribonda".

«*Good, good.* Allora cara signorina Liekko ora andiamo da Ranja Mohaddina, con la Fandonfia non si può sbagliare. Se dirai la verità non ti succederà nulla. Se invece sei stata tu, allora oltre agli effetti di cambiamento fisico arriverà anche la punizione del Summus Sapiens. Manomettere il Piansereno è una cosa gravissima. Rischi di saltare l'Intercanto e rimanere al Primo Livello!».

Oscar salì con le zampe sulle gambe di Suomi e la ragazzina perse l'equilibrio, ma Naso l'afferrò per le spalle:

«Oscar, sei un cucciolo troppo vivace» disse il medico sorridendo.

Suomi fece per allungare la mano e accarezzarlo ma il piccolo bassethound annusò le dita sporche di polvere e starnutì. Anche Naso iniziò un interminabile sequenza di sternuti.

Miss O'Connor richiamò Oscar con severità e guardò con occhi cattivi la giovane Antea finlandese.

Yudi fece l'occhiolino ad Agata che sorrise. Ma Naso aveva visto il loro comportamento e, prima che la Governante portasse via Suomi, esclamò:

«Secondo me a Fandonfia dovrebbero venire tutti gli Antei qui presenti».

Geno sgranò gli occhi e fece un sorriso smagliante al medico. Miss O'Connor alzò la testa e curiosa domandò:

«Tutti o solo... solo il solito Geno Hastor Venti?».

«Tutti e quattro» ribatté il medico dell'Arx.

Agata e Yudi abbassarono lo sguardo, mentre Geno si avviò fieramente verso la galleria dicendo:

«Dottor Bendatov, io e Suomi torneremo presto».

Mancavano solo venti minuti alle 22 e miss O'Connor era piuttosto nervosa, poiché doveva andare nella sua aula per la prova di Fantasmi. Quando arrivò davanti all'Aula Sublime Cibaria mandò una Paropalla a Ranja, che stava già beatamente dormendo nel suo alloggio.

La Saggia araba scese in fretta le scale e, con la vestaglia da notte annodata, si presentò davanti al gruppetto di Antei.

«Che cosa è successo?» chiese sbadigliando.

«So bene che l'orario non è consueto. Ma è necessario fare una prova di Fandonfia con questi quattro Antei. Suomi, o qualcuno di loro, ha manomesso il Piansereno» spiegò frettolosamente la Governante.

«La faccenda mi sembra grave!» aggiunse Ranja entrando nell'Aula Sublime Cibaria. Fece accomodare i ragazzini sugli sgabelli, quelli vicino al fornello, e iniziò l'esercizio spiegando che si doveva fare al buio.

Per Suomi e Geno era la prima volta, per Yudi la seconda, mentre Agata conosceva già la tecnica visto che era al Secondo Livello.

Ranja versò nei bicchieri dell'Acqua Pitagorica al cubo, un liquido alchemico molto potente capace di provocare modificazioni fisiche se non si dice la verità. Gobbe, rughe, brufoli, mutazioni di nasi, occhi, bocche e orecchie erano tra le reazioni più comuni. La Saggia araba spense le luci e aspettò che i ragazzini bevessero. Solo Agata fece la furba e, al buio, riuscì a versare la bevanda nella pentola che era sopra il fornello. Quando Ranja domandò a ognuno di loro se aveva manomesso il Piansereno, tutti risposero in modo negativo.

«Molto male. Nessuno ha confessato. Ora riaccenderò le luci e purtroppo uno di voi avrà subito gli effetti della Fandonfia. Con le bugie non si scherza» annunciò Ranja che al suo fianco aveva la Governante e i tre cani.

I quattro Antei però erano normalissimi.

Ranja e Butterfly guardarono Suomi: com'era possibile che non fosse colpevole! Bugiarda!

Ranja si girò verso Agata:

«Allora sei tu che hai detto il falso!».

«No. Io sono una bravissima e leale Antea» rispose con aria strafottente.

Ofelia e Oscar stavano annusando la parte inferiore del mobile della bellissima cucina quando il cucciolo iniziò ad abbaiare in modo instistente. Ranja Mohaddina si avvicinò al cagnolino e scoprì che nella pentola lasciata sopra il fornello c'era dell'Acqua Pitagorica al cubo.

La Saggia araba fulminò con uno sguardo Agata che abbassò la testa. Miss O'Connor prese la pentola e guardando Ranja fece un sorriso di circostanza. Ma la Sapiens, amica e collega di madame Crikken, fu durissima:

«Agata Woicik, bevi subito!».

L'Antea di Secondo Livello afferrò la pentola dalle mani della Governante e ingurgitò il liquido. Nel giro di pochi secondi il volto si riempì di bolle nere e viola, il naso diventò verde e largo. Geno scoppiò a ridere e spiegò a Suomi come si era trasformata Agata. La ragazzina finlandese scese dallo sgabello, picchiò il bastone a terra in segno di vittoria e assieme all'amico uscì dall'Aula Sublime Cibaria:

«Noi andiamo a Psicofonia. Naso ci aspetta, abbiamo perso troppo tempo».

Agata si guardò i guanti bianchi (anche le mani si erano gonfiate!), li sfilò e vide che la pelle era a chiazze:

«Sono un mostroooooooo!».

Yudi stette zitto, con gli occhi sbarrati, mentre Oscar dimenava la coda strusciandosi sulla vestaglia di Ranja. Miss O'Connor abbracciò l'Antea polacca e con stizza disse:

«Ok, hai sbagliato. Ora devo portarti da Von Zantar. Mi spiace, ma il Regolamento parla chiaro».

Agata singhiozzava e Ranja spense le luci tornandosene a dormire. La Saggia araba pensò che Geno e Suomi erano sempre nel mirino e pregò perché madame Margot Crikken tornasse al più presto all'Arx. Troppi incidenti e invidie stavano avvelenando il clima dell'antica rocca dove regnava la Magipsia.

Capitolo Undicesimo

Il GalApeiron degli Psiofi

Quattro medium spagnoli, due maghe francesi, sei sensitivi e Bob Lippman attendevano miss O'Connor fuori l'Aula del Pensiero Sottile. Benché fossero passate le 22 e la Batacchia Tremula, a causa del guasto del Piansereno, non avevesse suonato, il gruppo era impaziente di partecipare alla prova di Fantasmi. Nella stessa situazione si trovavano quelli che stazionavano fuori dall'Aula dell'Ipnosi che sbuffavano per il mancato arrivo di Eulalia Stabikasios per gli esperimenti di Magia Bianca.

Miss O'Connor, di fianco ad Agata che si copriva il volto con le mani, avvisò tutti che la Batacchia non poteva suonare, scusandosi. Bob Lippman si avvicinò all'Antea polacca:

«Ma cosa ti è successo?» chiese sbalordito.

«Tutta colpa di quella maledetta cieca e dell'italiano scemo» rispose lei tra le lacrime. Bob allora giurò vendetta per l'amica.

Eulalia si fece avanti e Butterfly, sistemandosi i capelli, disse seccamente:

«Credo che serva il tuo aiuto nel Megasoffio. Io devo andare da Zantar. Come vedi, Agata è nei guai».

La Sapiens greca strabuzzò gli occhi e si congedò con mille smorfie dal suo gruppo di Psiofi, che rimasero ancora una volta delusi perché non potevano frequentare regolarmente le prove in presenza di Eulalia.

«Potete entrare liberamente nell'Aula dell'Ipnosi, e procedere con le vostre abilità. Stasera farete a meno di me» disse storcendo il naso.

Agata e la Governante salirono le scale e, giunte al terzo piano trovarono Pilo Magic Brocca che era già stato avvisato del loro arrivo da una Paropalla spedita poco prima da Ranja Mohaddina.

«Von Zantar vi riceverà immediatamente» esclamò il Cerimoniere facendo strada.

La Sapiens irlandese e l'Antea polacca attraversarono il ponte levatoio ed entrarono nella Stanza della Visione. Il Summus Sapiens era seduto sulla sua poltrona, il braciere era acceso come al solito e un amaro profumo di resina odorava l'ambiente.

Yatto si alzò e osservò il volto e le mani della ragazzina.

«Orribile!» esclamò schifato.

Agata pianse disperatamente:

«La prego Summus, non mi cacci. Tra pochi giorni ci sarà l'Intercanto e io voglio superare la prova e passare al Terzo Livello».

Il Grande Saggio dell'Arx scosse la testa:

«Con grande dispiacere devo dirti che non posso farti restare qui. Sai bene che il Regolamento Iniziatico, RI-AM.6e, prevede l'espulsione per chi manomette il Piansereno. Perché mai hai combinato questo guaio dicendo anche una grossa bugia incolpando l'Antea finlandese?» chiese urlando Von Zantar.

«È antipatica e poi sta sempre assieme a Geno che proprio non lo sopporta nessuno» rispose Agata asciugandosi le lacrime.

«*Ich verstehe.* Capisco. Ma non posso perdonarti» disse il Summus che, in cuor suo, apprezzava la cattiveria di Agata Woicik.

Miss O'Connor tentò di sminuire l'azione della ragazzina

ma Yatto le fece capire che era meglio non destare ulteriori sospetti tra i frequentatori dell'Arx e tra gli stessi Psiofi e Sapientes. Il Regolamento doveva essere onorato.

Il Summus Sapiens, Yatto Von Zantar pronunciò l'atto di espulsione:

«Agata Woicik, sei espulsa dall'Arx Mentis per avere trasgredito al Regolamento. Potrai tornare tra noi il prossimo ciclo. Ripeterai il Secondo Livello e se non supererai l'Intercanto, sarai esonerata per sempre dalle arti della Magipsia. Così è deciso!».

Yatto tolse dalla testa della ragazzina il Tonca bianco e le strappò con forza i guanti. Prese un piccolo timbro e impresse negli indumenti la R di ripetente.

Agata strinse i pugni, si mise in ginocchio ma miss O'-Connor la fece rialzare abbracciandola:

«Vai nel tuo alloggio e prepara le tue cose. Ci vedremo al Pendolo Secco».

Mentre l'Antea esplusa si avviava verso la sua camera accompagnata dal Cerimoniere, Butterfly e Yatto rimasero a confabulare per alcuni minuti.

Intanto nel Megasoffio erano già arrivati Geno, Suomi e Eulalia. Sul palco, accanto al Piansereno, c'era Naso Bendatov che armeggiava tra i tasti. Quando vide Suomi rimase a bocca aperta:

«Ma allora? Non sei stata tu!».

«A quanto pare no! Io dico sempre la verità... o quasi» disse sorridendo l'Antea cieca.

«È stata Agata!» Geno lo disse con estrema soddisfazione e Naso dondolò con tutto il corpo in segno di approvazione.

Alla Sapiens greca aumentò il tic: gli occhi sembravano muoversi senza alcun controllo! Agitata come non mai, andò verso i tasti del Piansereno bloccati dalla Sabbia Moribonda e versò alcune gocce di Arsenico Liberante, un potente veleno che eliminava l'azione nefasta della polvere magica. L'operazione richiedeva grande attenzione.

Naso ed Eulalia erano molto concentrati, così Geno potè sbirciare tra le canne dell'organo e i pedali delle tre tastiere per vedere se qualche strano meccanismo permetteva l'accesso a un luogo segreto. Ma nulla. Suomi attivò le sue percezioni extrasensoriali e venne attratta dalla prima tastiera. Si avvicinò e pose le mani sui tasti. Naso si girò di scatto:

«Non toccare, stiamo togliendo la polvere rossa».

La Sapiens provò a premere i tasti e dalle canne uscì il canto di una soprano, quello che annunciava tramite il Pendolo Secco l'entrata e l'uscita delle Psiofe.

«Funziona!» gridò felice la Saggia greca.

Naso finalmente rise. I due Sapientes provarono a suonare altre parti dell'organo per controllare che tutto fosse nuovamente a posto.

Geno, però, si era accorto che due tasti della prima tastiera erano rimasti bloccati. Si avvicinò e li toccò. Nessun rumore, nessuna voce uscì dalle canne corrispondenti. Il ragazzo sentì solo un lieve scricchiolio provenire da dietro il palcoscenico.

Eulalia e Naso non si accorsero di nulla, erano troppo impegnati a rimettere in regola il suono della Batacchia Tremula. Il giovane Hastor Venti sbirciò dietro l'organo e vide che sul pavimento c'erano otto piastrelle del parquet sollevate di almeno cinque centimetri.

«Qui sotto c'è qualcosa!» sussurrò in preda a un'improvvisa felicità.

Chiamò Suomi, ma Naso s'insospettì.

«Non si può andare dietro l'organo, è proibito dal Regolamento, RI-AM.6e. Dovreste saperlo! Volete passare dei guai ed essere espulsi anche voi?».

Geno si scusò ma non appena il medico si girò dall'altra parte tirò fuori la bussola che gli aveva dato il falco: la freccia segnava Sud. La mise in direzione delle otto piastrelle di legno e la freccia iniziò a girare in senso antiorario. La bussola sembrava impazzita.

«Sìiiiiii» urlò senza rendersene conto.

Anche Suomi gridò ed Eulalia la zittì dicendo:

«Bocca chiusa per favore. Qui non stiamo giocando».

In quel momento la Batacchia Tremula scoccò la mezzanotte.

«*Òcen khoroshò*. Molto bene. Il Piansereno funziona che è una meraviglia» esclamò Naso gettando per aria il colbacco.

«Benissimo, allora adesso facciamo la prova di Psicofonia?» la richiesta di Suomi, che sbigottì il Sapiens russo, serviva a Geno che così avrebbe avuto il tempo di trovare il passaggio segreto.

«Ma è tardissimo!» esclamarono i due Saggi.

Suomi insisté e anche Geno cercò di convincere il buon medico dell'Arx a fare la prova sostenendo che altrimenti avrebbero affrontato male l'Intercanto.

Naso rimise il colbacco e diede la buona notte a Eulalia che dalla stanchezza e a causa del solito tic, era completamente strabica. Prima di uscire dal Megasoffio diede una carezza al giovane Hastor Venti ma, avvicinatosi, notò che dalla tasca del ragazzo scendeva una cordicina con un oggetto particolare. Il talismano di Anoki Kerioki! Eulalia Stabikasios ebbe un sussulto, tant'è che persino i suoi occhi tornarono per qualche istante normali.

Naso avvertì lo scompenso energetico della Sapiens greca e fissò Geno, che prontamente ricacciò dentro la tasca il preziosissimo oggetto. Ma il gesto non lo salvò dall'ennesimo guaio.

«Fai vedere! *Sjejcàs!* Subito!» ordinò Naso Bendatov.

Il giovane chinò la testa e mostrò il talismano. Suomi capì che la frittata era fatta!

«Ma questo è di... Lupo Rosso!» esclamò Eulalia, con la mano sulle labbra, spaventata.

Il Saggio russo si lasciò cadere su una delle poltrone della prima fila, ritolse il colbacco e con aria stanca chiese spiegazione ai due Antei.

Geno non sapeva se dire o no la verità. Ma nel destino di Hastor Venti non era ancora scritta la parola fine. Per l'ennesima volta in suo aiuto arrivò Re, il Girifalco d'oro. Entrò dal portone del Megasoffio e come un fantasma piumato fece quattro giri attorno al Piansereno tra lo sconcerto di tutti. Suomi ebbe un brivido.

"La visione, la visione che ho avuto nell'UffioServo si avvera ancora" pensò terrorizzata.

Roi prese la mira e con un abile volteggio si diresse verso il ragazzo, strappandogli con il becco il talismano dalle mani senza ferirlo.

Suomi era spaventata, sentiva volare sopra la sua testa l'uccello, ma non capiva cosa stesse accadendo. Il falco si appoggiò esattamente sopra il Vocofono del Megasoffio e fece dondolare il piccolo totem di Lupo Rosso. Le luci si abbassarono improvvisamente. Eulalia, sempre più sconvolta, si sedette accanto a Naso premendosi gli occhi.

Geno e Suomi rimasero impettiti e non fiatarono.

Dal totem uscì un canto antico degli spiriti Sioux che si levò altissimo grazie al Vocofono. Tamburi e grida, antiche musiche di preghiera entrarono nei cuori dei due Saggi e dei due Antei.

Il falco si rialzò in volo e, quando fu sopra Geno, gli riconsegnò il talismano e se ne volò fuori dal Megasoffio lasciando l'auditorium in preda a una calma preoccupante.

Il piccolo totem di legno brillò come una saetta e Hastor Venti sentì le gambe leggere e la testa girare come una ruota. Con il talismano in pugno si levò alto sino quasi al soffitto dell'auditorium, gli si annebbiò la vista e il cuore rallentò. Perse conoscenza e rimase sospeso in levitazione. Nel suo corpo entrarono gli spiriti di Anoki Kerioki che parlarono usando la sua bocca.

Libero lasciate questo giovane coraggioso
che conosce il valore dell'Amicizia.
Salverà Lupo Rosso.
In lui c'è la forza del Pensiero.
Libero lasciate questo giovane coraggioso
che conosce il dolore dell'Abbandono.
Riporterà la pace all'Arx.
In lui c'è la forza dell'Amore.

Il dottor Bendatov diventò scuro in volto. Osservò Geno che stazionava là in alto come una nuvola umana senza mai aver provato Levitazione, esercizio che si poteva fare solo al Secondo e Terzo Livello. Naso ascoltò assieme a Eulalia le parole degli spiriti Sioux e pensò che, in tanti anni di dedizione alla Magipsia, non aveva mai assistito a una cosa simile all'Arx Mentis. Eulalia emise uno strano gemito e, per qualche minuto, ebbe uno scambio telempatico con Naso. I Vertigli brillarono e i due Saggi dialogarono intensamente su ciò che avevano visto e sulla straordinaria potenza medianica di Hastor Venti.

Quando gli spiriti terminarono di parlare, il corpo di Geno iniziò la discesa e, arrivato a terra, si accasciò svenuto. Suomi gridò fortissimo il nome dell'amico agitando il bastone:

«Rispondimi, ti prego. Dimmi che sei vivo. Rispondi, rispondi...».

Le urla dell'Antea finlandese risvegliarono bruscamente il giovane che, trovandosi steso sul pavimento, guardò il soffitto e sentì di aver vissuto un'esperienza unica. Si alzò, abbracciò Suomi che tremava e capì che i due Sapientes avrebbero preso provvedimenti seri.

I due ragazzi attivarono la Parola Bloccante, perché temevano un'intrusione mentale di Eulalia e Naso e ciò avrebbe complicato ulteriormente le cose. Come potevano spiegare ciò che era accaduto senza svelare dov'era Anoki Kerioki? O forse erano loro i Saggi che li avrebbero aiutati, come aveva scritto il falco?

Naso e la Saggia greca non fecero nulla, non tentarono assolutamente di indagare con le tecniche di Telempia o Telepatia, si alzarono contemporaneamente dalle poltrone con molta discrezione.

«*Òcen khoroshò*. Molto bene. Bella prova di Psicofonia. Complimenti a tutti e due» disse senza fare una piega il dottor Bendatov rimettendosi il colbacco.

Geno trattenne il respiro.

«Spero che Lupo Rosso abbia sentito gli spiriti amici che ti hanno fatto visita. Noi attediamo fiduciosi il suo ritorno» la frase di Eulalia Strabikasios sconcertò i due Antei.

«Ma... lo direte a Von Zantar?» chiese timorosa Suomi.

«*Njèt*. Non è obbligatorio spiegare al Summus cosa accade in tutte le prove di Psicofonia. Il Regolamento non lo prevede» rispose Naso avviandosi verso l'uscita in compagnia di Eulalia.

Geno deglutì sperando che i Timpatubi fossero inattivi. Per sua fortuna Von Zantar non era in ascolto con le Scantoppie, perché stava provando a usare ancora una volta la Sfericonda per scovare dove fosse finita madame Crikken.

Geno tirò fuori dalla tasca la bussola e si girò a guardare il palco sussurrando a Suomi:

«Ho trovato il passaggio segreto, la bussola l'ha segnalato. Tornerò quando non ci sarà nessuno».

«Torneremo. Io ti aiuterò» rispose la ragazzina allungando la mano verso il viso di Geno.

Hastor Venti prese per mano l'amica finlandese e strinse il talismano pensando ai suoi genitori e al Re che aveva dimostrato di conoscere veramente il futuro.

Il portone del Megasoffio si chiuse. Nessuno aggiunse più una parola.

In verità Naso e Eulalia si erano messi mentalmente d'accordo. Il mattino seguente avrebbero chiesto una cosa importante a Yatto Von Zantar: la convocazione urgente di Orso Quieto. D'altra parte il rapporto tra il falco e Geno aveva dell'incredibile e se l'Anteo italiano sapeva che fine aveva fatto Anoki Kerioki era necessario informare lo sciamano dei Sioux.

Quando attraversarono il Salotto dei Fenicotteri si udì chiaramente il coro di bambini levarsi alto. Il Pendolo Secco stava avvisando che Agata Woicik usciva dall'Arx Mentis. I due Sapientes si avviarono ognuno nelle proprie stanze senza commentare, mentre Geno e Suomi percorsero il corridoio d'ingresso. Il giovane Hastor Venti si appoggiò alla vetrata. Sotto il chiaro di luna vide miss O'Connor salutare l'Antea di Secondo Livello che le consegnò la scheda con giorno e orario di uscita. Il portone era già aperto, la ragazzina polacca aveva gli Schizzosi in mano. Se ne andò senza girarsi. Il suo Sigillo Nero l'attendeva in mezzo al bosco per riportarla a casa.

La notte non fu serena. Per nessuno.

Geno ripensò al passaggio segreto, a madame Crikken, agli spiriti Sioux e ad Anoki che doveva essere salvato. La forza che si sentiva dentro era grande e in quel momento non gli importò se nel suo sangue scorreva davvero il ClonaFort. Ormai stava imparando le tecniche di Magipsia e la sua mente era pronta per altre prove.

Lo squillo della Trombotta suonata da miss O'Connor svegliò come al solito tutti i frequentatori dell'Arx. La giornata era luminosa e nel cielo, all'orizzonte della *Vallée des Pensées*, sopra i boschi, volavano veloci quattrocento Psiofi.

Erano in sella alle Bi-Flap e le ali di pipistrello si alzavano e si abbassavano ritmicamente. Stavano arrivando per il Grande Raduno, il GalApeiron che preparava il Contra Unico.

Alle 8,30 il Salotto dei Fenicotteri era stracolmo, alcuni maghi e sensitivi avevano deciso di uscire e andare in meditazione sugli Ippovoli, altri stavano già provando tecniche raffinate di Magipsia nelle varie aule dell'Arx.

Naso Bendatov ed Eulalia s'incontrarono con Ranja Mohaddina e Nabir Kambil annunciando che volevano chiedere a Von Zantar la convocazione di Orso Quieto.

Non spiegarono in dettaglio ciò che era successo nel Megasoffio con Geno e gli spiriti di Anoki, ma convinsero i colleghi Sapientes che era urgente l'intervento del vecchio sciamano Sioux. Insieme spedirono messaggi telepatici al Summus il quale rispose in modo affermativo.

Alle 9 in punto si sarebbe tenuta una riunione straordinaria nel suo alloggio, al terzo piano.

Bob Lippman non era per nulla preoccupato per il caos che c'era all'Arx Mentis e cercava di farsi notare dagli Psiofi giunti da ogni parte del mondo per assistere al suo Contra Unico. Yudi Oda, invece, se ne andò nella Stanza Cerchiata a riflettere.

La cacciata di Agata lo aveva messo in crisi e voleva a tutti i costi vendicarsi e far pagare salato il comportamento di Geno e Suomi.

Le aule pullulavano di stregoni e medium, miss O'Connor aveva uno strano sorriso ed era fiera di poter discutere con gli Psiofi di nuove tecniche da usare durante le prove di Fantasmi. Pilo Magic Brocca stava preparando un solo Spiccafilo per il Contra Unico: quello che avrebbe usato Bob Lippman. Naso spedì al Cerimoniere e alla Governante le Paropalle per avvisarli che presto si sarebbe tenuta la riunione straordinaria dal Summus Sapiens. Yatto attendeva nel suo alloggio lo scoccare del 9. La Batacchia Tremula suonò. I sei Saggi si ritrovarono davanti al grande mosaico della Stanza della Visione, ognuno appoggiò la mano destra sulla propria immagine e la parete si aprì.

Yatto era in piedi, accanto a lui c'era René, impassibile e con la sua espressione sempre triste. Appena i Sapientes entrarono, Butterfly spedì un messaggio telepatico a Yatto chiedendo se doveva assecondare o meno la richiesta che avrebbero fatto gli altri Saggi. Von Zantar rispose di sì.

E così fu. Il Grande Maestro dell'Arx accettò la proposta di convocare Orso Quieto, anche perché con la Sfericonda non era riuscito a vedere nulla. Anzi, l'uso della palla di cristallo gli aveva procurato dolori in tutto il corpo.

«Egregi Sapientes, accompagnatemi nella Loggia Psiche, attiverò la O' Grande affinché lo sciamano Sioux possa arrivare al più presto utilizzando la Bilocazione Traversa. Però vi devo confessare che ho già tentato di mettermi in contatto con Orso Quieto telepaticamente senza ricevere alcuna risposta» disse Yatto avviandosi fuori dal suo alloggio assieme a René. I sei Saggi li seguirono, solo Pilo Magic Brocca li superò andando ad aprire la Loggia Psiche.

Davanti ai Tre Giganti i Sapientes rimasero immobili. Il Summus allargò le braccia e concentrandosi proiettò il suo pensiero sulle pietre che divennero incandescenti. La Bilocazione Traversa era dunque attiva e Orso Quieto sarebbe dovuto comparire nel giro di pochi secondi. Ma una scarica elettrica potentissima provocò scintille e fuoco.

«Ma cosa succede?» chiese spaventata Ranja.

«Nulla. Orso Quieto non è raggiungibile. Non sente il richiamo. Non ascolta la nostra richiesta» spiegò nervosamente Yatto.

«Che gli sia accaduto qualcosa di grave?» la domanda di Naso insospettì i Saggi.

«Anoki è sparito, la Crikken se n'è andata e Orso non sente il nostro pensiero telepatico. Strano, molto strano» commentò Nabir Kambil che si rivolse a René, il quale non disse una parola.

Eulalia Strabikasios, entrò in trance, chiuse gli occhi storti e respirando profondamente, parlò da veggente:

«Qui c'è ancora l'energia prodotta da madame Margot Crikken nel momento della sua fuga. Ma non riesco a percepire null'altro. È come se la O' Grande non assorbisse più i meccanismi mentali della Bilocazione Traversa».

«Esatto!» esclamò Von Zantar. «È la stessa sensazione che ho io».

«Allora siamo bloccati qui all'Arx? Noi Saggi non possiamo più trasferirci da nessuna parte?» chiese allarmata miss O'Connor.

«Temo di sì» disse Yatto stringendo i pugni.

«Dobbiamo assolutamente sbloccare la O' Grande. Se ci concentriamo tutti insieme ce la faremo» propose Pilo Magic Brocca.

Il Summus fece di sì con la testa ma precisò che non potevano farlo tutti insieme. Con il raduno degli Psiofi bisognava che almeno un paio di Sapientes rimanessero a disposizione per loro.

«Domani scatta il periodo dell'Intercanto. Gli Antei partiranno per il loro viaggio mentale. Avremmo otto giorni per risolvere il problema e gestire il raduno degli Psiofi. Credo proprio che per il Contra Unico il problema sarà risolto» chiarì il Summus Sapiens prendendo sotto braccio René, che sembrava assolutamente disinteressato a ciò che accadeva.

I Saggi annuirono e osservarono perplessi l'atteggiamento del ragazzo dalla tunica dorata. Non l'avevano mai visto così silenzioso e serio.

Pilo Magic Brocca lasciò la Loggia Psiche, doveva assolutamente preparare in modo adeguato lo Spiccafilo per Bob Lippman, e la lavorazione era assai lunga. Bendatov decise di fare una nuotata con i Subcandi assieme a un gruppo di allegri Psiofi mentre Nabir Kambil voleva meditare nel suo alloggio. Nella Loggia Psiche, davanti alla O' Grande, rimasero Eulalia e Ranja che iniziarono a esercitare ogni influsso magipsichico per la riattivazione dei Tre Giganti.

Yatto si allontanò con René e Butterfly:

«Abbiamo pochi giorni a disposizione. Durante l'Intercanto non avremo tra i piedi Geno. Dobbiamo tenere buoni gli Psiofi e trovare assolutamente Anoki. Io vado nel mio rifugio. Se ci sono novità contattami solo telepaticamente» disse serissimo il Summus spingendo avanti René.

La fidata Governante sorrise e obbedì agli ordini. Quando Von Zantar fu nel suo alloggio, si avvicinò alla porta bianca e incastrò l'anello sulla maniglia. Uno scrocco e la porta si aprì. Serviva l'anello con il marchio dell'Arx Mentis per aprirla ed era l'unico modo possibile! In quel luogo in cui nessun altro aveva mai messo piede si nascondevano terribili enigmi che solo Von Zantar e René conoscevano. Enigmi sulla potenza delle nuove tecniche mentali: sperimentazioni che Yatto eseguiva forse usando il ClonaFort.

La giornata fu convulsa, moltissimi Psiofi volevano incontrare il Summus Sapiens e mettersi a disposizione per cercare Anoki Kerioki, ma soprattutto desideravano capire che fine avesse fatto madame Crikken. I medium e le alchimiste più vicine al Summs Sapiens sostenevano che la Saggia francese era realmente fuggita perché era implicata nella scomparsa del pellerossa ma una parte degli Psiofi, quelli che non amavano molto la gestione di Yatto e propendevano per la linea di condotta magispischica di madame, ovvero quella del defunto Riccardo Del Pigio Ferro, non credevano al tradimento di Margot.

Il fatto che Von Zantar non fosse disponibile fu spiegato molto bene dalla Governante e gli Psiofi aspettarono pazienti. D'altra parte dovevano organizzare il raduno e scambiarsi le esperienze magispichiche vissute nei rispettivi paesi. Miss O'Connor era davvero molto indaffarata e la sua aula era tra le più frequentate.

Geno e Suomi, approfittando della confusione, decisero di entrare nuovamente nel Megasoffio e scoprire cosa c'era sotto il parquet. Le luci dell'auditorium erano abbassate e i due ragazzini raggiunsero il palco. Hastor Venti teneva la bussola in mano e in modo deciso andò verso la prima tastiera, toccò i due tasti bloccati e il pavimento di legno si sollevò di alcuni centimetri. Geno s'inginocchiò mentre Suomi cercava di captare attraverso le sue sensazioni cosa ci potesse essere sotto il grandissimo organo dell'Arx. Il ragazzino sollevò con forza le assi del parquet:

«Sento uno strano odore».

«È vero, anch'io adesso lo sento. Sembra catrame» rispose l'Antea finlandese.

Geno infilò una mano dentro la fessura e tirò forte. L'asse del pavimento, invece di spezzarsi, si piegò come fosse di carta. Dal fondo del buco uscì un filo di fumo sottilissimo.

«Non vedo nulla là sotto» esclamò il ragazzino guardando dentro.

Suomi cominciò a sentirsi male:

«Soffoco. Mi manca l'aria. Quel fumo... quell'odore di catrame...». Piegò le gambe e si mise seduta accanto all'amico.

«È pericoloso stare qui. Forse è meglio che tu te ne vada. Resto io. Devo farlo. Devo scoprire cosa c'è là sotto» disse agitato.

«No, non ti lascio solo. Mi passerà» Suomi sudava freddo e cercava in tutti modi di respirare.

Geno guardò in fondo al piccolo tunnel buio con la speranza di vedere qualcosa, di capire se veramente là sotto, in quel nero che sapeva di catrame, c'era il passaggio per arrivare alla prigione dei suoi genitori. Il fumo continuava a uscire e improvvisamente, invece di salire verso il soffitto del Megasoffio, deviò verso il viso di Geno. Come un filo nero entrò dentro le orecchie e il naso.

Hastor Venti tossì portandosi le mani alla gola. Il fumo volando verso le canne dell'organo formò un cerchio e poi un quadrato e poi ancora un triangolo. L'Anteo italiano non riusciva a spiegare nulla a Suomi perché la gola gli bruciava e le parole non uscivano dalla sua bocca ormai bloccata.

Con gli occhi sbarrati guardò il filo di fumo che giocava davanti a lui. Una magia, un incantesimo che aveva sicuramente un significato. E solo dopo qualche minuto il giovane Hastor Venti capì che era un segnale importante. Come un inchiostro nero, il fumo proveniente dal fondo del Megasoffio scrisse nell'aria una frase terrificante:

LIBERA CON IL TUO SANGUE IL CUORE DEL FALCO

Geno la lesse e preso dalla paura urlò. Suomi strinse il bastone bianco e agitandolo gridò.

«Cosa succede? Sento la tua paura».

Le parole di fumo svanirono e l'asse di legno si ripiegò da sola richiudendo il misterioso passaggio.

Il ragazzo abbracciò forte l'amica sollevandola con delicatezza. Spiegò il contenuto della frase ma i due non riuscirono a dire null'altro perché dalle poltrone di velluto rosso del Megasoffio spuntarono decine di Olleni, i pericolosissimi spettri di miss O'Connor. Erano creature orribili, con la testa enorme rispetto al corpo minuto. Sembravano dei nani viola con orecchie appuntite e bocche larghe e gialle. Non avevano naso e neppure occhi. Il loro corpo sembrava fatto di nylon e vapore.

«I fantasmi!» urlò spaventato Geno.

Suomi alzò il bastone e cominciò ad agitarlo a destra e sinistra:

«Come sono?» chiese terrorizzata la ragazzina.

«Piccoli e di colore viola trasparente» rispose Geno trascinandola dietro il Piansereno.

«Non ho mai sentito parlare di spettri viola» disse Suomi accucciandosi vicino l'organo.

«Sono quelli di miss O'Connor. Temo che li abbia evocati lei» spiegò Hastor Venti sbirciando da dietro il Piansereno.

Una decina di Olleni circondarono il grande organo e, con le bocche aperte, cominciarono ad aspirare l'energia psichica dei due ragazzi. Geno si sentì debole e Suomi iniziò a dondolare con il corpo come se non avesse più l'equilibrio per stare accucciata.

Hastor Venti sentì la testa scoppiare, era come se gli Olleni lo avessero prosciugato di ogni energia. Urlò disperato il nome di sua madre e di suo padre e improvvisamente pervase tutto il suo corpo una forza così incredibile che gli Olleni ne sentirono l'influsso aggressivo e si spaventarono, indietreggiando di qualche passo.

Il pavimento del palco tremò, le assi dietro il Piansereno si riaprirono di scatto e, uno dopo l'altro, gli spettri di miss O'Connor entrarono nella misteriosa voragine.

Geno si accasciò sopra la seconda tastiera dell'organo facendo suonare contemporaneamente il Fischiosugo e la Batacchia Tremula. Tutti gli Psiofi che erano impegnati in prove magispsiche si allarmarono. Ma anche i Sapientes ebbero un sussulto: Pilo abbandonò lo Spiccafilo che stava preparando, Nabir si risvegliò dal suo stato di meditazione e Naso, ancora in Tuta Stagna, sobbalzò. Tutti si precipitarono nel Megasoffio, temendo che qualcuno avesse manomesso nuovamente il Piansereno. Ma quando entrarono nell'Auditorium videro sul palco i due ragazzini che tremavano dalla paura.

«Che ci fate qui? Che cosa è successo?» gridò il Cerimoniere.

Suomi iniziò a piangere in modo convulso e Geno, con i capelli ricci che gli scendevano sulla fronte, fissò senza dire una parola il dottor Bendatov e Nabir Kamil.

«Sarete espulsi!» urlò ancora Pilo Magic Brocca salendo sul palco.

«Calma, calma. Non sappiamo neppure quello che è accaduto» precisò Nabir.

Bendatov trattenne uno starnuto vedendo arrivare di corsa miss O'Connor seguita da due Psiofe sciamane.

«Non mi dire che ti sei fatta sfuggire nuovamente un Froder!» esclamò deciso il medico.

«No, stavolta si tratta di Olleni. Stavo facendo un esercizio con le due sciamane davanti allo specchio Hiatus. Eravamo in perfetta sintonia con gli spettri viola ma...» Miss O'-Connor fu brutalmente interrotta da Geno Hastor Venti.

«Lei lo fa apposta per spaventarci!» disse scendendo dal palco.

«Ma come ti permetti di dire questo a me!» replicò acidamente la Governante che si rese conto quanto quel giovane Anteo stesse superando tutte le perfide prove. Neppure gli Olleni lo avevano messo in difficoltà. E anche Suomi sembrava aver superato lo choc abbastanza bene.

«Miss O'Connor, lei sa!» il messaggio telempatico di Geno arrivò dritto nella testa della Saggia irlandese.

Naso e Nabir videro i Vertigli brillare e capirono che stava accadendo qualcosa tra il ragazzo e l'esperta in Fantasmi. Rimasero in attesa senza intervenire. Pilo abbassò lo sguardo e rimase in silenzio.

«Non so nulla. Tu sei pazzo!» rispose mentalmente la Sapiens.

«Lei sa!» ripetè con la forza del pensiero Hastor Venti avvicinandosi sempre più alla Governante. I Vertigli sembravano impazziti, brillavano di luce verde fosforescente.

Il santone pelato e il medico si scambiarono un'occhiata eloquente. Le onde energetiche emanate dalla donna e dal giovane si percepivano benissimo. Cercarono anche loro di entrare nella mente della Saggia irlandese per conoscere i suoi pensieri ma appena lei se ne accorse si ribellò, e ad alta voce urlò:

«Non provateci! Non è corretto!».

«Stai facendo cose non regolari. Sai bene che l'evocazione di questa specie di spettri e fantasmi sono pericolose» affermò arrabbiato Nabir Kambil, che aveva avuto delle cattive percezioni.

«Ti metti dalla parte di un Anteo di Primo Livello? Mi sorprendi! Mi deludi! Mi preoccupi caro Nabir!» esclamò con rabbia miss O'Connor, che interruppe l'imbarazzante dialogo telempatico con Geno e uscì dal Megasoffio seguita dalle sciamane.

I due Saggi si girarono verso Hastor Venti e a quel punto decisero di entrare nella sua testa, ma la mente di Geno era impenetrabile, la forza della Parola Bloccante sommata al sangue che portava i segni del ClonaFort e alle continue e importanti esperienze magispsichiche fermarono le intromissioni dei Sapientes.

Per l'ennesima volta Nabir e Naso ebbero la prova che quell'Anteo era davvero speciale.

«Chi sei tu? Cosa sei venuto a fare all'Arx? La tua scheda sembra regolare ma i tuoi comportamenti no» esordì Kambil.

«Sono un ragazzo italiano. Sono bravo con la Telecinesi» rispose Geno. Emozionato e senza quasi più saliva gettò lo sguardo sui tubicini della Tuta Stagna di Naso Bendatov e li fece muovere come fossero piccoli serpenti. Voleva sviare l'attenzione ma non ci riuscì.

«Niente giochetti. Con noi non funzionano. Devi dirci la verità. Cosa c'è tra te e miss O'Connor di tanto grave? Perché tu sei al centro delle attenzioni di tutti?» chiese il medico dell'Arx, con un'espressione serissima negli occhi.

«Non posso dirvi nulla. Vi prego, non insistete. Ascoltate il vostro cuore. Ascoltate anche il mio cuore. Vi basterà» il giovane Hastor Venti fu sincero. D'altra parte, la lettera del Girifalco era stata chiarissima. Tre Saggi l'avrebbero aiutato, e due forse erano proprio loro ma non dovevano sapere da lui la verità del rapimento di Pier e Corinna. La verità l'avrebbero capita da soli.

Suomi stette in rigoroso silenzio mentre i Sapientes rimasero in piedi a fissare il ragazzo.

Nabir e Naso si resero perfettamente conto che all'Arx tutto stava cambiando. Geno forse rappresentava qualcosa di misterioso ma anche di estremamente vero e nuovo. Capirono che Von Zantar nascondeva troppi segreti. Geno e la fuggitiva madame Crikken erano dunque coloro i quali potevano riportare la calma? Era evidente che Yatto da anni aveva intrapreso una linea troppo spregiudicata e certamente con l'arrivo dell'Anteo italiano e la ribellione di Margot si era alleato con miss O'Connor. La realtà appariva sempre più netta, anche perché la Saggia irlandese non si sarebbe mai comportata così se non avesse avuto l'approvazione del Summus Sapiens.

Il medico e il santone si girarono verso Pilo e gli mandarono un messaggio telempatico:

«E tu cosa sai?».

Magic Brocca abbassò lo sguardo e con la mente rispose:

«So quello che devo sapere. Non coinvolgetemi in strane vicende. Sono il Cerimoniere e mi occupo delle mie cose e basta».

Pilo si allontanò a testa alta fregandosene dei suoi due colleghi Saggi.

«Forse lui non sa tutto, ma è certamente dalla parte di

Yatto. È evidente!» disse a bassa voce Naso rivolgendosi a Nabir.

Il santone annuì e concluse: «Già, anch'io lo penso. Comunque tra poco inizierà il Grande Raduno degli Psiofi e il Megasoffio sarà al completo. Andiamocene».

Nabir Kambil prese per un braccio Geno e insieme uscirono dall'Audiorium. Naso abbracciò Suomi, ancora visibilmente scossa dalla presenza degli Olleni, e la tranquillizzò.

Nel frattempo Pilo Magic Brocca aveva raggiunto il Salotto dei Fenicotteri dove lo attendevano numerosi Psiofi ancora allarmati per il suono fuori oraio del Fischiosugo e della Batacchia Tremula.

«È tutto regolare. Preparatevi al vostro Raduno» annunciò il Cerimoniere in evidente stato di agitazione.

Alle 21 precise i quattrocento Psiofi occuparono il Megasoffio, chiusero il portone lasciando fuori i Saggi e Von Zantar, che dovevano invece occuparsi dell'avviamento dell'Intercanto per i quattro Antei rimasti. Le donne indossavano i Tonca arancioni mentre gli uomini quelli grigi. Il posto riservato a René, in prima fila a sinistra, rimase vuoto. Solo una Paropalla spedita da Von Zantar spiegò che il giovane era impossibilitato a frequentare il Grande Raduno perché impegnato in importantissimi esercizi mentali.

L'assenza di René provocò nuovi interrogativi. Da sempre, fin da quando era piccolo, René aveva presenziato all'incontro, e questo per volontà del Summus Sapiens. Tutti gli Psiofi sapevano delle enormi capacità psichiche e mentali dell'allievo prediletto di Yatto e lo sconcerto alimentò sospetti e illazioni. Ma la cosa fu messa a tacere da Pilo Magic Brocca, che spiegò che aveva parlato personalmente con René e che nessuno doveva preoccuparsi per la sua assenza. Era concentrato in difficili esercizi spirituali.

Medium, alchimisti, sensitivi, maghi e sciamani si convinsero anche se non erano affatto contenti della mancanza di René. Seduti sulle poltrone rosse si scambiarono opinioni raccontando le loro esperienze magipsichiche. Nei giorni seguenti, quelli dell'Intercanto degli Antei, avrebbero avuto il tempo di organizzare il Contra Unico per Bob Lippman. Ma il fatto che di Anoki Kerioki si fossero perse le tracce non aiutava certo a rimanere sereni e a organizzare l'esame finale. Non era mai successo che un Anteo sparisse dall'Arx! Così come non era mai accaduto che un Saggio scappasse trasgredendo al Regolamento. La fuga della Crikken non l'avevano digerita!

L'unica decisione che accettarono fu l'espulsione di Agata Woicik perché ritenuta giusta. Molti Psiofi, in particolare gli alchimisti e i medium, erano scettici e ritenevano che le promesse di Von Zantar su una rapida soluzione dei problemi non potessero bastare. Le tensioni energetiche erano molto alte e le meditazioni non riuscivano a raggiungere stadi mentali profondi.

Intanto Suomi riposava nella sua stanza mentre Geno, nella camera numero 5, fissava le foto dei suoi genitori. Pensò alla frase di fumo apparsa nel Megasoffio ripetendola in continuazione: "Libera con il tuo sangue il cuore del falco". Il destino di Hastor Venti era quindi unito a quello del Re. Ma cosa dovesse fare il ragazzo non lo capiva. Doveva dare il suo sangue al falco? E come? Che altro significato poteva nascondersi dietro a questa frase?

In neppure un mese i suoi punti di riferimento per ritrovare Corinna e Pier erano mutati in modo sconvolgente: madame Crikken era fuggita, René non l'aveva più aiutato e Anoki era ancora nell'UffioServo. La strada che portava verso i suoi genitori appariva sempre più difficile e tortuosa. Ricordò cosa gli aveva detto Margot durante gli innumerevoli incontri avvenuti nella villetta rosa di Campana di Sotto: "Solo tu puoi trovare i tuoi genitori hai il loro sangue... è necessario controllare se nel tuo sangue scorre il ClonaFort...".

Dunque tutti gli indizi portavano al sangue.

Al sangue del falco, usato per scrivere messaggi. Al suo sangue, uguale a quello di sua madre che lo aveva allattato. Geno si guardò le vene delle mani e della gambe, sfiorò la pelle e ascoltò il cuore. La forza della mente era aumentata ma quel cuore sembrava sempre vuoto d'amore. Sperò che Naso e Nabir capissero la sua situazione e decidessero di aiutarlo fino in fondo.

"Domani è il 20 gennaio. Sono passati trenta giorni dal mio arrivo e affronterò l'Intercanto" pensò preoccupato.

Fissò il cielo stellato fuori dalla finestra e gli sembrò di stare a Campana di Sotto, nel suo letto e con le travi piene di tarli. Udì persino lo zio Flebo russare. Stelle e luna erano le stesse ma non l'odore e l'affetto della sua vecchia casa di via del Dolce Rosmarino. Si addormentò così, tristemente, stringendo al cuore la foto dei suoi genitori.

In quel preciso momento, dall'altra parte dell'Arx, nella Stanza Cerchiata, anche Bob Lippman e Yudi Oda non riuscivano a dormire. Seduti ai bordi della fontana pensavano all'Intercanto. L'Anteo americano era preoccupato anche per il Contra Unico. L'esame che lo avrebbe promosso a Psiofo. La sua ambizione era talmente grande che non gli importava di Anoki, di madame Crikken e di René.

«Pensi che le cose cambieranno qui all'Arx?» chiese dubbioso Yudi.

«Non so. Durante i primi due cicli tutto è andato bene. Il Summus Sapiens ha sempre avuto l'appoggio della maggioranza degli Psiofi e le prove magipsichiche non hanno mai subito interruzioni. Credo che la fuga di madame Crikken sia positiva. È sicuramente lei la causa dei guai» rispose Bob.

«Hai ragione. Senza quella pazza Saggia staremo meglio. E mi auguro che Suomi e Geno non superino il primo Intercanto. Non li sopporto proprio. E non vedo l'ora di rivedere Agata. Il prossimo ciclo lo farò con lei. Sarò al Secondo Livello!» Yudi guardò con i suoi occhi a mandorla l'amico americano e insieme risero.

Al terzo piano Nabir e Naso diedero il cambio a Eulalia e Ranja, che non erano riuscite a sbloccare i Tre Giganti della Loggia Psiche. Non parlarono di ciò che era accaduto nel Megasoffio, preferirono riflettere ancora un po' su Geno Hastor Venti.

Concentrati al massimo provarono a modificare la situazione dei Tre Giganti ma l'O' Grande appariva sempre più bloccata da qualche forma energetica sconosciuta.

Quella notte, nessuno ebbe notizia di Yatto che, chiuso nel suo luogo segreto, stava preparando terribili prove e nuovi sperimentazioni. Miss O'Connor e Pilo Magic Brocca sistemarono le ultime cose per l'inizio dell'Intercanto che sarebbe cominciato il mattino dopo. Complici ma aridi di emozioni non commentarono l'accaduto e la comparsa degli Olleni nel Megasoffio e continuarono a svolgere il loro lavoro mantenendo un'apparente tranquillità.

L'alba del nuovo giorno stava arrivando e inquietanti presagi avvolgevano l'Arx Mentis come un velo nero.

Capitolo Dodicesimo

La verità della foto spezzata

Al sorgere del sole i venti Ippovoli della Scuderia erano già in cielo. Le selle e le briglie argentate riflettevano la luce dei primi raggi, e i cavalieri si lasciavano trasportare beati respirando l'aria frizzante della *Vallée des Pensées*. Altri Psiofi avevano scelto i Subcandi, che nuotavano piegando le ali bianche sulle splendide acque del Lagostorto. Gruppi di maghi e sciamani avevano già indossato le Tute Stagne piene di Ossigeno Piatto, ed erano pronti a immergersi nel magici fondali dell'Arx Mentis. Le pause previste dal Grande Raduno erano rispettate e un po' di relax aiutava gli Psiofi a calmare i dissidi.

Alle 7 in punto miss O'Connor suonò la Trombotta. Ancora un'ora e, dopo la colazione metafisica, sarebbe iniziato l'Intercanto. I quattro Antei si presentarono all'uscita in orario e attesero davanti alla grande scultura dell'Ippovolo. La Governante con i suoi adorabili tre cani arrivò assieme al Cerimoniere, che appariva sempre più nevrotico.

Geno, Suomi, Yudi e Bob erano vestiti a dovere: con i Tonca in testa, i guanti, gli stivali e gli Schizzosi in mano. Insieme consegnarono le schede d'identità. Il Pendolo Secco, una volta usciti, avrebbe segnato l'ora e il giorno, come da Regolamento.

«Fate buon viaggio. I vostri Sigilli Neri vi aspettano. Sapete bene che l'Intercanto non sempre porta a buoni risultati. Dipende da ciò che avete imparato e dalle tecniche magipsichiche in vostro potere» spiegò seria miss O'Connor e non un sorriso accompagnò i quattro ragazzi all'uscita.

A passo veloce arrivarono tre Saggi. Nabir Kambil era visibilmente preoccupato, Naso continuava a starnutire senza poter dire una parola ed Eulalia Strabikasios, in evidente stato nervoso, cercava di bloccare il fastidiosissimo raffreddore del medico spruzzandogli una puzzolente pozione magica.

«Siamo qui per salutarvi e augurarvi buon viaggio» disse Nabir anche a nome degli altri.

Miss O'Connor ebbe un gesto di stizza e, per sfogarsi, tirò un calcio al solito Oscar che guaì spaventato.

Geno puntò gli occhi sulla Saggia irlandese, avrebbe voluto fulminarla tant'è che la forza del suo pensiero materializzò improvvisamente una fiammata sull'abito color rosa antico della Governante. Pilo la spense con un soffio e miss O'Connor reagì ricambiando con un'occhiata malefica all'Anteo italiano.

La voce di Von Zantar arrivò come una saetta.

«Che succede? Anche all'inizio dell'Intercanto non c'è pace?» Yatto era in compagnia di René e Ranja Mohaddina, la quale aveva uno strano sorriso e i suoi occhi blu apparivano più brillanti del solito.

Naso, Nabir ed Eulalia furono alquanto stupiti di vedere tanta armonia tra il Summus e la Sapiens araba. Anche Geno si insospettì ma era troppo agitato per pensare che Yatto avesse portato dalla sua parte anche Ranja.

Hastor Venti guardò con insistenza René, ma il ragazzo sembrava come al solito assente, il suo volto pareva di marmo.

Von Zantar strinse le mani agli Antei prima della loro partenza e in quel momento giunse rotolando una Paropalla. Si fermò ai piedi di Geno.

Tutti lo guardarono. Era assai bizzarro che qualcuno gli

avesse spedito un messaggio prima dell'Intercanto. Chi poteva essere? Uno Psiofo?

Hastor Venti aprì la Paropalla con discrezione e portando il foglio vicino agli occhi per non farlo leggere a nessuno sentì il sangue scorrere più veloce in tutte le vene.

ENTRA NEL SIGILLO NERO DI MADAME CRIKKEN.
NON VIAGGERAI SOLO.
ABBI CORAGGIO.
L'INTERCANTO SARA' DIFFICILE.
QUANDO TORNERAI ALL'ARX
TI PORTERA' DA COLORO CHE CERCHI.
ASPETTO IL TUO SANGUE CHE SALVERA' IL MIO CUORE.
GLI SPIRITI SIOUX HANNO DETTO LA VERITA'.
MANDA SUBITO UN MESSAGGIO TELEMPATICO
AI TRE SAGGI CHE SAI.
DEVI DIRE QUESTE PAROLE:
"RIATTIVATE LA BILOCAZIONE TRAVERSA.
IL RITORNO DI ANOKI DIPENDE DA VOI".
NON PENSARE CHE RENE' SIA TUO NEMICO.
LUI NON PUO' FARE CIO' CHE VUOLE.
SE CREDI A ME, AIUTERAI ANCHE RENE'.

ROI, IL GIRIFALCO D'ORO

Il secondo messaggio del falco era scritto sempre con il sangue. Un brivido scosse Geno. "Chi entrerà con me nel Sigillo Nero di madame?» si domandò sorpreso. Un Saggio o un Anteo? In un istante capì che l'Intercanto sarebbe stato una prova veramente difficile, ma il solo fatto che il falco sapesse dove si trovavano i suoi genitori lo rese euforico.

Inoltre, la rivelazione sulla vera volontà di René rassicurò Geno che si sentì meno solo.

Senza perdere tempo eseguì l'ordine del Re. Mise in tasca la lettera mentre Yatto, gli altri Antei e i Sapientes osservavano i suoi movimenti con curiosità. Nessuno, però, ebbe il coraggio di chiedergli chi gli aveva spedito la Paropalla che, rapidamente, rotolò tornando da dove era venuta.

Hastor Venti spedì il messaggio telempatico al medico, al santone pelato e ad Euliala. Erano certamente loro i tre Saggi di cui doveva fidarsi. Ranja la escluse subito.

I Vertigli brillarono appena i tre Saggi ricevettero il messaggio di Geno. Gli sguardi furono eloquenti. Solo Eulalia strabuzzò gli occhi ancor più del solito sbattendo a velocità estrema le palpebre.

Oscar, impaziente come al solito, abbaiò e scodinzolando zampettò verso gli Antei in segno di saluto. Yatto Von Zantar fece un cenno a miss O'Connor: era giunto il momento di far uscire dall'Arx i ragazzi. Il Summus aveva perfettamente visto brillare i Vertigli, segno che c'era stato un breve scambio telempatico tra Geno e i tre Saggi. Dialogo che voleva interrompere subito.

«Auguriamo a tutti un buon viaggio mentale. Chi lo supererà andrà a casa per tre giorni e poi tornerà qui all'Arx per affrontare il livello successivo. Chi non ce la farà si ritroverà nel mondo reale ma senza alcun potere magipsichico e non potrà mai più frequentare la *Vallée des Pensées*» aggiunse la Saggia irlandese che appoggiò una mano sulla spalla di Bob. «Mi raccomando, questo è il tuo ultimo viaggio mentale. Fai del tuo meglio. Quando tornerai dall'Intercanto affronterai il Contra Unico. Per te c'è un futuro da Psiofo».

L'Anteo americano inserì la sua scheda d'identità nel Pendolo Secco, che segnò il giorno e l'ora d'uscita. Il coro di bambini si levò alto, il portone si aprì e Bob uscì a testa alta.

Poi fu la volta di Yudi, Suomi e per ultimo di Geno.

Scesero la scala scolpita nella roccia e abbandonarono l'Arx Mentis. Superato il ponte levatoio, vicino al quale erano posteggiate centinaia di Bi-Flap, infilarono gli Schizzosi e partirono come razzi verso i loro Sigilli Neri.

Il sentiero andava in salita e poi in discesa, la corsa con i pattini era entusiasmante e Geno non vedeva l'ora di entrare nel Sigillo e vedere chi mai sarebbe partito con lui.

Quando arrivò davanti all'enorme cerchio nero bordato d'argento respirò a pieni polmoni. Il vapore si levava leggero e il profumo di Lavanda Gorgiana gli ricordò la villetta rosa. La porta con le sbarre di ferro era lì, pronta per essere aperta. Il giovane Hastor Venti puntò gli occhi e le sbarre sparirono: la soddisfazione fu grande! La volta prima lo aveva fatto madame Crikken.

"Madame, ma dove sei?" pensò con un velo di tristezza entrando nel Sigillo. Lo sgabuzzino era oramai vuoto. Da un chiodo pendeva soltanto la chiave fatta a uncino. Geno stava per prenderla ma sentì che alle sue spalle c'era qualcuno. Si girò ed esterrefatto vide Suomi. Sulla sua spalla c'era Roi, il Girifalco.

Erano lì, davanti a lui. La ragazzina aveva il suo bastone bianco, il Tonca in testa e guanti neri mentre il falco teneva la testa alta con orgoglio.

«Ciao Geno, quando sono entrata dentro il mio Sigillo ho trovato il falco. Si è appoggiato sulla mia spalla, ha aperto le ali e mi ha trascinato fino a te» disse la ragazzina togliendosi gli Schizzosi.

«Sono felice di rivederti» disse sorridendo. Il giovane accarezzò la testa del falco e si accorse che le sue zampe sanguinavano. L'anello con incise le lettere A.M. era completamente sporco di rosso. L'uccello aprì il becco ed emise un gemito stridulo. Roi soffriva.

«Il messaggio dentro la Paropalla me l'ha spedito proprio lui, il Girifalco d'oro, e ora le sue zampe sanguinano. Si è allontanato dall'Arx e Yatto ha messo in pratica la sua tortura» spiegò imbarazzato Geno.

«Lo avevo intuito. Mi dispiace tanto per Roi. Ma ora che facciamo?» chiese emozionata Suomi.

Geno prese il lembo della sua t-shirt e asciugò il sangue del falco. Roi picchiettò lievemente le mani del ragazzo e socchiuse gli occhi. L'emorragia continuava.

Suomi alzò le mani e cercò di prendere le due zampe del falco. Ci riuscì. Le tenne strette e concentrandosi mandò un fluido mentale che rallentò il flusso ematico.

«Dobbiamo fare in fretta. Entriamo e speriamo di salvarlo» disse agitata Suomi.

«Certo. Il Re è al sicuro con noi. Nel messaggio mi ha scritto che Nabir, Naso e Eulalia ci aiuteranno. Dovranno sistemare l'O' Grande per ricevere Anoki» spiegò Geno.

«Anoki? Ma è nell'UffioServo! Che c'entra la Bilocazione Traversa? Quella la possono usare solo i Saggi!» precisò Suomi.

«Sì, lo so ma se il falco ha detto che la salvezza di Anoki dipende dai Tre Saggi» rispose Hastor Venti accarezzando Roi.

Il falco girò la testolina e sbattè le ali.

«Va bene. Io mi fido di lui» disse Suomi stringendo il bastone.

«Allora partiamo» Geno la prese per mano rassicurandola.

Se i due ragazzi non avessero superato l'Intercanto sarebbero stati cacciati dall'Arx. Suomi non voleva certo rinunciare a diventare Psiofa e Geno doveva assolutamente farcela per poter ritrovare i suoi genitori.

«Hai ragione, affrontiamo l'Intercanto. Mi auguro che Yatto Von Zantar non scopra che stiamo viaggiando insieme. La RI-AM.13a la conosco bene» affermò il ragazzo che oramai sapeva alla perfezione tutte le regole.

«Il falco è con noi. Sono certa che tutto andrà bene» disse con fermezza l'Antea finlandese.

Geno infilò la chiave a uncino nella serratura che si mosse da sola: due giri a sinistra, due giri a destra, mezzo giro ancora a destra, tre giri a sinistra. La piccola porta si aprì e una luce abbagliante illuminò i volti dei due amici. Una tiepida brezza sollevò i capelli biondi di Suomi:

«Forza, andiamo. Io non ho paura».

I due ragazzi entrarono e assieme a Roi volarono sopra una nuvola del Cielo Riflessivo. La scritta era sempre la stessa: "Sogna e lasciati trasportare".

Suomi, anche se cieca, sapeva bene cosa succedeva nel secondo luogo del Sigillo, nel suo viaggio di andata lo aveva imparato e non era per nulla spaventata. In pochi secondi apparve il grande sole rosso e il vento caldo fece spazio al buio e alle stelle. Suomi e Geno si addormentarono dolcemente uno accanto all'altro mentre il Re si appollaiò su una piccola stella tenendo piegate le zampe insanguinate.

Il blu della notte li accompagnò nel viaggio mentale. Dentro il Passo del Cielo Riflessivo iniziarono il loro primo e misteriosissimo Intercanto.

I corpi furono proiettati in un mondo antico. Nel mondo del glorioso popolo Sioux, in mezzo alle verdi praterie, tra mandrie di bisonti e cavalli imbizzarriti che galoppavano verso le montagne rosse.

I due ragazzi camminarono guardando l'orizzonte e il falco ferito volò finalmente libero. L'odore di erba e di polvere entrò nelle loro narici e il sapore della vita sembrò più selvaggio. Piccole nuvole di fumo si levarono là in fondo, dove il cielo si univa alla terra: erano i segnali di Orso Quieto che se ne stava tranquillamente seduto a gambe incrociate dentro la sua grande tenda.

Geno raccontava ogni particolare a Suomi e la ragazzina, con gli occhi verdi e spenti, cercava di cogliere con la mente ogni rumore, ogni odore, ogni movimento dell'aria.

«Siamo nella terra di Anoki Kerioki. Chissà se incontreremo il suo popolo» disse Geno, eccitato. Si tolse il Tonca lasciando che i capelli ricci e neri fossero accarezzati dai raggi del sole.

Quando giunsero davanti alla tenda dai mille colori videro il fuoco acceso e al centro di uno spazio tondo spiccava un grande totem alto più di sei metri. Il falco planò proprio lì sopra e dall'alto dominò l'intera scena come un vero Re.

Dalla tenda uscirono otto guerrieri Sioux. Erano bellissimi, con i capelli corvini che scendevano sulle spalle e i volti dipinti con segni bianchi e rossi. Avevano frecce e archi, ma due di loro strigevano un flauto in legno di sambuco e bacchette di canna spaccate longitudinalmente. Erano strumenti musicali.

Uno di loro avanzò, aveva disegni anche sulle braccia e sul corpo:

«*Hau*, benvenuti nella Capanna Sudatoria di Orso Quieto. Noi siamo la prima voce che tuonò in questa terra. La voce del popolo rosso che ha solo archi e frecce. La gente bianca è arrivata e ha lasciato lacrime e sangue dietro di sé. Noi siamo la prima voce che tuonò in questa terra. La voce che ancora si ode grazie agli spiriti e all'armonia della natura che ci protegge».

Geno si emozionò sentendo quel discorso poetico che parlava della tragedia dei pellerossa, uccisi e cacciati dai bianchi. Suomi e Hastor Venti chinarono il capo in segno di rispetto davanti ai guerrieri che mostravano forza, coraggio e saggezza.

Gli otto pellerossa si misero a suonare e, uno dietro l'altro, attorno al fuoco iniziarono una danza circolare mentre il sole scendeva piano arrossando il cielo. La tenda si aprì e uscì un vecchio. Aveva un copricapo di piume d'aquila e i capelli, bianchi come la neve, erano raccolti da un treccia. I suoi occhi erano neri come il carbone, le rughe del volto talmente profonde che sembravano cicatrici.

Avvolto da una lunga tela rossa aprì le braccia e accolse i due giovani Antei:

«*Hau.* Benvenuti giovani Antei. Sono Orso Quieto, sciamano Sioux. Accomodatevi nella mia umile tenda» disse il vecchio.

Geno prese per mano Suomi e insieme entrarono nella Capanna Sudatoria. Dentro faceva un caldo soffocante. C'erano bacinelle dalle quali uscivano fumi e vapori. In piedi, davanti a un grande tamburo, c'era una persona ad attenderli: Margot Crikken!

«Madame!!!» esclamò Geno rimandendo a bocca aperta.

Anche Suomi tremò al solo nome della Saggia francese.

«Sono felice di vedervi qui» disse con voce calma l'anziana Sapiens. Era vestita in modo impeccabile nonostante il caldo. Aveva un graziosissimo capellino di paglia con piumette colorate, l'abito, lungo fino a terra, era di colore giallo come la borsetta. Accanto, impassibile, c'era Napoleon.

Geno corse da lei e l'abbracciò forte. Appoggiò il suo viso sul vestito e sentì il cuore e il calore di quella donna che lo aveva trascinato in un'avventura senza fine. Geno chiuse gli occhi e sussurrò:

«Forse so dove sono i miei genitori. Devo tornare presto all'Arx. Il falco mi sta aiutando».

Madame Crikken sfilò gli occhialini d'argento e accarezzò i riccioli del ragazzo:

«Capisco. Ma ora stai tranquillo. Orso Quieto deve parlare. La vita di Anoki è in pericolo».

La Saggia si avvicinò a Suomi e le prese una mano accarezzandola.

«Perché è fuggita dall'Arx? Lo sa che stanno succedendo delle cose terribili? Miss O'Connor ha scatenato i fantasmi e René non ha più potuto aiutare Geno. Yatto lo tiene in pugno» cominciò Suomi, parlando talmente concitata che madame Crikken rimase turbata dall'angoscia delle sue parole.

«Sì, all'Arx Mentis si sta male. Per fortuna Naso, Nabir e Eulalia ci stanno aiutando. Ma è soprattutto il Re, il Girifalco d'oro, che con il suo sangue scrive messaggi importanti. Lui sa dove sono i miei genitori ed è qui con noi. Si è appoggiato sul grande totem» spiegò Geno.

Madame Crikken ascoltava con attenzione e anche Orso Quieto rimase in silenzio.

«Come ha fatto a usare la Bilocazione Traversa? L'O' Grande non funziona più. Yatto è impazzito per questo» continuò il ragazzo rivolgendosi alla Sapiens.

«Ho rischiato molto. Ma dovevo venire da Orso Quieto. Solo lui sa come risvegliare Anoki. E non potevo certo raccontare tutto a Yatto. Avrebbe scoperto l'UffioServo e l'uso della Parola Bloccante» spiegò finalmente madame Crikken.

«Già, ora capisco. Ma adesso cosa facciamo? Suomi e io stiamo vivendo l'Intercanto insieme e se lo scoprono saranno guai» disse Geno.

«L'anima della luna veglia su di voi. Il Girifalco è uno spirito potente e certamente farà da guida. È lui che vi ha fatto venire qui. Ora dobbiamo concentrarci e salvare Anoki. Non c'è tempo da perdere» esclamò Orso Quieto.

«Roi riesce a fare cose umane» aggiunse Geno.

«Sì, il Girifalco è sicuramente una creatura straordinaria» rispose lo sciamano parlando a voce bassa.

Madame Crikken divenne seria, pensava a Roi, a quell'uccello che lei non aveva previsto nel destino di Geno.

Un falco d'oro che aveva l'anello identico a Von Zantar e aiutava il nipote di Flebo Molecola. Una circostanza strana e apparentemente contraddittoria. Napoleon sentiva che la sua padrona era tesa e miagolò, ottenendo così qualche carezza.

Anche Hastor Venti era visibilmente provato dalle troppe emozioni, ma lo sciamano decise lo stesso di iniziare il rito sacro. Orso Quieto prese un sacchetto di tela grezza, si sedette nuovamente sul tappeto verde e fece accomodare i suoi ospiti. Quando tutti furono a gambe incrociate aprì il sacchetto e tirò fuori una maschera di legno dipinta con simboli Sioux.

Era la Maschera Sacra. La consegnò a Geno dicendo di tenerla con delicatezza. Poi, con gli occhi chiusi, intonò un canto lento come una nenia che si unì alla musica degli otto guerrieri Sioux , che, fuori dalla tenda, continuavano a danzare attorno al fuoco mentre la notte scendeva illuminando di blu le immense praterie. Il grande tamburo della tenda di Orso Quieto iniziò a suonare da solo, al ritmo del cuore. Ogni colpo era un battito. I corpi di Suomi, Geno e madame Crikken vibrarono come onde sonore.

Dalla bocca dello sciamano uscirono parole lente e buone. Era la canzone del richiamo. Era la canzone del Vento.

Il Vento comincia a parlare
e la terra lontana viene verso me
Il Vento arriva leggero
e il sole accompagna le stelle
Il Vento entra nel cuore
e le nuvole danzano con le fiamme
Il Vento corre tra le foglie dei cactus
e il volto di legno porterà la salvezza

Un tuono e una saetta squarciarono il cielo blu e il bagliore del fulmine illuminò persino l'interno della Capanna Sudatoria. Orso Quieto era in trance e parlava con il Grande Spirito. Un dialogo silenzioso, scandito solo dai battiti del tamburo che segnavano il tempo. Un tempo che era diverso dal solito. Era il tempo infinito. Il tempo del Vento. Il tempo dell'universo.

Madame Crikken si alzò, prese la Maschera Sacra e la mise sul volto di Geno.

Un grido potente arrivò da chissà dove. La maschera si modellò sul viso del giovane Anteo. Naso, bocca e occhi si fusero con il legno e Geno sentì un dolore insopportabile. Suomi strinse il bastone e, con il cuore che ancora batteva come il tamburo, pregò che non accedesse nulla al suo amico.

Hastor Venti si alzò di scatto e uscì dalla tenda in preda agli spiriti. I guerrieri erano lì, attorno al fuoco, ad aspettarlo. Geno iniziò una danza circolare. Batteva i piedi per terra e saltellava seguendo il ritmo del tamburo. I Sioux levarono un canto profondo e all'orizzonte, dove il blu del cielo si fondeva con il nero della notte, arrivò il vento. Quel Vento di cui Orso Quieto aveva parlato. Soffi e refoli d'aria fredda e calda sollevarono polvere e sassi. Sopra il fuoco si formò una nuvola di vapori e fumi che fluttuavano come se stessero bollendo. Il nero della notte si squarciò, apparve un sole gigantesco e le stelle iniziarono a danzare. I colori dell'aria cambiarono e tornò ancora una volta il blu profondo che dipingeva ogni cosa.

Geno continuò a danzare e improvvisamente la Maschera Sacra si staccò dal suo volto lasciandogli la pelle sudata. La maschera volò in alto ed entrò in quel vortice che il vento aveva creato. Le stelle brillavano come diamanti e la luna piena schiariva l'immensa prateria. In alto, nella montagna più vicina, un lupo ululò al cielo e solo in quel momento i

vapori e i fumi si diradarono. Sopra il fuoco dei Sioux apparve il corpo di Anoki Kerioki. Dall'UffioServo si era materializzato lì, nella sua terra. Se ne stava sempre sospeso in aria avvolto dal Vento degli spiriti. Gli otto guerrieri si inginocchiarono e dalla tenda uscì Orso Quieto seguito da madame Crikken e Suomi. La Maschera Sacra girava come impazzita sopra il corpo di Anoki e alla fine si posò sul suo volto. La luna si oscurò e il vento fuggì lontano mentre il corpo del giovane pellerossa scendeva lentamente appoggiandosi accanto alla Capanna Sudatoria. Orso Quieto si avvicinò e con lui anche gli otto guerrieri. Lo sciamano tolse la maschera: Anoki finalmente riaprì gli occhi. Il vecchio sciamano pronunciò alcune frasi in lingua Lakota e Lupo Rosso

sorrise. Nonno e nipote si abbracciarono cantando un'antica nenia dei pellerossa.

Madame Crikken sospirò e Geno, che non si era ancora del tutto ripreso, barcollando raggiunse l'amico insieme a Suomi, che gioiva per il ritorno alla vita dell'Anteo di Terzo Livello.

«Amico mio. Sei salvo!» disse Hastor Venti con la voce spezzata dall'emozione.

Lupo Rosso alzò con fatica la mano destra e strinse le mani di Suomi e Geno. Lacrime di felicità bagnarono la terra dei Sioux. Geno tirò fuori il talismano e commosso lo riconsegnò al suo proprietario:

«È tuo. Mi ha aiutato molto e ora è giusto che torni a te».

Orso Quieto teneva le mani chiuse a pugno e quando le riaprì sul palmo aveva due collane con appesi i fischietti d'osso di alce. Li regalò a Geno e a Suomi:

«Soffiando in questo fischietti non si udirà alcun suono. Solo io e Lupo Rosso possiamo sentire la musica. Se avrete bisogno sapete come contattarci».

Suomi toccò il fischietto e, sorridente, indossò la magica collana. Lo stesso fece Geno.

«Anoki deve riposare. Il suo corpo non ha più forza. Si rimetterà presto» disse Orso Quieto mentre gli otto guerrieri lo portavano dentro la tenda.

Lo sciamano salutò i suoi ospiti e si chiuse dentro la Capanna Sudatoria dicendo a madame Crikken che aveva bisogno del suo aiuto.

«Ma... Anoki non torna all'Arx?» chiese ingenuamente Geno.

«Ora certamente no. Deve ristabilirsi. Non può certo affrontare il Contra Unico» spiegò Margot.

«Ovvio, ovvio...capisco. Ma starà bene vero? Tornerà forte come prima?» chiese Hastor Venti.

«*Oui*. Sì. Ma deve solo riposare. Voi, invece dovete tornare dentro il Sigillo Nero. Anche se vi sembra siano passate solo poche ore, in realtà gli otto giorni dell'Intercanto sono terminati» disse madame Crikken.

«Otto giorni? Ma noi l'Intercanto non l'abbiamo per nulla fatto! Dovevamo viaggiare con la mente e provare le tecniche di Magipsia. Come faremo a spiegarlo a Yatto Von Zantar? Saremo espulsi! Ci verranno tolti i poteri!» Suomi era molto preoccupata e temeva il peggio.

«Voi avete fatto il miglior Intercanto della vostra esperienza di Antei. Vedrete che le porte del Sigillo si apriranno senza problemi, nessun Saggio e neppure Yatto saprà mai quali esperienze avete fatto» spiegò con calma la Sapiens francese sedendosi morbidamente accanto al fuoco.

«Vuol dire che non si accorgeranno che siamo venuti qui?» chiese Geno.

«No, non se ne accorgeranno. L'unica cosa importante a cui dovete pensare è che Anoki è vivo. Presto tornerà all'Arx» madame si levò il cappellino e accarezzò Napoleon che faceva le fusa.

«La O' Grande! La Bilocazione Traversa! I tre Saggi l'avranno aggiustata!» esclamò improvvisamente Geno.

«Cosa dici?» Margot lo guardò sbigottita.

«Madame, legga questa lettera del Girifalco. Vede, Roi ha scritto che i tre Saggi dovevano sbloccare l'O' Grande che lei aveva fermato quando è partita. Forse Anoki deve tornare così...usando la Bilocazione Traversa» Geno Hastor Venti diede la lettera all'anziana.

Madame Crikken lesse velocemente aiutata dalla luce delle fiamme:

«Ma se hanno sbloccato la O' Grande allora Von Zantar può scoprire dove sono fuggita e raggiungermi. Può venire qui e...» Geno la interruppe spiegando che Nabir, Eulalia e Naso non avrebbero mai svelato al Summus Sapiens questo segreto. Il falco lo aveva scritto con il suo sangue e dunque bisognava fidarsi. Oltrettutto Roi era lì, e dall'alto del totem ascoltava e osservava ogni cosa.

«Forse la O' Grande deve essere sbloccata proprio per permettere ad Anoki di ritornare all'Arx in modo clandestino. Lui certo non può entrare dal portone perché non risulta uscito: il Pendolo Secco non suonerà» disse saggiamente Suomi.

«*Très bien.* Bravissima. Questa è senza dubbio la spiegazione più giusta» Margot accarezzò il volto della ragazzina.

La tenda si riaprì, Orso Quieto richiamò madame:

«Venite, fate presto. Anoki vi deve dire una cosa importante».

«Arriviamo, prima però leggi questa lettera del Girifalco. La Bilocazione Traversa serve per far tornare Anoki all'Arx Mentis» spiegò madame avvicinandosi allo sciamano.

Orso Quieto lesse la lettera e poi alzò lo sguardo verso il totem. Roi emise un grido stridulo.

«Esatto. Il Girifalco è il vero spirito guida, – disse Orso – ma Anoki non può usare ora la Bilocazione Traversa. È debole. Adesso mi ha chiesto di parlare ancora con voi. In particolare con Geno».

Hastor Venti entrò per primo nella tenda. Anoki era steso sul tappeto. Alzò lentamente la testa e disse:

«Quando ero sospeso nell'UffioServo ho visto immagini e provato sensazioni forti. Improvvisamente ho visto il falco. Sì, proprio il Girifalco. Portalo qui. Fallo entrare».

Geno non fece in tempo a chiamare il falco che, in un baleno, volò dentro la tenda e si appoggiò sopra il torace di Anoki. Nel becco teneva un piccolo pezzo di carta.

«Prendilo, so che è per te» disse Anoki rivolgendosi a Geno.

Hastor Venti sbiancò: quel piccolo pezzo di carta era in realtà la foto di un bimbo di circa 3 anni di età, biondo e sorridente. Un brivido lo fece tremare. D'istinto tirò fuori dalla tasca dei pantaloni la foto spezzata.

Quella che ritraeva suo padre.

Con le mani che gli tremavano avvicinò i due pezzi: combaciavano!!!

Madame Crikken tentò di fermare il gesto di Geno ma Orso la bloccò:

«Lascia stare. Tutto dev'essere svelato».

«Tutto? Che significa? Chi è questo bambino? E perché è nella foto con mio padre?» chiese Geno guardando madame Crikken e il falco.

In quell'istante il giovane Hastor Venti si ricordò che proprio Margot aveva rubato la foto spezzata quando erano a Campana di Sotto. Chi era dunque quel bambino?

«Il bimbo fa parte della tua famiglia, – disse a bassa voce madame Crikken – non potevo dirti tutto subito. Ma ora...».

«Ora lo deve sapere» affermò con decisione Orso Quieto.

Geno riguardò la foto e poi puntò gli occhi su Lupo Rosso:

«Tu sai? Ti prego dimmi la verità. Chi è questo bambino?».

Anoki scosse la testa:

«Non lo so».

Madame Crikken trattenne il respiro, Orso Quieto rimase serissimo mentre Suomi parlò decisa:

«Lo sapevo che la foto spezzata nascondeva la presenza di un bambino. Te lo avevo chiesto. Ricordi?».

«Sì, è vero. Ma cosa significa?» Geno era davvero confuso.

Il Girifalco spiccò il volo e appoggiò le zampe insanguinate sopra il frammento di foto che ritraeva il bambino. A quel punto Orso Quieto si fece avanti:

«Geno, ora metti una goccia del tuo sangue sopra l'altro pezzo della foto, quella di tuo padre».

Il ragazzo non capiva nulla ma ascoltò il consiglio del vecchio sciamano, appoggiò con forza l'indice della mano sinistra sulla punta di una lancia Sioux e dalla ferita uscì il sangue.

Una goccia cadde esattamente sulla foto di suo padre.

Il sangue del falco e quello di Geno si mescolarono e come una colla la foto ritornò unita e pulita da ogni alone rossastro. Pier Hastor Venti e quel bimbo biondo erano lì, impressi in quella fotografia scattata tanti anni prima.

Accarezzò il volto di suo padre e guardando l'espressione allegra del bimbo pianse:

«Ditemi chi è? Ditemi la verità o impazzirò davvero!».

«Quel bambino ora è diventato un ragazzo. Vi siete già incontrati. Vi siete conosciuti all'Arx» disse finalmente madame Crikken.

Geno sentì il cuore battere fortissimo, i muscoli di tutto il corpo s'irrigidirono e le vene sembrarono scoppiare. Con le guance rosse e la fronte sudata gridò. Non potè fermare l'istinto. Urlò con tutto il fiato che aveva in gola un solo nome:

«René!».

La saggia francese annuì, Orso Quieto socchiuse gli occhi e Suomi ripeté tre volte il nome dell'Anteo prediletto da Zantar e strinse al petto il suo bastone bianco. Il falco iniziò a girare come un'elica attorno alla testa di Geno.

«René! È lui vero? È mio fratello! È stato rapito assieme ai miei genitori. Perché non me l'avete detto?» rabbia e confusione, paura e sgomento si lessero negli occhi neri di Hastor Venti.

«Non potevo dirtelo. René aveva bevuto il ClonaFort e stava diventando un bambino prodigio. Anche se aveva solo tre anni poteva rappresentare un pericolo. Per questo Von Zantar decise di rapire anche lui. E io non ho potuto evitarlo. Dovevo pensare a te, eri più piccolo e all'Arx nessuno si sarebbe preso cura di un neonato. In questi 11 anni Yatto ha educato René, gli ha insegnato le arti della Magipsia e plasmato la sua mente. Non è più un Anteo come voi. E lo hai visto anche tu. Io e tuo zio Flebo però siamo convinti che lui ti possa aiutare a trovare i genitori. È l'unico che lo può fare» spiegò imbarazzata madame Crikken.

«Follia. Mi sembra una follia. Se veramente vuole aiutarmi perché non mi ha detto subito che era mio fratello?» disse Geno con gli occhi pieni di lacrime.

«Come poteva farlo? Von Zantar l'avrebbe scoperto subito e sai bene cosa avrebbe fatto. Il Summus Sapiens è crudele. Oramai René è nelle sue mani. E il tuo arrivo all'Arx non poteva certo sconvolgere i piani di Yatto. Se è riuscito a trasformare René in un ragazzo dalle doti mentali potenti, figurati cosa si aspetta da te. Mio caro Geno, devi essere forte e coraggioso. Ritengo che tuo fratello non possa aiutarti subito perché non è libero di farlo» la Crikken fu bloccata dal volo impazzito del Girifalco.

Roi aprì totalmente le ali, piantò gli artigli su un tamburo e con le zampe ancora pregne di sangue scrisse:

SE AIUTI ME, AIUTI TUO FRATELLO.

Madame Crikken rimase a bocca aperta. Orso Quieto alzò le braccia in segno di devozione al falco.

«Tu? Salvare te significa salvare mio fratello e trovare i miei genitori» Geno abbracciò Roi.

In quel falco c'era il suo destino.

«Tornerò presto all'Arx. E Yatto se la vedrà con me. Non può aver distrutto tutta la mia famiglia solo per via del ClonaFort e per le sue sciocche e perverse ricerche magipsichiche» affermò Geno, che ora si sentiva forte. Quasi invincibile. Avrebbe spaccato pietre e rocce per sfogare la sua rabbia. Gocce di sudore gli scendevano sulla fronte e i suoi riccioli neri erano bagnati come se avesse messo la testa sott'acqua.

La tensione era altissima.

Anoki riuscì solo a dire un'altra parola prima di assopirsi:

«Ti sarò accanto. Yatto non vincerà questa battaglia. Sono un guerriero Sioux, e manterrò la parola».

La sfida contro il Summus Sapiens era dunque aperta. A madame Crikken mancò il respiro per l'agitazione, si appoggiò allo sciamano per non cadere, Suomi si sedette su un tamburo e Geno crollò a terra, accanto ad Anoki.

«Insieme ce la faremo. Troppi inganni stanno rovinando l'Arx Mentis» disse il giovane Hastor Venti, abbracciò l'amico pellerossa e poi fuggì fuori dalla tenda. Voleva respirare un po' d'aria fresca.

Orso Quieto e madame Crikken lo seguirono in silenzio insieme a Suomi, che era pronta ad affrontare un nuovo viaggio.

Lo sciamano si rivolse a lei e a Geno, mentre Roi volava attorno al totem.

«Il Vento vi riporterà nel Sigillo. Fate buon ritorno a casa. Ci sono pericoli e felicità. Solo la mente governerà le vostre azioni. Quando Anoki starà meglio ve lo farò sapere. Tra pochi giorni tornerete all'Arx. E Lupo Rosso ci sarà! Ve lo prometto!» Orso Quieto rientrò nella Capanna Sudatoria e il fuoco lentamente cominciò a spegnersi.

«Ma Naso Bendatov, Eulalia Strabikasios e Nabir Kambil attendono un nostro messaggio. Dobbiamo dire che Anoki è salvo e che abbiamo trovato madame Crikken» suggerì Suomi.

Margot la tranquillizzò:

«Non preoccupatevi. Tutto verrà risolto».

«Madame, ma lei non viene con noi? Non tornerà mai più all'Arx?» la domanda di Geno la fece sorridere.

«*Je reviendrai vite*. Ritornerò presto. Non ti abbandonerò mai, lo sai bene. Non voglio che Von Zantar continui con le sue folli prove magipsichiche. I tuoi genitori e René li salveremo con l'aiuto del Girifalco. Lo spero... lo spero davvero. *Au revoir.* Arrivederci» Margot accarezzò i volti del ragazzo e dell'Antea finlandese, poi entrò nella Capanna Sudatoria.

Napoleon miagolò e si strusciò sulle gambe di Geno in segno di saluto.

Il Vento della prateria ritornò violento. Un vortice bianco e argenteo trascinò via il falco, Suomi e Hastor Venti. Dentro una nuvola di aria tiepida volarono sopra la terra dei Sioux immersa nella notte.

La voce degli Spiriti accompagnò il rientro dall'insolito Intercanto. I due ragazzini e Roi si ritrovarono nuovamente dentro il secondo luogo del Sigillo Nero. Dentro il cielo luminoso ripresero piena coscienza. Il falco dorato piegò le ali e chinò la testolina per riposare.

Gli occhi di Suomi, grandi e verdi come il mare, erano più belli che mai. Avevano un'altra luce.

Geno la guardò e per un momento credette a un miracolo.

«Ci vedi? Dimmi che ci vedi!» chiese con un filo di voce.

«No... io... vedo solo buio. La mia è una notte che non termina mai» rispose tristemente l'Antea finlandese.

Hastor Venti la strinse a sé e sentì di volerle bene. Anche Suomi lo abbracciò:

«Non ci lasceremo mai. Vero?».

«Mai! Sei bellissima e soprattutto sei la ragazza più dolce e in gamba che io abbia mai conosciuto. Forse il potere della Magipsia potrà riaccendere i tuoi occhi» disse Geno parlandole con sentimento.

«Vorrei tanto vedere il tuo volto. Vorrei vedere i colori. Ma ho imparato a guardare il mondo con la mente. Non avere pena di me. Non lo sopporto» sussurrò Suomi a testa bassa.

«No, non provo pena, ma ammirazione» disse Geno tenendole la mano.

Il cielo del Sigillo si riempì di stelle, il tempo dell'Intercanto era finito. Hastor Venti infilò la chiave a uncino e la porta che dava sullo sgabuzzino si aprì.

Suomi uscì lasciando la mano di Geno:

«Vado nel mio Sigillo, torno a casa, in Finlandia. Ci vediamo tra tre giorni. Anoki tornerà e insieme al falco ritroveremo i tuoi genitori» la ragazzina si sistemò i capelli biondi e tese le labbra verso Geno.

Lui si sentì tremare anche le dita dei piedi. Un lieve bacio e la porta si chiuse. Geno si ritrovò seduto sulla nuvola del Sigillo: e gli sembrò la cosa più normale del mondo.

Dentro i suoi occhi c'era ancora il volto dolce di Suomi. Con la felicità che ballava dentro lo stomaco infilò la chiave nella serratura per aprire la porta. Ancora una prova e poi avrebbe messo piede a Campana di Sotto.

Tre giri a sinistra, due giri a destra, mezzo giro a sinistra e quattro a destra. La chiave a uncino girò da sola come sempre.

Hastor Venti insieme al suo inseparabile falco si ritrovò nel Passo del Disincanto. Le montagne innevate, il ruscello e il prato erano lì. Il ragazzo si stese sull'erba e attese che l'acqua lo bagnasse, mentre Roi finalmente poteva sguazzare con zampe e ali rinfrescandosi.

La voce del ruscello era limpida e cristallina. La mente di Geno si fuse con l'armonia e non provò più la paura che aveva sentito la prima volta. Tutto diventò buio e nell'immenso nulla riuscì a far volare la chiave nella serratura. Gli scrocchi si susseguirono in modo ritmico e il varco del grande Sigillo Nero di madame Crikken si aprì.

Il vapore riempiva la stanza e il profumo di Lavanda Gorgiana era fortissimo. Il rumore di ferraglia rimbombò: il Sigillo era tornato nella villetta rosa. Il Primo Intercanto dell'Anteo Geno Hastor Venti era dunque terminato. La prova era conclusa. Era riuscito a tornare a casa affrontando un'avventura incredibile ed emozionante. Non vedeva l'ora di correre dallo zio e raccontargli tutto quello che era successo.

Proprio in quel momento, nell'Arx Mentis, accadeva un fatto altrettanto straordinario. Nonostante i tre Saggi amici di Geno non avessero avuto notizie certe su Anoki e sulla Crikken attendevano fiduciosi un segnale. La loro tranquillità fu messa in subbuglio a causa di una decisione veramente insolita presa dagli Psiofi. Una decisione che sorprese non poco lo stesso Yatto Von Zantar.

Riuniti nel Megasoffio, gli Psiofi avevano terminato il GalApeiron con una presa di posizione anomala. Avevano stabilito l'annullamento del Contra Unico dichiarando al Summus Sapiens che la scomparsa di Anoki e la fuga di madame Crikken dovevano essere risolte altrimenti l'esame del Terzo Livello non avrebbe avuto senso. Per la prima volta, dal 1555, saltò il Contra Unico.

Bob Lippman, che come Geno, Suomi e Yudi, aveva terminato il suo Intercanto, stava per ritornare all'Arx con la precisa intenzione di salire in cielo con lo Spiccafilo, ma fu bloccato. Pilo Magic Brocca gli mandò un messaggio telempatico.

«Per cause gravissime il Contra Unico è rimandato. Torna a casa con il tuo Sigillo. Tra tre giorni inizia il nuovo ciclo, presentati come da Regolamento. Risolveremo al più presto la tua situazione».

Bob si arrabbiò moltissimo. Pensò che l'annullamento fosse opera di Geno Hastor Venti. Lo odiò con tutto il suo cuore.

Chiuso nel Sigillo, se ne tornò in America ma prima di uscire mandò un messaggio anche a Yudi Oda, il quale, superato l'Intercanto se ne stava tornando in Giappone. I due

Antei giurarono vendetta. Sicuramente, al suo ritorno, Hastor Venti non avrebbe avuto vita facile all'Arx.

Gli Psiofi se ne volarono via sulle Bi-Flap e i Sapientes iniziarono a preparare materiali e prove per il nuovo ciclo. Era previsto l'arrivo di altri Antei di Primo Livello mentre, al Secondo Livello, si sarebbero trovati Suomi Liekko, Hastor Venti, Yudi Oda e la ripetente Agata Woicik.

Anche Geno, in quel momento, pensava al suo ritorno all'Arx Mentis. Guardò il falco e disse:

«Saranno guai anche per te. Sei scappato sfidando Yatto. Lui ti starà cercando».

Ed era vero. Yatto era furibondo. Continuava a spedire scariche mortali con il suo anello cercando di colpire il falco fuggito. Roi, che con Geno era oramai giunto a Campana di Sotto, socchiuse gli occhi incurante dell'ira di Yatto nonostante le dolorose ferite alle zampe.

Hastor Venti respirò profondamente l'aria del suo paese e sul pavimento della stanza segreta della villetta rosa vide le sue vecchie scarpe. Levò gli stivali neri e le indossò con felicità. Tolse in fretta il Tonca e i guanti, poi andò verso la parete e chiuse gli interruttori che spensero le luci. Il Sigillo Nero tornò silenzioso e la Lavanda Gorgiana svanì di colpo.

Quando uscì dalla villetta dei fantasmi era pomeriggio. Faceva freddo e la neve copriva ancora via del Dolce Rosmarino. Era il 28 gennaio. Si mise a correre come una lepre mentre il falco lo seguiva in volo. Quando giunse davanti alla porta dell'ambulatorio urlò il nome dello zio con il fiato che gli era rimasto.

Flebo aprì la porta e, tra lo sconcerto dei pazienti che attendevano le visite, abbracciò il nipote. Lo strinse talmente tanto che gli fece male.

«Geno, come stai? Com'è andata? Mi sei mancato tanto.

Tantissimo» Flebo Molecola si aggiustò gli occhiali e baciò sulla fronte il suo adorato nipote.

Il medico allargò le braccia e i pazienti capirono che le visite erano terminate. Zio e nipote entrarono in casa, Flebo voleva sapere tutto quello che era successo all'Arx Mentis. E quando Geno, fulminandolo con uno sguardo, gli disse che sapeva tutto di René, lo zio si versò un bicchiere di vino rosso e lo bevve tutto d'un fiato.

«Allora lo sai. Ora lo sai. Siete fratelli» la voce di Flebo era rotta dal pianto.

Geno lo abbracciò facendogli sentire tutto l'affetto che provava. Un picchiettio sulla porta distolse zio e nipote. Flebo aprì ed entrò svolazzando Roi, il Girifalco d'oro.

«Non spaventarti, è mio amico. Mi sta aiutando tantissimo» spiegò Geno.

Il Re planò sul tavolo, fissò con i suoi occhi magnetici Flebo Molecola. Il medico sentì come una scossa, quel falco sembrava umano.

«Ma l'hai portato fin qui?» chiese sbalordito.

«Lui è la mia guida» rispose soddisfatto Hastor Venti.

Zio e nipote parlarono fino a notte fonda, Geno spiegò le difficoltà superate e quelle che lo attendevano, raccontò della fuga di madame Crikken, della brutta avventura vissuta da Anoki e l'intervento di Orso Quieto. Disse che era sicuro di ritrovare i genitori e con gli occhi lucidi cercò di spiegare allo zio che oramai la fine di quel dolore che da 11 anni lo tormentava era vicina, perché René sicuramente lo avrebbe aiutato. Il falco ascoltava rimanendo immobile.

Flebo si commosse più volte e, tenendo le mani del nipote tra le sue, pensò che quel ragazzo così strano e ingenuo stava affrontando un'esperienza senza eguali.

Alle 9 del mattino sotto casa c'erano già i suoi compagni di classe. Era domenica e la voce del ritorno di Geno si era sparsa per tutto il paese. Il primo a suonare il campanello fu Nicosia.

«Scendi?» chiese urlando dalla felicità.

«Eccomi, arrivo» rispose Hastor Venti uscendo come un razzo seguito dal falco.

Quando i suoi amici videro l'uccello si spaventarono.

Roi se ne volò sopra un abete innevato e li guardò con aria severa.

Nicosia aveva le guance rosse e la frangetta che, come al solito, gli copriva gli occhi. Era ancor più cicciottello di come lo aveva lasciato. Strinse la mano a Geno:

«Ma ti sei portato un falco? È addomesticato?».

«Lui è più umano di tanti ragazzini» rispose Hastor Venti con una punta di arroganza.

Nicosia, anche se spaventato dal falco, fece l'occhiolino a Geno sussurrando:

«Non ho detto nulla agli altri. Ho mantenuto il segreto. Loro pensano che tu eri in una clinica a curarti».

Geno sorrise e avanzò verso Mirta Bini che lo squadrò dall'alto al basso. Aveva i soliti orribili occhiali e non fece neppure un sorriso.

Marlonia e Gioia invece lo salutarono con timido entusiasmo, sbalordite dal falco. Galimede gli andò incontro dandogli una pacca sulle spalle:

«Allora? Sei guarito? Ora addestri falchi?».

«Sto meglio. Ma riparto tra un paio di giorni» rispose guardando dritto negli occhi il cugino di Nicosia.

«Ti hanno fatto l'elettroshock?» la domanda, perfida e cattiva, di Mirta non innervosì per nulla Geno.

«No. Ma la mente mi funziona meglio di prima. Come vedi riesco ad avere amici migliori di te» Hastor Venti indicò Roi e poi fissò la ragazzina con una tale intensità che Mirta sentì la testa girare.

«E la vecchia pazza l'hai più vista?» Galimede voleva proprio far arrabbiare Geno, ma lui rimase impassibile.

«Vuoi dire madame Crikken? Sì, l'ho rivista. Ma questo a voi non deve interessare» concluse, lasciando di stucco gli amici per la sua sicurezza.

Mirta prese un po' di neve:

«Facciamo la battaglia?».

«Ok».

Geno era pronto. In un attimo volarono palle di neve da tutte le parti. Nicosia si nascose dietro un albero ma non servì a nulla, dopo pochi minuti era già colmo di ghiaccio e neve. Le risate e le corse rallegrarono l'incontro.

Su via del Dolce Rosmarino gli schiamazzi dei ragazzini divertirono anche gli adulti che dalle finestre osservavano il gruppetto.

Gioia e Galimede corsero fino alla villetta rosa:

«Dai Geno, vieni qui. Vediamo se c'è ancora la vecchia pazza con il suo gatto».

Geno si fermò al centro della via, esattamente all'angolo con il vicolo del Giglio Nero. Cumuli di ghiaccio e neve coprivano le sterpaglie e anche l'insegna della farmacia. Il suo cuore tornò triste. Nicosia lo abbracciò:

«Ma li hai trovati o no i tuoi genitori?».

«Forse sì. Vedrai che presto torneranno qui e riapriranno la farmacia» rispose Geno sotto voce.

Nicosia lo guardò con affetto:

«Sono sicuro che li troverai. Sei forte!».

Il falco planò lentamente sopra l'insegna della farmacia e con il becco tentò di strappare l'edera e i rami secchi che l'avvolgevano.

«È in gamba quell'uccello. Fa cose davvero strane» esclamò Galimede.

Mirta, che era corsa avanti, salì sul cancello della villetta rosa, per scavalcarlo. Marlonia le gridò di non farlo perché era pericoloso. Anche Gioia cercò di dissuaderla, ma la testarda ragazzina non ascoltò nessuno. Quasi in cima, alzò una gamba ma scivolò a causa del ghiaccio che si era formato sul cancello. Stava per cadere quando Geno, dal centro della via, fissò la scena. I suoi occhi neri divennero grandi, le pupille si dilatarono come una goccia di olio nel mare. Con la forza del pensiero riuscì a bloccare la caduta di Mirta. La ragazzina si appoggiò lentamente per terra senza farsi alcun male.

Nicosia rimase a bocca aperta, Gioia e Marlonia si avvicinarono all'amica e con aria stupefatta guardarono Geno. Galimede si spaventò e corse a casa lasciando il gruppetto in mezzo alla strada.

Mirta si alzò, ripulì gli occhiali e la gonna di neve. Andò verso Geno e quando le fu vicino mormorò:

«Grazie... ma... come hai fatto?».

Hastor Venti tossì:

«Nulla. Non ho fatto nulla».

«Non è vero. L'hai salvata. Hai bloccato la sua caduta. Lo abbiamo visto tutti» dissero le altre due ragazzine.

«Vi sbagliate» Geno guardò Nicosia e sorrise, poi si rivolse a Mirta dicendo: «Non siamo amici. So che mi detesti perché pensi che io sia pazzo e perché i miei genitori erano giudicati folli. Ma io non voglio che accada qualcosa di male a nessuno. Nemmeno a te».

Mirta Bini s'irrigidì, si sentì offesa dalla verità di quelle parole. Alzò le spalle e se ne andò seguita dalle sue amiche.

Nicosia se ne stette a un paio di metri da Geno. Lo temeva.

«Come fai a fare quelle cose? Me lo ricordo bene che l'altra volta ci hai gettato dei sassi solo guardandoli. E ora... hai persino salvato Mirta» il robusto amico con la frangetta sempre davanti agli occhi era veramente sconvolto.

Geno non poteva spiegargli nulla. Non gli avrebbe creduto. Lo abbracciò:

«Se sei un amico stammi vicino. Un giorno ti racconterò tutto».

Nicosia vide che al collo di Hastor Venti pendeva un fischietto d'osso. Riguardò Geno in faccia osservando bene i suoi occhi:

«E questo cos'è? Dove l'hai preso?».

«È un fischietto che non fischia. Me lo ha dato un uomo saggio che vive lontano, molto lontano da qui» la risposta aumentò la curiosità di Nicosia.

Su chi fosse o su chi stesse diventando Geno Hastor Venti rimaneva un mistero. Nicosia Fratti sentiva però di potersi fidare di quel ragazzo tanto strano che aveva un amico falco e un fischietto che non fischiava.

Geno gli sorrise:

«Amici. Siamo amici. E forse un giorno ti presenterò altri ragazzi che non vivono qui. Li ho conosciuti in un altro posto. Penso che ti piaceranno. Uno, poi, mi assomiglia».

«Non penso proprio che qualcuno possa essere come te» disse Nicosia ridendo felice.

«Infatti, forse è meglio di me» rispose Hastor Venti.

«E hai conosciuto anche delle ragazze?» chiese l'amico facendo un'espressione buffa.

«Sì. In particolare una. Si chiama Suomi. È bellissima» Geno sentì il cuore battergli forte.

«L'hai baciata?» Nicosia rise ancora e le sue gote diventarono ancor più rosse.

«Sì. L'ho baciata. Lei usciva da un Sigillo e io ero seduto su una nuvola» Hastor Venti guardò l'amico che si sganasciò dalle risate.

«Sei il solito raccontaballe. Non cambierai mai» Nicosia

scosse la testa e i due camminarono calciando la neve mentre il falco volava sopra le loro teste.

La sera arrivò veloce e Flebo aveva preparato un'ottima cena. Non voleva far vedere al nipote che era preoccupato per la sua nuova partenza. Non poteva fermare il destino. Avrebbe voluto seguirlo e riabbracciare anche René che non vedeva da 11 anni, ma si addormentò così, sul tavolo della cucina, con gli occhiali sul naso.

Steso sul suo letto e con la lampada azzurra accesa, Geno fissava le travi con i tarli, sentendosi felice per aver salvato Lupo Rosso. Era forte. Importante. Sentiva il coraggio scorrere nelle vene. Sorrise pensando che il ClonaFort che aveva nel sangue forse era meno potente della gioia della scoperta di avere un fratello. Non solo, ma gli effetti di quel farmaco erano nulla in confronto all'amicizia che provava per Anoki e Nicosia e all'amore per Suomi.

Era certo che presto avrebbe trovato i suoi genitori e ancora una volta le parole di madame Crikken rimbombarono nella sua mente: «Sei il loro figlio. Hai lo stesso sangue. La mente e il cuore si uniscono e l'amore tra genitori e figli è talmente grande che può fare miracoli».

Guardò le vecchie foto che aveva portato con sè e sospirò. Si addormentò pensando che tutto, a Campana di Sotto, sembrava uguale a prima, ma non era vero.

C'era un mondo, il suo mondo strano, che lo attendeva all'Arx Mentis.

Un colpo di vento aprì la finestra, forse era lo stesso Vento che Orso Quieto aveva evocato e ora era arrivato fino alle Colline Mielose. Un filo d'aria accarezzò il viso del ragazzo assopito e la voce lontana degli spiriti Sioux entrò nella sua mente: "Libera con il tuo sangue il cuore del falco".

Geno si svegliò e davanti a lui vide il falco con le sue

piume d'oro. Roi aveva uno sguardo speciale, i suoi occhi riflettevano l'immagine sfocata di due persone: Corinna e Pier.

A Geno sembrò di averli lì vicino. Gli parve di toccare le mani di sua madre:

«Mamma, aspettami, sto arrivando. Sto arrivando».

Gli occhi del falco si chiusero e l'immagine svanì.

Il ragazzo però sentì le carezze di sua madre. Le sentì davvero. Il sogno stava per diventare realtà.

La mente non può tradire. L'amore è una forza che nessuna magia può spezzare. Geno lo aveva capito guardando dentro gli occhi del Re. Il Re che lo stava aiutando come... un fratello.

Fine

REGOLAMENTO
Iniziatico dell'Arx Mentis
AM
Per Antei
di
Primo Livello

Per Antei di Primo Livello

Regolamento
Iniziatico dell'Arx Mentis

Correva l'anno 1555 quando i primi Sapientes, provenienti da diversi Paesi del mondo, crearono nella segretissima Vallée des Pensées, l'Arx Mentis, la Rocca della Mente. Un luogo dove studiare e praticare i poteri della Magipsia, ovvero l'arte del pensare, del meditare e della magia.

Un'unica legge ha sempre regnato sovrana: quella del rispetto del Regolamento. Le RI-AM, le Regole Iniziatiche dell'Arx Mentis sono sacre per Antei, Psiofi e Sapientes.

I diversi Grandi Saggi che si sono succeduti nei secoli hanno via via affinato alcune norme. Le ultime modifiche sono opera dell'attuale Summus Sapiens, Yatto Von Zantar e sono siglate.

Antei, Psiofi e Sapientes se trasgrediscono volontariamente le prime 4 RI-AM verranno espulsi a vita dalla Rocca della Mente.

RI-AM. 1 - *La Prima di tutte le Regole*

Non svelare l'esistenza dell'Arx Mentis

RI-AM. 2 - *La Seconda di tutte le Regole*

Non esercitare la Magipsia per provocare dolore

RI-AM. 3 - *La Terza di tutte le Regole*

Non cercare i luoghi segreti dell'Arx Mentis

RI-AM. 4 - *La Quarta di tutte le Regole*

Non ostacolare le decisioni del Summus Sapiens

RI-AM. 5 - Regole del trasporto

5A - SIGILLO NERO – Tutti gli Antei ricevono in dono da Psiofi o Sapientes un Sigillo Nero: unico mezzo di trasporto per giungere all'Arx Mentis. Ognuno può scegliere il profumo del vapore. Una volta superati i Tre luoghi utilizzando la mente è necessario leggere attentamente questo Regolamento Iniziatico. Tutti gli oggetti, indumenti e casse vengono trasferiti negli alloggi dell'Arx dal Summus Sapiens attraverso il pensiero telecinetico. Il Sigillo Nero resterà nel bosco in attesa del ritorno degli Antei per gli Intercanti. Se si danneggia il Sigillo Nero o si fanno entrare persone non adatte si rischia l'espulsione a vita dall'Arx e il Sigillo verrà distrutto.

5B - SCHIZZOSI – Pattini speciali. Si trovano nel terzo luogo del Sigillo Nero. Hanno rotelle che si mettono in moto schiacciando un piccolo pulsante posizionato sulla punta. Nella parte posteriore si trovano due tubi di acciaio dai quali esce fuoco. Una volta indossati gli Schizzosi è necessario stare in equilibrio e lasciarsi trasportare. Gli Antei di Primo Livello usano questi pattini per arrivare all'Arx. Se si prestano i propri Schizzosi a qualcun altro la punizione è di non poter entrare per una settimana nella Stanza Cerchiata.

5C - BI-FLAP – Biciclette volanti. Le usano solo gli Psiofi per raggiungere l'Arx Mentis. Ai lati hanno due grandi ali di pipistrello che si agitano quando si pedala. Le Bi-Flap devono essere posteggiate vicino al ponte levatoio. È vietato usare la Bi-Flap nel mondo reale. Il trasgressore salterà un GalApeiron.

5D - BASSALTO – È l'ascensore che permette di salire velocemente all'Arx. Lo possono usare solo gli Psiofi. Se un Anteo viene sorpreso nel BassAlto verrà punito severamente: gli sarà annullata una settimana di prove con gli Ippovoli.

5E – Le tecniche di Bilocazione Chiusa e Bilocazione Traversa si effettuano solo nella Loggia Psiche.

5F - BILOCAZIONE CHIUSA – Presenza simultanea in due luoghi diversi. Questa tecnica non si può usare all'interno dell'Arx ma solo nel mondo esterno e in casi eccezionali. L'effetto dura 24 ore. È necessaria l'attivazione della Ruota Conica mediante un'alta concentrazione medianica. Il permesso di usare la Bilocazione Chiusa è concesso dal Summus solo ai Sapientes e a Psiofi selezionati. Gli Antei possono vedere le prove solo su richiesta. I trasgressori verranno puniti in maniera esemplare con l'espulsione a tempo indeterminato dall'Arx.

5G - BILOCAZIONE TRAVERSA – Presenza di un Sapiens nel mondo esterno e sua integrazione. L'abbandono a tempo indeterminato dell'Arx Mentis è concesso solo per effettuare mansioni speciali tra la gente. È necessario entrare nella O' Grande e stendersi rimanendo in equilibrio tra i Tre Giganti, le pietre piatte ricche di energia che formano un triangolo magico. Il permesso di usare la Bilocazione Traversa è raro e viene concesso in casi eccezionali dal Summus Sapiens solo ai Sapientes. I Saggi che trasgrediscono questa regola non possono più rientrare all'Arx per il resto della loro vita.

RI-AM. 6 - Regole del tempo

6A - PENDOLO SECCO – È l'orologio che si trova dietro il portone d'ingresso dell'Arx Mentis. Segna i giorni e le ore di entrata e uscita di Antei e Psiofi. Il Pendolo Secco si attiva tirando la corda che si trova accanto al portone. Quando entra uno Psiofo si sente cantare un tenore, quando invece è una Psiofa canta una soprano, mentre per gli Antei si ode un coro di bambini. Si entra uno alla volta. Entrare o uscire senza aver azionato il Pendolo Secco comporta l'esclusione temporanea dall'Arx. Nessun Anteo può andarsene prima della fine dell'Intercanto.

6B - BATACCHIA TREMULA – È la grande campana che si trova nella torre più alta dell'Arx Mentis e segna le ore. È vietato raggiungerla. I trasgressori saranno espulsi per la durata di tre cicli.

6C - TROMBOTTA – È suonata ogni mattina alle ore 7 dalla Governante. È vietato dormire oltre l'ora consentita, pena l'esclusione dalle prove magipsichiche per una giornata.

6D - FISCHIOSUGO – È il fischio che segnala l'ora della cena. Antei e Psiofi si devono recare nel proprio alloggio. Solo coloro che sono impegnati in esperimenti magipsichici possono assentarsi.

6E - PIANSERENO – È l'antichissimo e maestoso organo che si trova nel Megasoffio dal 1555. Controlla e attiva il Pendolo Secco, la Batacchia Tremula e il Fischiosugo. Solo il Sapiens medico si può occupare della sua manutenzione e nessuno può avvicinarsi se non è autorizzato. Chi manomette o rompe il Pianserenο viene espulso all'istante. È il Summus Sapiens a decidere quando potrà rientrare.

RI-AM. 7 - Regole del vestimento

7A - TONCA – Sono i berretti a scodella che indossano anche gli Antei e si associano ai guanti e agli stivali. Ce ne sono di tre colori: nero, per il I° Livello; bianco, per il II° Livello; rosso, per il III° Livello. Tutti gli Antei devono usare il Tonca. I trasgressori saranno puniti con due giorni di digiuno. Stessa punizione per chi non indossa gli stivali e i guanti.

7B - SKERJA E OSCIO – La Skerja è una tunica arancione e si indossa durante le prove di Meditazione. L'Oscio è il cuscino dove ci si appoggia. È severamente vietato usarli fuori dall'Aula dell'Oblio. La pena è di lucidare le Staffore Inverse.

7C - TUTA STAGNA E COLLARE DI CUOIO – La Tuta è di colore blu e nel girocollo ha due tubicini che servono per respirare sottacqua. La Tuta Stagna contiene Ossigeno Piatto che consente di nuotare per lunghe ore senza ritornare in superficie. Il Collare di cuoio al quale sono agganciate due lacci viene messo al collo del Subcando.

7D - BRIGLIE E SELLA – Sono gli strumenti per cavalcare gli Ippovoli. È indispensabile mantenerli puliti e in ordine. Chi non esegue con scrupolo la pulizia non potrà frequentare Psicofonia per tre giorni.

RI-AM. 8 - Regole dei contatti

8A - PAROPALLA – Si tratta di sfere di legno con levetta. Possono contenere messaggi scritti. Quando hanno una lettera al loro interno suonano come un carillon girando per corridoi e stanze finché si fermano precisamente davanti alla persona cercata o alla sua stanza. È vietato rubare la Paropalla di un altro. La punizione sarà la confisca della Paropalla e il divieto di usare la Telempia per una settimana.

8B - VERTIGLI – Sono triangoli che brillano nel momento in cui è in atto un contatto telempatico. In essi viene dirottata la forza del pensiero e per questo è consigliabile usarli raramente altrimenti il corpo si esaurisce. All'Arx si portano agganciati alla cintura quando si vuole avere contatti mentali. È vietato usarli nel mondo reale quando si è in pubblico. Chi trasgredisce verrà escluso due cicli.

8C -TELEPATIA – È la forma più antica di comunicazione tra persone mentalmente dotate. Questa tecnica è usata sia fuori che dentro l'Arx. È vietato mandare messaggi offensivi o di morte. Chi trasgredisce viene espulso per la durata di un ciclo. Gli Antei, durante la frequentazione dell'Arx e l'Intercanto, non possono mettersi in contatto telepaticamente con Psiofi che sono nel mondo reale. Pena: l'espulsione immediata.

8D -TELEMPIA – Sono due le tecniche di Telempia e per usarle serve molta energia mentale. La prima aiuta a capire chi è passato nelle ultime ore da un luogo, la seconda (la più usata) mette in contatto due o più persone attraverso un dialogo mentale attivato dai Vertigli. Come per la Telepatia anche la Telempia non può essere usata dagli Antei durante l'Intercanto o per mettersi in contatto con gli Psiofi che sono nel mondo reale. Pena: l'espulsione immediata. Esclusivamente i Sapientes possono attivare questa tecnica per casi di emergenza.

8E -VOCOFONO – È il microfono del Megasoffio dal quale escono le voci della mente e le fa ascoltare ai presenti. È uno strumento di comunicazione molto importante e chi lo rompe dovrà stare in silenzio nel suo alloggio per quattro giorni.

8F - STAFFORE INVERSE – Le due bocche parlanti danno indicazioni vere e false. Bisogna affinare la mente e intuire la cosa giusta da fare.

RI-AM.9 - Regole dello spostamento oggetti

9A - CERCHI DI SOPHIA – L'esercizio con questi oggetti è tipico della prova di Telecinesi. Nessuno deve perdere i suoi Cerchi, pena la pulizia profonda del canale proveniente dal Lagostorto. Lo spostamento di altri oggetti con il pensiero è accettato solo se in tasca si tengono i Cerchi.

RI-AM.10 - Regole del volo

10A - IPPOVOLI – Sono i magnifici cavalli alati di colore nero. Da sempre ne esistono venti nella Scuderia che ora porta il nome del defunto Summus Sapiens Riccardo Del Pigio Ferro. Si tratta di animali magici che si cavalcano mantenendo il contatto mentale. Sono sensibili e richiedono una grande cura. La morte dei un Ippovolo rappresenta una perdita gravissima per l'Arx. Chi ferisce o provoca la morte di un cavallo alato viene espulso per sei cicli e non potrà più cavalcarne alcuno. È vietato cavalcare un Ippovolo senza il controllo del Cerimoniere. La punizione è stare rinchiusi nella Scuderia per due notti.

10B - SPICCAFILI – Aquiloni di Transcarta e corda forte. Sono gli strumenti di volo più pericolosi. È necessario trasferire correttamente le proprie energie mentali alla corda e alla Transcarta. Solo con il pensiero si riesce a farli volare in modo corretto. Gli Spiccafili sono usati nel Contra Unico.

RI-AM.11 - Regole del Nuoto

11a - Subcandi – Sono cigni giganti bianchissimi. Sanno nuotare perfettamente sott'acqua e possono rimanere senza ossigeno per ore. Ma sono delicatissimi. Hanno piume morbide e sensibili. Danno felicità e serenità a chi li cavalca nei fondali del Lagostorto. È vietato dar loro da mangiare. Chi provoca il ferimento o la morte di un Subcando viene espulso per sei cicli e non potrà più nuotare.

RI-AM.12 - Regole del cibo

12a - Cene in Onore delle Lettere – All'inizio di ogni ciclo viene offerta la cena in Onore di una Lettera. La lettera scelta indica una particolare dote della mente. I cibi cotti secondo la Filosofia della Cucina Metafisica sono molto energetici. Non si può portare all'Arx cibo o alimenti provenienti dal mondo reale. Il trasgressore verrà punito lavando per due giorni piatti e posate.

RI-AM.13 - Regole dei viaggi mentali

13a - Primo Intercanto – Nel primo viaggio mentale non si può portare nessun oggetto o libro. Va vissuto in piena armonia con l'atmosfera del Sigillo Nero. Durante il viaggio non si possono avere contatti con altri Antei o Psiofi: pena l'esclusione dall'Arx per due cicli. Ogni entità magipsichica o situazione medianica vissuta negli 8 giorni dovrà essere affrontata solo con i mezzi del pensiero. Chi non supera l'Intercanto torna nel mondo reale senza più poteri magipsichici e non potrà frequentare l'Arx per il resto della vita.

RI-AM.14 - Regole del vivere all'Arx

14A - ALLOGGI – Le camere degli Antei si trovano a pianoterra. Le porte non si possono chiudere a chiave. Tutte le chiavi le ha la Governante. Gli alloggi delle Psiofe e delle Sapientes donne si trovano al primo piano mentre per i maschi sono al secondo piano. Agli Antei è vietato entrare nelle loro stanze. Pena: la Governante chiuderà a chiave il trasgressore nella propria camera dove rimarrà per tre giorni senza mangiare e non potrà comunicare telepaticamente o telempaticamente con gli altri. Gli verrà tolta la Paropalla. Se non manterrà il silenzio gli sarà prolungata la punizione o assegnata una nuova e più pesante. Al terzo piano si trova l'alloggio del Summus Sapiens. Vi possono accedere soltanto i Sapientes solo dopo essere stati annuncianti dal Cerimoniere. I Saggi entrano appoggiando le loro mani sul mosaico che riporta le loro immagini a grandezza naturale. Chi tenta di entrare nella camera del Summus senza preavviso rischia l'espulsione per tre cicli.

14B - SALOTTO DEI FENICOTTERI – Il Salotto è accessibile soprattutto agli Psiofi dove possono riposarsi. Gli Antei possono soggiornare ma non per molto tempo.

14C - STANZA CERCHIATA – Questo è il luogo di ritrovo degli Antei. È possibile giocare e scambiare opinioni sulle prove magipsichiche. Le liti verranno severamente punite con tre giorni di lavoro nella Scuderia.

14D - STANZA DELLA VISIONE – È l'ampia sala di ricevimento del Summus Sapiens. Non si può accedere senza essere stati annunciati dal Cerimoniere. Chi vi entra di nascosto sarà punito con tre giorni di lavoro per la manutenzione degli Spiccafili.

14E - LUOGHI DELLE PROVE – In tutte le Aule dove si svolgono le prove e gli esperimenti è obbligo per Antei e Psiofi mantenere un certo contegno. Durante le prove, a orario stabilito dal Programma del Mese, si eseguono gli esperimenti sotto la guida del Sapiens esperto. Fuori orario ognuno è responsabile del proprio comportamento e ne paga le conseguenze se provoca danni o manomissioni degli strumenti magipsichici. L'espulsione è immediata.

Y.V.Z.

Orientamento e Disposizione delle Aule

Sotterraneo	♦ MEGASOFFIO ♦ Psicofonia, GalApeiron
Pianoterra	♦ AULA SUBLIME CIBARIA ♦ Cucina Metafisica, Controfisca, Fandonfia ♦ CLINICA VAGA ♦ Infermeria dell'Arx Mentis, Salutria
Primo Piano	♦ AULA DELL'IPNOSI ♦ Retrocognizione, Veggenza, Magia Bianca (Arcoloria-Odoria-Venofia) ♦ AULA DEL PENSIERO SOTTILE ♦ Telecinesi, Telempia, Telepatia, Fantasmi
Secondo Piano	♦ AULA DELL'OBLIO ♦ Meditazione ♦ AULA LIMBICA ♦ Sogni vivi, Fasi del sonno-Sogno ♦ AULA DELLA LEGGEREZZA ♦ Levitazione, Bioenergia
Terzo Piano	♦ LOGGIA PSICHE ♦ Materializzazione, Biosmia Bilocazione Chiusa, Bilocazione Traversa

Indice

L'autrice

Il successo di Moony Witcher è davvero inarrestabile e ormai ha contagiato bambini di ogni paese, lingua ed età. Anche quando stenta a crederci lei stessa, le basta connettersi a Internet e... scopre un mondo di fans che si ritrovano (e la cercano) per discutere dei suoi libri e di quanto accade nella loro quotidianità.